MARVEL

PANINI BOOKS

EIN ROMAN AUS DEM MARVEL-UNIVERSUM

THE AVENGERS

JEDER WILL DIE WELT BEHERRSCHEN

DAN ABNETT

Aus dem Englischen
von Timothy Stahl

MARVEL

PANINI BOOKS

Bibliografische Information der Deutschen Nationalbibliothek
Die Deutsche Nationalbibliothek verzeichnet diese Publikation in der Deutschen Nationalbibliografie; detaillierte bibliografische Daten sind im Internet über http://dnb.d-nb.de abrufbar.

MIX
Papier aus verantwortungsvollen Quellen
FSC® C014496
FSC
www.fsc.org

Titel der Amerikanischen Originalausgabe:
„AVENGERS: EVERYBODY WANTS TO RULE THE WORLD“
by Dan Abnett, published by Titan Books, UK, April 2018

EDITOR: MARIE JAVINS
VP PRODUCTION & SPECIAL PROJECTS: JEFF YOUNGQUIST
ASSISTANT EDITOR, SPECIAL PROJECTS: CAITLIN O'CONNELL
DIRECTOR, LICENSED PUBLISHING: SVEN LARSEN
SVP PRINT, SALES & MARKETING: DAVID GABRIEL
EDITOR IN CHIEF: C.B. CEBULSKI
CHIEF CREATIVE OFFICER: JOE QUESADA
PRESIDENT, MARVEL ENTERTAINMENT: DAN BUCKLEY
EXECUTIVE PRODUCER: ALAN FINE

Geschäftsführer: Hermann Paul
Head of Editorial: Jo Löffler
Head of Marketing: Holger Wiest (E-Mail: marketing@panini.de)
Presse & PR: Steffen Volkmer
Übersetzung: Timothy Stahl
Lektorat: Peter Bondy
Umschlaggestaltung: tab indivisuell, Stuttgart
Satz: Greiner & Reichel, Köln
Druck: GGP Media GmbH, Pößneck
Printed in Germany

YDMAROM001

1. Auflage, Februar 2019, ISBN 978-3-8332-3771-3
Auch als E-Book erhältlich: ISBN 978-3-7367-9960-8

Findet uns im Netz:
www.paninibooks.de

PaniniComicsDE

Meine höchste Anerkennung gilt den Marvel-Mitarbeitern Stuart Moore, Jeff Youngquist, Sarah Brunstad und Axel Alonso – für ihre Geduld, ihre Unterstützung und all die Vorschläge, die sie mir während der Arbeit an dieser Geschichte haben zukommen lassen.

Großen Dank schulde ich Nick Vincent, der sie als Erster las und mir half, die Worte in die richtige Reihenfolge zu bringen (und das unter äußerst komplizierten Bedingungen).

Außerdem hatte ich das große Glück, mir bei Neil Grant, Elena Artimovich und Ronald Byrd technischen Rat holen zu dürfen. Vielen Dank. Alles, was in diesem Buch stimmt, ist euch zu verdanken. Sämtliche Fehler gehen auf meine Kappe.

In Liebe widme ich dieses Buch meinem Schwiegervater John Ernest Vincent, 1931–2014.

1

BERLIN

12. JUNI, 16:12 UHR ORTSZEIT

Zwei gleich aussehende schwarze Limousinen überquerten die Spree in Richtung Osten. Der Himmel war wolkenlos, und der Feierabendverkehr begann gerade erst.

Die beiden großen Fahrzeuge blieben dicht hintereinander. Sie schwammen im Verkehrsfluss mit und ließen keine anderen Wagen zwischen sich. Am Sarsplatz bogen sie nach Norden ab und fuhren in ein Gewerbegebiet. Die kantigen, modernistischen Gebäude waren in den Sechzigerjahren und kurz danach errichtet worden. Kunstvolle Graffitis zierten Mauern und Tore, aber die teuren Autos auf den Parkplätzen deuteten auf Investitionen jüngeren Datums hin – technische Start-ups, spezialisiertes Ingenieurwesen, Medienberatungen.

Die Auger GmbH belegte die oberen vier Stockwerke eines rechteckigen Gebäudes am Ende der Montagstraße. Die Front wurde von Pappeln abgeschirmt. Hinter dem Gebäude schloss sich ein großes Parkhaus aus Beton an, dessen Etagen offen waren. Es sah aus wie ein Stapel Styroportabletts.

Die Limousinen rollten in das Parkhaus und erklommen die Rampen. Ihre Reifen quietschten auf dem glänzenden Boden, der aus Betonfertigteilen zusammengefügt war. In der achten

Etage fuhren sie an der weiter nach oben führenden Rampe und den Parkbuchten vorbei und bogen in den Wendekreis vor den Glastüren der Auger-Lobby ein.

Aus beiden Fahrzeugen stiegen jeweils drei Männer. Ihre Anzüge waren so makellos schwarz wie die Karosserien der Limousinen. Die Designersonnenbrillen der Männer offenbarten ebenso wenig wie die getönten Scheiben der Fahrzeuge. Ihre Bewegungen waren fließend, ihr Aufmarsch präzise. Sie hatten jeden Winkel im Blick, ließen die Rampen nicht aus den Augen, die herauf- und hinunterführten. Einer der Männer betrat das Gebäude durch die Glastüren und wartete. Dabei sprach er leise in ein Mikrofon an seinem Handgelenk.

Sein Name war Gustav. Er signalisierte, dass alles in Ordnung sei.

Der Klient stieg aus dem hinteren Wagen und ging auf die Türen zu. Er war groß, sein teurer dunkelgrauer Anzug saß perfekt. In der Hand trug er einen kleinen Aktenkoffer. In einem anderen Zeitalter hätte man seine Haltung aristokratisch genannt.

Die Glastüren, in die das Logo der Auger GmbH eingraviert war, öffneten sich, als er sich näherte. Die Lobby war elegant und hell erleuchtet. Das Mobiliar war farblich aufeinander abgestimmt. Eine Klimaanlage summte leise. Die Empfangsdame blickte von ihrem halbrunden Schreibtisch auf.

„Peter Jurgan", stellte sich der Klient vor. „Ich möchte zu John Rudolf."

„Willkommen, Herr Jurgan", erwiderte sie. „Herr Rudolf erwartet Sie schon. Bitte, kommen Sie."

Zwei der Bodyguards flankierten Jurgan, während er der Frau folgte. Sie hießen Kyril und Franz. Die anderen warteten mit Gustav vor der Tür und bewachten die Autos.

Die Empfangsdame benutzte eine Magnetstreifenkarte, um eine Tür zu öffnen. Dahinter schloss sich ein langer, mit Teppichboden ausgelegter Flur an, der von Glastüren gesäumt wurde.

Hier war das Summen der Klimaanlage lauter, die Luft einige Grad kühler.

Die Frau klopfte an die fünfte Tür und wartete die Antwort ab, dann führte sie die Gäste in einen Konferenzraum. Hinter einem ovalen Tisch erhob sich John Rudolf, um sie zu begrüßen. Er war ein gut aussehender Mittdreißiger mit scharf geschnittenen Zügen, trug ein nicht bis zum Hals zugeknöpftes Hemd, teure Jeans und eine Designerbrille.

„Herr Jurgan", sagte er und schüttelte dem Klienten die Hand. „Schön, Sie zu sehen."

„Gleichfalls, John", erwiderte Jurgan. „Ich hoffe, es hat alles dem Zeitplan entsprechend geklappt?"

„Es war knapp, aber ich glaube, Sie werden sehr angetan sein. Gerhard!"

Am Tisch saßen noch drei weitere Männer. Wie Rudolf waren auch sie sportlich-elegant gekleidet. Einer von ihnen, Gerhard, öffnete eine stählerne Tragekiste, die vor ihm auf dem Tisch stand. Aus dem Formpolster darin hob er ein verchromtes, poliertes mechanisches Gerät heraus. Es war ungefähr so groß wie eine Thermosflasche, mit drehbaren Ringmanschetten versehen, und es hatte gedrungene ein- und ausziehbare Beine, auf denen es aufrecht stehen konnte.

„Das ist der Prototyp", sagte Gerhard. Er zog die Beine des Geräts mit einer Reihe leiser Klicklaute aus und stellte es auf den Tisch. „Wir können mit der Produktion anfangen, sobald Sie unterzeichnet haben."

„Der Bedarf liegt bei viertausend Stück", sagte Jurgan.

„Dafür werden wir unserer Schätzung nach sechs Monate brauchen", erklärte Rudolf.

Jurgan nickte. „Und für den anfänglichen Bedarf von einhundert Stück?", fragte er.

„Drei Monate", erwiderte Rudolf.

Jurgans harte Miene zeigte keine Reaktion.

„Wir hatten für die anfängliche Stückzahl eigentlich von einer kürzeren Produktionsdauer gesprochen“, sagte er.

Rudolf hob entschuldigend die Schultern. „Wir hatten bei einer hoch spezialisierten Montagefirma in Augsberg angefragt“, sagte er, „aber dort hat man gerade einen Vertrag mit der Konkurrenz abgeschlossen.“

„Über die Herstellung von High-Spec-Konsolen für amerikanische Videospiele. Man kann sich das kaum vorstellen, oder?“, fügte Gerhard hinzu und lachte.

„Ich kann mir das durchaus vorstellen“, erwiderte Jurgan.

„Wir sind gezwungen, auf einen Hersteller in China zurückzugreifen“, fuhr Rudolf fort. „Daher die längere Produktionszeit. Der Versand dauert seine Zeit.“

Jurgan antwortete nicht. Er richtete seinen Blick auf das Gerät.

„Darf ich es mir einmal genauer ansehen?“, fragte er.

„Natürlich“, antwortete Rudolf.

Jurgan nahm das Gerät und drehte es in seinen behandschuhten Händen hin und her.

„Es ist leicht, aber extrem strapazierfähig“, erklärte Rudolf stolz. „Natürlich tragbar. Im höchsten Maße präzisionsgefertigt. Der Auslöse-Timer befindet sich hier, im unteren Ring. Es lässt sich aber auch per Fernbedienung oder manuell aktivieren.“

„Der Streuradius?“, fragte Jurgan.

„Eine Million Hektar“, erwiderte Gerhard.

„Das ist eine ganze Menge“, meinte Rudolf. „Ein riesiges Gebiet, bezogen auf eine landwirtschaftliche Nutzung.“

„Wir entwickeln großflächige landwirtschaftliche Anwendungen für den Mittleren Westen“, sagte Jurgan. „Dafür ist die beträchtliche Streuweite erforderlich.“

Jurgan legte seinen Aktenkoffer auf den Tisch und öffnete die Verschlüsse. Der Koffer war mit Schaumstoff ausgekleidet, und in dem Schaumstoff befanden sich zwei Vertiefungen. In beiden

Vertiefungen lag je eine glänzende Metallbirne. Eine der Birnen war grün, die andere rot, als signalisiere sie Gefahr.

„Was haben Sie da?“, fragte Gerhard.

„Muster der Genträger“, erwiderte Jurgan und nahm die grüne Birne heraus.

„Sie sind farbcodiert“, stellte Gerhard fest.

„Es handelt sich, wie gesagt, lediglich um Muster“, gab Jurgan zurück. „Sie enthalten nur gefiltertes Wasser und Zucker. In der Anwendung stehen die Farbcodierungen für die verschiedenen genetischen Bestückungen: Weizen, Roggen, Gerste, Mais und Soja.“

Jurgan drehte an der oberen Manschette des Chromgeräts und klappte den gewölbten Deckel auf, der an einem Scharnier befestigt war. Er ließ die grüne Birne in die Fassung einrasten und schloss den Deckel wieder. Ein leiser Laut, fast wie ein Seufzen, war zu hören, als der Verschluss hermetisch versiegelt wurde.

„Ich möchte nur einmal den Auslösevorgang sehen“, sagte Jurgan. Rudolf und Gerhard wechselten einen Blick. Rudolf zuckte die Schultern.

„Warum nicht?“ Er lächelte.

Jurgan lächelte zurück und drehte den unteren Ring des Geräts.

„Dreißig Sekunden“, sagte er. Der Ring klickte leise, wie das Nummernschloss eines Banktresors, als der Timer von dreißig auf null zurückzählte.

Als er bei zwanzig anlangte, kam plötzlich Bewegung in die beiden Bodyguards, die Jurgan begleitet hatten. Kyril ging zur Tür des Konferenzraums und schloss sie ab. Franz ging direkt zum Bedienfeld der Klimaanlage, das an der Wand befestigt war, und stellte es auf rauminterne Zirkulation.

„Was machen Sie denn da?“, fragte Rudolf.

Der Timer erreichte null. Ein Klicken war zu hören, dann das Geräusch von etwas, das in dem Gerät durchstochen wurde. Ein feiner Dunst trat aus dem oberen Teil aus und erfüllte den Konferenzraum mit einem schleierartigen Nebel. Einen Moment lang hatte man das Gefühl, sich in einer Sauna zu befinden.

Dann löste sich der Nebel auf und hinterließ Tröpfchen auf den Gesichtern und Händen der Anwesenden wie auch auf der glänzenden Tischplatte und den Lederstühlen. Die Oberfläche der Kleidung der Männer war ein wenig feucht.

Gerhard lachte nervös und wischte sich über die Stirn.

„Sehen Sie?“, sagte er. „Perfekte Dispersion, selbst in einem begrenzten Raum.“

Jurgan nickte.

„Mehr als ausreichend“, pflichtete er bei. „Eine hervorragende technische Leistung. Genau meinen Anweisungen entsprechend.“

„Ihre Anweisungen waren auch sehr detailliert, Peter“, ergänzte Rudolf. „Und, wenn ich das so sagen darf, meine Techniker leisten sehr gute Arbeit.“

„Meine Anweisungen waren in der Tat sehr detailliert“, stimmte Jurgan zu. Er legte eine behandschuhte Hand auf das Gerät. „Und die technischen wurden erfüllt. Aber laut meinen Anweisungen sollten auch einhundert Geräte binnen drei Wochen geliefert werden.“

„Wie ich bereits erklärt habe“, entgegnete Rudolf, „hat uns die Montagefirma in Augsberg im Stich gelassen, und …“

„Und Sie haben es nicht geschafft, eine andere Lösung zu finden.“

„China …“

„Wo die Produktion drei Monate dauert.“

„Das ist bedauerlich …“, setzte Rudolf an.

„Das ist es“, fiel Jurgan ihm ins Wort. „Für Sie auf jeden Fall. Ich mag es nicht, wenn man mich enttäuscht. In meiner gesamten Karriere habe ich es mir zur Regel gemacht, mich nicht enttäuschen zu lassen.“

„Ich bin sicher, wir können …“, startete Rudolf einen weiteren Versuch.

„Sie können sterben“, sagte Jurgan ohne jede Emotion. Er schaute auf seine Armbanduhr. Es handelte sich um ein sehr teures Exemplar. „In zwei Minuten.“

Rudolf blinzelte verständnislos.

„Äh … wie bitte?“, fragte er.

Jurgan öffnete den Verschluss des Chromgeräts und nahm die durchstochene und nun leere grüne Birne heraus. Er legte sie wieder in seinen Koffer.

„Das Pathogen, der Erreger“, sagte er, „befindet sich fürs Erste nur in diesem Raum. Ein paar Spuren mögen entwichen sein, aber die Kontaminierung dürfte allenfalls gering sein. Das Pathogen wirkt durch Hautkontakt. In Anbetracht der Nähe und des Ausmaßes, in dem Sie ihm ausgesetzt sind, schätze ich, dass es nicht länger als zwei Minuten dauern wird.“

Er nahm die rote Birne aus dem Koffer.

„Natürlich gibt es ein Gegengift, ein Antidot. Löst man es auf die gleiche Weise und rechtzeitig auf, kann es den infizierten Personen das Leben retten und die Aktivierung des Pathogens verhindern. So wird es in Zukunft sein.“

Er sah Rudolf an und wog die rote Birne in der Hand.

„Aber Ihnen wird diese Gnade nicht zuteilwerden“, fügte er hinzu.

„Ein Erreger?“, fragte Rudolf. „Ein Pathogen?“

„Soll das ein Scherz sein?“, fragte Gerhard fassungslos.

„Die Bezeichnung des Pathogens ist HE616“, sagte Jurgan. „Eine synthetische Entwicklung. Ich nenne es *Breath*.“

„Das ist doch lächerlich!“, rief Rudolf. Er griff nach dem Telefon auf dem Tisch, um den Sicherheitsdienst zu alarmieren, aber Franz legte seine Hand fest auf den Hörer.

Einer von Rudolfs Kollegen versuchte, die Tür zu erreichen. Kyril trat ihm in den Weg und stieß ihn zurück zum Tisch.

„Eine Minute“, sagte Jurgan.

„Das ist nicht witzig!“, rief Gerhard. „Wie können Sie es wagen, hierherzukommen und solche Mätzchen abzuziehen? Wir haben einen Vertrag unterzeichnet und …“

„Und Sie haben diesen Vertrag nicht eingehalten“, unterbrach Jurgan ihn. „Das ist höchst unerfreulich. Es beeinträchtigt meinen Zeitplan, und darüber bin ich sehr ungehalten.“

„Ich werde eine andere Montagefirma finden!“, schrie Rudolf. „Es gibt keinerlei Grund für dieses absurde und beleidigende Verhalten! Sie bespritzen uns mit einer Zuckerlösung, und dann terrorisieren Sie uns mit der Behauptung …“

„Terrorisieren“, wiederholte Jurgan. „John, genau das ist es, was Terror bezweckt. Und Terrorismus funktioniert nicht, wenn er nur auf Behauptungen oder Lügen aufbaut. Er braucht ein Fundament der Wahrheit. Es muss eine echte Bedrohung von ihm ausgehen. Das war keine Zuckerlösung. Und ich gebe Leuten, die mich enttäuschen, keine zweite Chance.“

Einer von Rudolfs Kollegen, der Mann, der versucht hatte, zur Tür zu kommen, keuchte plötzlich auf. Blasen bildeten sich auf seinen Händen, den Wangen und am Hals. Er begann zu zittern. Die Adern an seinen Schläfen traten hervor. Verfärbter Speichel quoll über seine bebenden Lippen. Zuckend und würgend fiel er gegen den Tisch, rutschte ab und stürzte zu Boden. Der Aufprall seines Körpers ließ einen der mit Rädern ausgestatteten Stühle über den Teppich davonrollen.

Jurgan blickte auf seine teure Uhr.

„Ein bisschen früh“, meinte er.

„Oh mein Gott!“, entfuhr es Rudolf. „Um Himmels willen, helfen Sie uns!“

Gerhard heulte auf, als er die Flecken und Blasen sah, die auf seinen Händen erschienen. Der andere Mann setzte sich und schluckte hart. Dann kippte er mit dem Gesicht voran auf die Tischplatte.

Gerhard würgte, sackte zusammen und schlug auf dem Weg zum Boden noch mit dem Kopf gegen die Tischkante. Blut befleckte nun das polierte Glas. Rudolf wankte auf die Fensterfront zu. Seine mit Blasen übersäten Hände scharrten über die Lamellen der Jalousie. Als er stürzte, riss er die Jalousie mit sich. Jurgan blickte auf die vier Toten.

„Heil Hydra", sagte er.

Er steckte die rote Birne in das Gerät, schloss den Deckel und aktivierte es. Abermals erfüllte Nebel den Raum. Franz stellte die Klimaanlage wieder auf Gebäudezirkulation. Kyril packte das Gerät zurück in die Tragebox.

„Wir gehen", ordnete Jurgan an. Er reichte Kyril den Aktenkoffer und nahm die Stahlkiste mit dem Gerät darin selbst an sich.

Kyril hob sein Handgelenk an den Mund.

„Gustav", sagte er. „Wir kommen."

„Neutralisierung?", wandte Franz sich an Jurgan.

„Nach Bedarf", antwortete Jurgan. Die Bodyguards zogen schwarze Pistolen mit kurzen Läufen unter ihren Jacketts hervor.

Gemeinsam gingen sie den Flur in Richtung Empfang hinunter. In einer Tür erschienen zwei Mitarbeiter der Auger GmbH, sahen die Waffen und zogen sich entsetzt zurück. Ohne zu zögern, folgte Franz ihnen in den Raum und gab vier Schüsse ab.

Er schloss zu Jurgan und Kyril auf, als sie den Empfang erreichten. In den Büros hinter ihnen wurden Stimmen laut. Jemand rief einen Namen.

Als sie wieder die Lobby betraten, schaute die Empfangsdame erschrocken auf. Der Anblick der Pistolen ließ sie zurückzucken, und sie versuchte, sich hinter den Schreibtisch zu ducken. Franz richtete seine Pistole auf ihre kauernde Gestalt.

Eine der Glasscheiben der Außentüren der Lobby explodierte

in einem Splitterregen, als eine wirbelnde Scheibe hindurchschlug. Die Scheibe hatte einen Durchmesser von etwa einem dreiviertel Meter, und auf ihrer gewölbten Oberfläche prangte ein markantes Motiv in den Farben Rot, Weiß und Blau.

Es war ein Schild.

Und er traf Franz, bevor er schießen konnte, und warf ihn rücklings durch die innere Glastür hinter dem Empfang.

Jurgan und der andere Bodyguard drehten sich um und sahen Captain America auf sich zukommen.

Der Wächter der Freiheit – die Uniform ebenso rot, weiß und blau wie sein berühmter Schild – sprang durch die zerborstene Glastür herein. Kyril drückte ab. Zwei Schüsse gingen fehl, der dritte prallte von Caps Duralumin-Schuppenpanzerung ab.

Captain America ging sofort auf seinen Gegner los. Mit der linken Faust traf er Kyrils Handgelenk, wodurch die Pistole davonflog. Die rechte drosch er ihm unters Kinn. Kyrils Kopf ruckte nach hinten, er selbst segelte quer durch den Raum, dabei verlor er die Sonnenbrille und ließ den Aktenkoffer los.

Jurgan traf Captain America mit seiner freien Hand seitlich am Kopf. Die Wucht des Schlags war beträchtlich, sie ließ Cap auf ein Knie fallen. Er nutzte jedoch den Schwung und rollte sich ab, aber Jurgan wich zurück und entging dem Tritt, der ihm die Beine unter dem Leib wegzureißen drohte.

„Heute nicht, mein lieber Captain“, sagte er.

„Auf jeden Fall heute“, entgegnete Cap, sprang wieder auf und griff an.

Ein ungeheuer schneller Schlagabtausch entbrannte. Beide Männer setzten ihre Unterarme ein, um die Hiebe des anderen zu blockieren. Jurgan hatte Mühe, die Tragebox dabei festzuhalten.

Cap rammte Jurgan die Ferse seitlich ins Knie, und als der Mann zur Seite taumelte, landete er einen Schlag, der Jurgan gegen den Schreibtisch der Empfangsdame warf. Der Aufprall ließ den Flachbildschirm umkippen und einen Becher mit Stiften, die das Auger-Logo trugen. Die hinter dem Schreibtisch in Deckung gegangene Empfangsdame schrie verzweifelt auf.

Jurgan hatte die Tragebox fallen lassen. Sie lag außerhalb seiner Reichweite auf dem Teppichboden. Er sah Captain America an.

„Ich kann es wirklich nicht leiden, wenn jemand meine Pläne stört", sagte Jurgan und wischte sich Blut von der aufgeplatzten Lippe.

„Daran sollten Sie sich inzwischen doch gewöhnt haben, Strucker", erwiderte Cap. Er wusste, dass er kaum mit einer Kapitulation rechnen konnte.

Baron Wolfgang von Strucker war einer der gefährlichsten Terroristen der Welt, und das schon seit Jahrzehnten. Er war kein normalsterblicher Mensch mehr. Wissenschaftliche und andere, geheimnisvollere Mittel hatten sein Leben verlängert und ihm übermenschliche Kraft und Ausdauer verliehen.

Aber auch Steven Rogers, bekannt als Captain America, war von der Wissenschaft begünstigt worden. Seine Lebensspanne war länger als die der meisten Leute und seine körperlichen Fähigkeiten übertrafen deutlich die eines Durchschnittsmenschen.

Strucker stürzte auf die Tragebox zu. Cap sprang ebenfalls und rammte Strucker zu Boden. Sie landeten hart und verkrallten sich ineinander. Strucker war außerordentlich stark. Cap rang mit ihm und versuchte, ihn am Boden festzunageln. Strucker stieß Cap einen Ellbogen gegen die Kehle, dann gegen das Brustbein. Cap rollte von ihm herunter und konterte mit einem Schlag, der Struckers Hinterkopf traf und ihm das Gesicht in den Teppich drosch.

Der Terrorist war benommen. Cap zerrte ihn auf die Füße, versuchte, ihn herumzudrehen und gegen den Schreibtisch zu drücken, um ihn festzusetzen.

Aber Strucker täuschte seine Angeschlagenheit nur vor.

Er schlug zu, seine rechte Faust erwischte Captain America am Kinn und ließ ihn zur Seite stolpern. Strucker lachte. Das schwarze Leder seines rechten Handschuhs schwelte, löste sich auf und ließ die glänzenden Metallfäden seiner bevorzugten persönlichen Waffe zum Vorschein kommen – die Satanskralle.

Abermals schwang er die Faust nach Cap. Knisternd fegte die Kralle heran. Cap duckte sich zur Seite. Strucker holte die Kralle wieder ein. Dabei versetzte sie Cap einen fürchterlichen Stromstoß, als sie seine rechte Schulter streifte.

Cap wankte, das Gesicht schmerzhaft verzogen, davon und schüttelte seinen kribbelnden Arm aus. Strucker führte einen weiteren Hieb, die Kralle schien unter ihrer elektrischen Ladung zu flüstern. Cap sprang zur Seite, dann trieb er Strucker Schulter und Ellbogen in die Rippen. Strucker stöhnte auf und wäre fast gestürzt. Aber stattdessen kreiselte er herum, verfehlte Cap jedoch mit seinem nächsten, zu hastig geführten Schlag.

Cap wehrte den Arm ab, versetzte Strucker einen Hieb auf den Mund und brach ihm einen Schneidezahn ab.

Strucker fing sich knurrend und schlug von Neuem zu.

Helle Funken spritzten von Caps Brustpanzerung auf, ein lauter elektrischer Knall war zu hören. Cap wurde durch den Empfangsbereich geschleudert, prallte gegen eine nur zu Schmuckzwecken errichtete falsche Wand und riss einen Teil davon mit sich zu Boden.

Er stand nicht wieder auf.

Strucker spuckte Blut auf den Teppich, schnappte sich die Tragebox und rannte in Richtung Ausgang.

„Gustav!“, rief er im Laufen. „Abflug! Jetzt!“

Niemand antwortete ihm. Er trat in den Wendekreis hinaus. Captain America hatte sich auf dem Weg in die Büros um Struckers Entourage gekümmert. Gustav und die anderen Bodyguards lagen zusammengesackt da, ihre Pistolen waren über den Boden verstreut. Einer lag quer auf dem Kofferraumdeckel der hinteren Limousine. Auch beide Fahrer waren ausgeschaltet worden. Ernst, der Chauffeur des vorderen Fahrzeugs, versuchte sich neben der offenen Fahrertür vom Boden zu erheben. Das akustische Signal, das anzeigte, dass die Tür offen war, gongte monoton und nervtötend.

„Steh auf!“, fuhr Strucker den Mann an und rannte auf die vordere Limousine zu. „Steh auf und fahr!“

Struckers Bodyguards waren allesamt handverlesen. Sie hatten vorher für die besten privaten Sicherheitsdienste und militärischen Organisationen der Welt gearbeitet. Sie waren bestens ausgebildet, erfahren, absolut skrupellos und wussten ganz genau, welches Maß an Loyalität Hydra für ihre stattliche Entlohnung erwartete. Trotz seines gebrochenen Schlüsselbeins und einer Gehirnerschütterung kletterte Gustav auf den Fahrersitz und ließ den Motor an. Strucker sprang in den Fond des schweren schwarzen Gefährts.

Die Limousine raste los und mit kreischenden Reifen aus dem Wendekreis hinaus, dann schoss sie röhrend auf die Abfahrtsrampe zu.

Mit dem Schild in der Hand stürmte Captain America aus dem Empfangsbereich. Er sah die hellen Hecklichter der Limousine im Zwielicht des Parkdecks kleiner werden. Er hielt kurz inne und wog die Chancen eines Schildwurfs ab, aber der Wagen war schon zu weit entfernt.

Stattdessen wandte Cap sich um und rannte auf die Außenwand des Parkhauses zu. Einer der Bodyguards versuchte aufzustehen und ihm den Weg zu verstellen, doch Cap rammte ihn mit dem Schild beiseite.

Er erreichte die hüfthohe Mauer und schlang sich den Schild über den Rücken. Bis zur Straße hinunter waren es acht Stockwerke. Ohne zu zögern, setzte er mit einem Salto auf die Mauerkrone, schwang die Beine hinüber, stieß sich ab und sprang mit den Füßen voran in die Tiefe.

Er ließ sich eine Etage weit fallen, dann fing er sich mit den Armen an der Mauerkante ab und stoppte seinen Fall. Mit zusammengebissenen Zähnen stemmte er sich hoch, über die Mauer hinweg und zurück ins Parkhaus.

Struckers Limousine hatte das Stockwerk bereits erreicht. Sie donnerte an Cap vorbei und bog auf die nächste Rampe ein.

Unverdrossen machte Cap kehrt und sprang abermals über die Mauer. Diesmal ließ er sich drei Etagen tief fallen. Dann schlug er gegen die Betonwand und fand mit beiden Armen an der Krone Halt. Seine Brust kratzte über den Beton. Er hievte sich hoch und hinüber, kam auf dem harten, glatten Boden zu stehen und rannte sofort los. Von oben hörte er das Echo der quietschenden Reifen. Er befand sich jetzt mindestens eine Etage unterhalb der flüchtenden Limousine.

Er sah sie kommen, wie sie über ihm entlangfuhr, das Licht der Scheinwerfer blinkte auf den Säulen und Betonstützen, wenn der Wagen sie passierte. In vollem Lauf jagte er das Fahrzeug, nur eben ein Stockwerk tiefer. Sekunden, bevor der Wagen oben an der Zufahrt ankam, erreichte er schon den Fuß der nächsten Abfahrtsrampe.

Die Limousine schwenkte mit einem brutalen Kreischen auf die Rampe ein. Ernst war ein geschickter Fahrer, selbst mit einem so schweren und sperrigen Wagen. Cap hielt die Stellung am Fuß der Rampe, als das Fahrzeug herab und auf ihn zuschoss. Er nahm den Schild vom Rücken, packte ihn mit der rechten Hand an der Kante und schleuderte ihn dem näher kommenden Fahrzeug mit einem kraftvollen Wurf entgegen.

Der Schild traf die Windschutzscheibe, zertrümmerte das Panzerglas, drang ins Fahrzeuginnere ein und zog Ernst im wahrsten Sinne des Wortes aus dem Verkehr. Bevor das jetzt steuerlose Gefährt ihn niedermähen konnte, sprang Cap beiseite und rollte sich über den harten Betonboden ab.

Der Wagen flog geradezu an ihm vorbei, wich am Fuß der

Rampe nicht aus, sondern pflügte geradewegs in einen Betonpfeiler an der Rampenzufahrt. Der Aufprall drückte die Schnauze des glänzend schwarzen Fahrzeugs ein, das Heck drehte sich seitlich weg. Airbags wurden ausgelöst und bliesen sich schlagartig auf. Flüssigkeiten ergossen sich aus zerrissenen Leitungen und Tanks und bildeten unter dem Fahrzeug eine schwarze und rasch größer werdende, schmierige Lache. Aus dem zerknautschten Kühler wölkte Dampf empor.

Cap erhob sich und ging auf das Wrack zu. Er zerrte seinen Schild aus dem glitzernden Glas der zerbrochenen Windschutzscheibe, dann näherte er sich dem Heck und riss die Tür auf.

Strucker lag benommen auf dem Rücksitz und blutete aus einer Kopfwunde. Cap streckte die Hand aus, um ihn an der Kehle zu packen.

Da hörte er Reifen kreischen und das Röhren eines Motors. Die zweite Limousine raste mit aufgeblendeten Scheinwerfern die Rampe herab und auf ihn zu. Cap erhaschte einen Blick auf das beinah wahnsinnig wirkende Gesicht Gustavs, der am Steuer saß.

Cap hechtete aus dem Weg. Der zweite Wagen verfehlte ihn nur um wenige Zentimeter.

Gustavs Fahrzeug riss die offene hintere Tür der ersten Limousine aus den Angeln und ließ sie in einem Schauer aus Glassplittern davonfliegen. Gustav büßte die Scheinwerfer auf einer Seite seines Wagens ein und schrammte mit der Flanke an der Karosserie des anderen entlang. Der Lack wurde bis auf das blanke Metall abgeschliffen.

Gustav warf den Rückwärtsgang ein, die Reifen drehten so heftig durch, dass beißender Qualm aus den Radkästen quoll. Die Limousine setzte mit einem Ruck nach hinten, die beiden Fahrzeuge lösten sich mit dem Kreischen protestierenden Metalls voneinander.

Strucker kämpfte sich aus seinem Wagen heraus und rannte

schleppend auf Gustavs Fahrzeug zu, die Tragebox in der Hand. Er zerrte die hintere Tür auf und fiel in den Wagen. Gustav zog die Limousine herum, noch ehe Strucker auch nur die Tür hinter sich zuziehen konnte. Die Limousine touchierte das Heck des Unfallwagens, dann beschleunigte sie quer durch das Parkhaus und hielt auf die nächste Abfahrtsrampe zu.

Cap rannte hinterher und warf seinen Schild. Die rot-weiß-blaue Scheibe wirbelte durch die Luft und traf den rechten Hinterreifen, als der Wagen abbog. Die Felge beulte sich ein wenig ein, aber die Limousine hatte Notlaufreifen und beschleunigte weiter.

Der Schild prallte ab, segelte davon und wurde von einer Betonsäule zurückgeworfen. Cap rannte unverändert weiter und fing ihn auf.

Ohne innezuhalten, trat Cap die Brandschutztür zum Treppenhaus auf und hetzte drei Stufen auf einmal nehmend nach unten. Mit der Hüfte am Geländer glitt er um die Kehren herum.

Er kam im Erdgeschoss an. Die flüchtende Limousine hatte bereits die Ausfahrt zur Straße auf der anderen Seite des Gebäudes erreicht. Ohne langsamer zu werden, bretterte sie durch die geschlossene Schranke, rot-weiß gestreifte Plastiktrümmer flogen umher, dann schlingerte der Wagen übersteuert auf die Fahrbahn hinaus.

Caps maßgefertigte Harley stand in einer der Parkbuchten im Erdgeschoss, wo er sie abgestellt hatte. Er sprang auf, startete sie und raste mit seinem Schild auf dem Rücken los.

Die mattschwarze Maschine war ursprünglich eine Street 750 gewesen, doch die S.H.I.E.L.D.-Techniker hatten die Leistung beträchtlich hochgeschraubt. Auch Cap, der selbst kein schlechter Mechaniker war, hatte noch ein wenig daran herumgebastelt. Ziel war die perfekte Ausgewogenheit zwischen maximaler Geschwindigkeit und optimaler Straßenlage gewesen.

Unter Cap knirschten die Motorradreifen über die zu Boden

gefallenen Trümmer der Schranke, dann war er auf der Straße und legte sich tief in jede Kurve. Die Limousine war noch in Sicht, doch Gustav fuhr rücksichtslos schnell. Es herrschte nicht viel Verkehr, aber das würde nicht mehr lange so bleiben. Die Rushhour nahte. Cap drehte den Gashebel und verringerte die Distanz, nahm die Ideallinie und schnitt Kurven, um so schnell wie möglich aufzuholen.

Er synchronisierte sein Anzug-Mikrofon mit der Kommunikationseinheit des Motorrads.

„Whisper, hier ist Sentinel", meldete er sich laut.

Die Funkverbindung knackte gegen das Röhren des Motors der Harley an.

„Sentinel, hier Whisper. Ich höre."

„Können Sie mich sehen, Whisper?"

„Positiv, Sentinel. Wir haben Sie auf dem Schirm."

Irgendwo über der Berliner Wolkendecke beobachtete ihn ein S.H.I.E.L.D.-Aufklärungsflugzeug im Stealth-Modus. Cap nahm eine weitere Kurve.

„Wir haben es mit Strucker zu tun", sagte Cap. Er konzentrierte sich vollkommen auf die vor ihm liegende Straße. „Ich verfolge ihn. Können Sie das Ziel erfassen?"

„Ziel ausgemacht und erfasst."

„Strucker hat etwas bei sich. Etwas, das er offenbar nicht verlieren will. Können Sie mich mit Fury verbinden?"

„Äh, im Moment negativ, Sentinel."

„Dann öffnen Sie mir eine vorrangige Direktverbindung zum Avengers Tower."

„Tut mir leid, negativ. S.H.I.E.L.D. hat Sie im Auge, Sir. Helikopter sind unterwegs, Sicherheitskommandos nähern sich aus Nord und Ost. Das ist momentan alles, was möglich ist."

„Verstanden", antwortete Cap. Er hätte wirklich gern gewusst, warum weder der Leiter von S.H.I.E.L.D. noch seine Avengers-Kollegen verfügbar waren. Aber die Frage, mit was für einem

Notfall sie befasst sein mochten, war eine Ablenkung, die er sich nicht erlauben durfte.

Auch Strucker war ein Notfall. Wann immer Hydra eines ihrer hässlichen Häupter erhob, steckte die Welt in Schwierigkeiten. Drei Tage lang war Cap in Berlin untergetaucht und hatte Spuren verfolgt. Und jetzt, wo er auftauchte, um mal Luft zu holen, hatten alle zu tun.

Denk nicht darüber nach, ermahnte er sich. Er brauchte jedes Quäntchen Nervenkraft und Können, um Strucker bei diesem Tempo auf den Fersen zu bleiben. Es genügte ein einziger Augenblick, in dem er in seiner Konzentration nachlässig wurde oder sich von Sorgen ablenken ließ, um ins Schleudern zu geraten oder in den Gegenverkehr zu pflügen.

Und Strucker würde entwischen.

„Schicken Sie Rettungsmannschaften und Tac-Teams zur Auger GmbH“, ordnete er an. „Vermutlich Verletzte und Tote vor Ort. Höchste Alarmstufe. Hydra-Agenten im Gebäude. Örtlichkeit sichern und abriegeln. Ich erwarte einen vollen Lagebericht und eine Zusammenfassung des Einsatzes, sobald ich hier fertig bin. Strucker war geschäftlich dort.“

„Schon in Arbeit, Sentinel. Tac-Teams sind unterwegs.“

„Die örtliche Polizei soll die Straßen räumen“, befahl Cap weiter. „Strucker stoppt für nichts und niemanden. Ich möchte nicht, dass Zivilisten zu Schaden kommen.“

„Verstanden.“

Cap konnte bereits Sirenen aus den umliegenden Straßen hören. Er passierte mindestens einen Unfall mit Blechschaden, wo Autos ausgewichen waren, um Struckers dahinrasender Limousine zu entgehen.

„Ziel verfolgen, Whisper“, sagte Cap. „Suchen Sie mir eine Abkürzung.“

„Verstanden. In Arbeit.“

Die Limousine machte es Cap schwer. Wann immer er aufschloss und auf einer Geraden beschleunigen konnte, bog der Wagen abrupt ab und änderte seine Richtung. Jetzt erreichten sie einen belebteren Teil der Stadt. Fahrzeuge kamen mit quietschenden Reifen zum Stehen, die Fahrer hupten wütend, während die Limousine und das hinterherjagende Motorrad vorbeirasten. Ein Lastwagen vermied nur knapp einen Zusammenstoß mit der Limousine und fuhr gegen den Unterstand einer Bushaltestelle. Eine Gruppe von Fahrradfahrern spritzte auseinander und stürzte, als die Leute versuchten, dem Wagen auszuweichen, der auf die Gegenfahrbahn schwenkte, um eine Reihe wartender Fahrzeuge zu umgehen.

„Am nächsten Block nach links“, tönte es über Funk.

„Verstanden“, antwortete Cap.

Er ging hart in die Kurve, das Hinterrad drohte wegzuschmieren, dann schoss er zwischen einer Fabrik und einer Reihe von Geschäften eine Lieferantenzufahrt entlang. Hinter ihm wirbelte Müll hoch und markierte seinen Weg wie das Heckwasser die Fahrspur eines Schiffes. Das Dröhnen des Motors der Harley hallte von den Gebäuden ringsum wider.

Er ließ die Lieferantenzufahrt hinter sich, setzte über den Bordstein und landete auf einer weiteren Straße. Es wurde gehupt. Er setzte einen Fuß ab, um die Maschine in der Kurve, in die er sie legte, zu stabilisieren, geriet ein wenig ins Schlittern, gab Gas und jagte weiter. Die Abkürzung hatte seinen Rückstand um ein paar Hundert Meter verringert. Die Limousine war vor ihm und stieß auf der falschen Straßenseite in dichteren Verkehr hinein.

Autos wichen ihr schlingernd aus. Zwei stießen zusammen. Ein Polizeiwagen wechselte mit zuckendem Blaulicht und heulender Sirene die Fahrspur und versuchte, der Limousine den Weg abzuschneiden.

Sie rammte das Polizeiauto und schleuderte es mit Wucht beiseite. Der Streifenwagen drehte sich um seine eigene Achse,

Scheinwerferglas und Trümmer der Karosserie wirbelten davon.

Cap schlängelte sich um das Wrack des Polizeiautos herum und beschleunigte wieder. Er schwenkte nach links, um einem Müllwagen auszuweichen, dann abrupt nach rechts, um einem Bus zu entgehen. Hinter den Fenstern sah er flüchtig die weit aufgerissenen Augen in den Gesichtern der entsetzten Fahrgäste.

Die Limousine erreichte eine Straßenbaustelle und fetzte durch die provisorische rot-weiße Absperrung. Die Arbeiter stoben schreiend auseinander. Der schweren Teermaschine, mit der die Crew gearbeitet hatte, wich Gustav aus, indem er die Limousine hart über den Mittelstreifen zog. Ein Sportwagen bremste mit radierenden Reifen, um ihr auszuweichen, dann prallte er mit schleuderndem Heck gegen einen Transporter und einen Pkw.

Cap holte auf. Die bloße Dichte des Feierabendverkehrs zwang die Limousine, langsamer zu werden. Wo Autos ihr den Weg versperrten, konnte Cap sich durch den stockenden Verkehr fädeln.

Strucker tauchte auf – er lehnte sich auf der Beifahrerseite aus dem hinteren Fenster der Limousine. Und er hielt eine Maschinenpistole umklammert.

Schon eröffnete er das Feuer auf das Motorrad hinter ihm. Cap sah das blitzende Mündungsfeuer, die Kugeln harkten links von ihm durch den Asphalt. Er wich aus, zog den Schild von seinem Rücken und hielt ihn sich vor Brust und Kinn. Aber eine Harley mit nur einer Hand zu fahren, war nicht ideal, schon gar nicht bei diesem Tempo.

Strucker wechselte das Magazin und schoss erneut. Kugeln prallten von Caps Schild ab, ließen die Scheibe vibrieren und erzittern. Ein Geschoss traf den Frontscheinwerfer des Motorrads. Verirrte Kugeln hämmerten in die Fahrzeuge zu beiden Seiten und rissen den Asphalt auf.

Cap stieß in eine weitere Lücke, verfehlte dabei nur knapp einen Lastwagen. Er fuhr um ihn herum und versuchte, auf der Fahrerseite an die Limousine heranzukommen. So hoffte er, den Feuerkegel des Terroristen zu verkleinern.

Strucker sah, was er tat, und zog sich in den Fond der Limousine zurück.

Seitenwechsel, dachte Cap. Er tat das Gleiche. Als Strucker und die Waffe im anderen Fenster des Fahrzeugs auftauchten, hatte Cap mit einem raschen Manöver die Straßenseite gewechselt und näherte sich der Limousine jetzt dort, wo Strucker eben noch gewesen war. Er sah, wie Strucker einen Schuss versuchte, fluchte und wieder im Wagen verschwand.

Cap kam näher. Er überlegte, ob er einen Sprung vom Motorrad hinüber auf den dahinpreschenden Wagen riskieren konnte. Er war nah dran, das gleiche Tempo zu erreichen, so verdammt nah dran … aber die Gefahr, von der Limousine abzuprallen oder keinen Halt zu finden, war zu groß.

Das hintere Fenster des Fahrzeugs explodierte förmlich, als Strucker einfach hindurchfeuerte. Die Glassplitter prasselten auf Cap ein. Strucker rammte ein drittes Magazin in die Waffe und schoss durch das von Scherben gesäumte Fensterrechteck. Cap fing mehrere Schüsse mit seinem Schild ab, dann drehte er auf und fuhr links neben der Limousine her. Strucker erschien am Fenster und schoss weiter, aber Cap trug den Schild jetzt auf der ihm zugewandten Seite. Mit einem Ruck fuhr er näher an den Wagen heran, rammte den Schild flach gegen die Fensteröffnung und stieß Strucker zurück auf den Rücksitz.

Plötzlich schwenkte der Wagen nach rechts. Cap sah, dass sie sich rasend schnell dem Heck eines langsam fahrenden Sattelzugs näherten. Die Limousine war ausgewichen, um einen Zusammenstoß zu vermeiden. Sie passierten den Sattelzug auf beiden Seiten – die Limousine rechts, das Motorrad links. Sobald sie daran vorbei waren, schwangen sie wieder aufeinander zu.

Strucker leerte ein weiteres Magazin in Caps Richtung. Hinter ihm zersplitterten Schaufensterscheiben.

„Verdammt“, knurrte Cap, der sich nur allzu bewusst war, wie viele unschuldige Menschen sich in der Nähe befanden. Er fuhr dichter an die Limousine heran und blockierte die Schüsse mit seinem Schild.

Der Wagen wurde langsamer. Voraus herrschte dichter Verkehr, der sich vor einer Brückenkreuzung staute.

Cap nutzte seine Chance. Er hielt scharf auf die Limousine zu und sprang. Die Harley rutschte unter ihm weg, kippte zur Seite und blieb über den Asphalt schlitternd und eine Funkenspur hinter sich herziehend zurück.

Cap landete bäuchlings auf der Motorhaube der Limousine und klammerte sich fest. Er spürte, wie er abrutschte, und suchte nach besserem Halt. Am Steuer fing Gustav an, das Fahrzeug ruckartig hin und her zu lenken, um Cap loszuwerden.

Als das nicht klappte, zog Gustav seine Pistole, öffnete das Seitenfenster und lehnte sich heraus, um über die Motorhaube hinwegzuschießen. Ein Schuss streifte Caps linken Ärmel, die Panzerung konnte ihn kaum dämpfen. Cap schaffte es, den Schild zu drehen und zwei weitere Schüsse abzublocken. Er versuchte, mit den Stiefeln Halt zu finden und über die Haube zu kriechen, um durch die Windschutzscheibe hindurch anzugreifen. Wenn es ihm gelänge, Gustav ernsthaft zu attackieren, würde die Jagd vorbei sein.

Seine Versuche, auf den Avenger zu schießen, hatten Gustav vom Fahren abgelenkt. Cap hörte Strucker von hinten irgendetwas schreien. Gustav riss am Lenkrad.

Die Limousine streifte das Heck eines der im Stau stehenden Autos und entging nur knapp einem richtigen Zusammenstoß. Die stehen gebliebenen Fahrzeuge schoben sich ineinander.

Aber Gustav hatte die Herrschaft über die Limousine verloren. Sie rumpelte hart über den Bordstein und schlingerte dreißig

Meter weit über den Gehweg. Dabei riss sie ein Geländer nieder und krachte dann gegen eine Leitplanke.

Captain America klammerte sich immer noch an der Motorhaube fest.

Die Limousine brach durch den Brückenpfeiler und flog in sechs Metern Höhe über den Uferweg. Trümmer und die Reste ihrer Auspuffanlage hinter sich herziehend stürzte sie mit der Front voran in den breiten, tief unter ihr liegenden Fluss.

2

69° 30' SÜD, 68° 30' WEST
12. JUNI, 07:26 UHR ORTSZEIT

Der Weg nach unten war lang.

Sich überschlagend stürzte er aus der Bodenluke und tauchte ein in die schockierende Kälte und die Turbulenzen.

Unter ihm befand sich eine dichte Wolkendecke. Und darunter Ungewissheit.

Hawkeye hatte in seiner Laufbahn schon etliche HALO-Sprünge absolviert – aber bisher immer vorbereitet und noch nie in einem Notfall.

Er hatte nicht einmal Zeit gehabt, das Sprung-Pack richtig anzulegen. Auf einer Schulter saß es fest, aber das andere Gurt-Set flatterte im peitschenden Wind.

Anlegen, befestigen, sichern. Stabilisieren …

Er drehte und überschlug sich immer noch. Der Wind hieb ihm ins Gesicht. Keine Maske, kein Atemgerät. Er bekam keine Luft. Arme und Beine abgespreizt versuchte er, seinen freien Fall zu kontrollieren. Der Sog würde ihm jeden Moment das Sprung-Pack vom Rücken reißen. Er tastete umher, bekam die flatternden Gurte zu fassen und schaffte es, sie sich über die andere Schulter zu zerren und sie zu sichern.

Brennende Trümmer und Wolken aus verwirbeltem schwarzen Rauch erfüllten den Himmel ringsum. Was immer den Quinjet getroffen hatte, es hatte ihn vom Himmel geholt, den Rumpf durchschlagen und ihn dann zerlegt. Ein Boden-Luft-Angriff. Ein Missile. Er drehte sich und erhaschte einen Blick auf die Nase des Quinjets, die flammend wie ein Komet in den Wolkenbänken verschwand und öligen Rauch hinter sich herzog.

Ist sie auch rausgekommen? Bitte, Gott, mach, dass sie auch rausgekommen ist …

Er geriet in die Wolken. Keine Sicht mehr. Er stürzte durch eine eisige Leere aus sanftem Weiß, aber es fühlte sich an, als hinge er einfach nur da, schwebend und bewegungslos.

Arme ausstrecken, Barton, Beine ausstrecken. Bauch nach unten, Kinn hoch.

Wie lange blieb ihm noch? Zwanzig Sekunden? Dreißig? Er hatte keinen Höhenmesser, und er wusste nicht, wie hoch der Quinjet geflogen war, als er getroffen wurde. Wenn die Wolkendecke tief lag, mochte er den Boden jeden Moment erreichen. Er würde ihn nicht einmal auf sich zukommen sehen.

Der Druck war immens. Weil der Wind in seinen Ohren rauschte, konnte er nichts hören. Aus einem Nasenloch lief ihm ein Blutstropfen über die Wange nach oben und ins Auge. Er hatte das Gefühl, sich übergeben zu müssen. Das würde nicht gut aussehen. Ganz und gar nicht heroisch …

Das Sprung-Pack war kein Fallschirm, noch nicht einmal eine kompakte HALO-Version. Es war eine Einweg-Hebe-Einheit, basierend auf Repulsortechnologie, die Stark Industries entwickelt hatte. „Oh, ein Jet-Pack“, hatte Barton gelacht, als Stark den Avengers die Dinger vorgestellt hatte. Dafür hatte er einen finsteren Blick kassiert. Kein Jet-Pack. Nur ein Gerät, um einen „ansonsten tödlichen Sturz abzubremsen und den Aufprall zu dämpfen“.

Wenn er das Ding zu früh auslöste, würde es seine Brennstoffzelle aufbrauchen, und dann würde er weiter stürzen. Wenn er es zu spät auslöste …

Gib mir ein Zeichen, dachte er.

Hawkeye fiel aus der Wolkendecke. Schlagartig klärte sich die Sicht. Unter ihm gähnte die weite Landschaft. Ein Teppich aus dichter grüner Vegetation. Ein abfallender Horizont. Ein im Licht der untergehenden Sonne gelb gesprenkelter Himmel, der einen goldenen Schimmer über das Bild warf. Flüsse glitzerten. Das ferne Gorahn Meer schimmerte. Dann, weitab gelegen und irgendwie gespenstisch in seiner Wirkung, der scharf gezackte graue Grat der Ewigen Berge.

Der Dschungel unter ihm war dicht. *Sehr* dicht. Vor dem Angriff waren sie mit dem Quinjet gekreist und hatten einen brauchbaren Landeplatz gesucht. Es würde wehtun, wenn er in die Baumkronen krachte, Sprung-Pack hin oder her.

Ein Meteor mit feurigem Schweif schoss an ihm vorbei – eines der Jet-Triebwerke. Es schnitt schräg durch den Himmel und schlug im Wald unter ihm ein. Ein helles Aufflammen und ein Donnern, das er trotz des Windes hören konnte. Er sah Feuer in dem Einschlagloch, das das brennende Wrackteil in die Baumkronen gerissen hatte.

Ihm wurde bewusst, wie schnell der Boden auf ihn zuraste. Wo waren die Flieger, wenn man sie brauchte? Wo war Thor? Oder Iron Man?

Ja, wo zum Teufel steckten sie? Vor dem Missile-Beschuss war er über eine Stunde lang ohne Kontakt zur Basis herumgeflogen.

Er schob eine Hand zur Mitte des Gurtgeschirrs, fand den Auslöseknopf und drückte ihn. Nichts geschah. Wie wild hieb er auf den Knopf im Geschirr ein, als wolle er sich selbst eine Herzdruckmassage verpassen. *Hilfe. Komm schon! Komm schon!*

Verdammt, Stark! Das Ding funktioniert ni…

Dann merkte er, dass es doch funktionierte. Der Repulsorlift arbeitete so leise, dass er das Pochen im Rauschen des Windes nicht hören konnte. Er schwebte, sank wie eine Samenschote abwärts.

Er richtete sich aus, bis seine Füße nach unten wiesen. Okay, das war besser. So klappte es. Damit kam er klar.

Trotzdem krachte er in die Bäume.

Äste brachen und schlugen ihm ins Gesicht. Schlingpflanzen rissen ab. Blätter peitschten über seinen Körper. Er prallte gegen einen Baumstamm und spürte, wie ihm die Rinde über die Haut schmirgelte. Die plötzliche Düsternis war erfüllt von Staub, Blättern, Insekten und Trümmern. Haltlos wie ein alter Lappen kam er sich wie ein Idiot vor. Wo waren sie denn jetzt, seine berühmten akrobatischen Fähigkeiten, seine Eleganz?

Er knallte auf einen weiteren Ast. Und dann noch einen. Er fluchte vor Wut und Schmerz und verschluckte versehentlich ein Blatt. Würgend stürzte er tiefer, prallte ab von großen Bäumen, kleineren Bäumen, quer wachsenden Ästen und Schlingpflanzen so dick wie Ankerketten. Mit Armen und Beinen, die ihm nicht mehr zu gehorchen schienen, zerfetzte er Schleier aus Hängemoos. Das Sprung-Pack, nun mit Blättern verstopft, schaltete sich ab.

Er landete in einer Matte aus Farngewächsen, federte hoch, schlug gegen einen moosbewachsenen Felsen, wurde zurückgeworfen und landete mit dem Gesicht voran auf sumpfigem Boden. Dann, und erst dann, startete das Sprung-Pack wieder und hob ihn keinen halben Meter vom Waldboden hoch, als schwebe er bäuchlings in der Luft.

Doch schon im nächsten Moment verreckte das Ding abermals – und er schlug aufs Gesicht.

Stille.

Er atmete aus, dann setzte er sich hustend auf und spuckte Blätterreste aus. Er lebte. Seine Würde war irgendwo über ihm in den Baumkronen hängen geblieben, aber er lebte.

Hawkeye stand auf. Er streifte das lädierte Sprung-Pack ab, sagte dem Ding, was er von ihm hielt, und warf es beiseite.

Unbewegt lag die Lichtung vor ihm. Ringsum überall dicht wachsende Palmen und Farne, die ihm fremd waren. Massige, knorrige Bäume, von Reben und Schlingpflanzen umrankt, ragten in die grünliche Dunkelheit über ihm empor. Er hörte Geräusche – das Plätschern eines nahen Bachs, das Summen von Insekten, das Quaken und Zischen von Amphibien. Weiterhin knackte und rieselte es im Geäst der Bäume, durch die er gestürzt war.

Es war schwül. Schwitzend und verdreckt, wie er war, testete er sein Funkgerät, aber es war tot. Er aktivierte seinen Positionsanzeiger, den er am Handgelenk trug, und das grüne LED begann zu blinken. Er zog den Scanner aus seiner Gürteltasche und schwenkte ihn einmal im Kreis um sich herum. Das Ding reagierte nicht.

Keine Spur von ihr. *Bitte, Gott, mach, dass sie es aus der Maschine geschafft hat und lebend runtergekommen ist.*

Er ging los, aber das Gelände war nicht für Spaziergänge geschaffen. Felsen, Steine, Morast, Wurzeln, dichtes Blattwerk. Er zog sein Jagdmesser und benutzte die Sägeklinge, um sich einen Weg freizuschneiden. Schon bald waren seine Hände klebrig von Harz und Pflanzensäften. Er sah allerlei Insekten – schimmernde, wie glasiert wirkende Käfer mit mechanisch erscheinenden Bewegungen, sich windende Schlammwürmer, ein unterarmlanger Tausendfüßler, bei dessen Anblick er angewidert das Gesicht verzog. Mikroskopisch kleine Fliegen umhüllten seinen Kopf wie eine Wolke und suchten nach seinem Mund, seinen Nasenlöchern und Tränenkanälen – jede Körperöffnung durch die sie in seinen Körper eindringen konnten.

„Wie ich das hasse", sagte er laut. Er blickte nach oben und stellte fest, dass er unter einem Netz stand. Das Gespinst war so fein, dass es wie Rauch aussah. Das Gebilde spannte sich zwischen Baumstämmen und war so groß wie ein Tennisnetz.

Darüber, im Schatten einiger Blätter, machte er das Ding aus, das es gesponnen hatte. Schwarz, acht Beine, haarig und von der Größe eines Deutschen Schäferhunds.

Er sah zu, dass er wegkam. In dieser Gegend waren die Netzspinner definitiv nicht freundlich.

Hawkeye hatte das Gefühl, beobachtet zu werden. Das verriet ihm der Instinkt des Jägers. Er schloss die Hand fest um das Messer. *Wo bist du ...?*

Nichts. Er stapfte weiter. Sonnenlicht fiel in hellen Bahnen durch die Baumkronen und zerschnitt das smaragdgrüne Zwielicht.

Vor ihm bewegte sich etwas. Er sah Blätter zittern, duckte sich in den Schatten und presste sich mit dem Rücken gegen den dicken Stamm eines uralten Baums. So wartete er ab und wagte kaum zu atmen. Was es auch war, es kam näher. Er wartete, das Messer fest umklammert. Es war Zeit für den Bogen. Er brauchte dessen Reichweite. Aber er wollte sich nicht bewegen, um ihn hervorzuholen.

Und so wartete er. Irgendetwas kitzelte ihn an der Wange. Er schielte nach unten. Ein Skorpion, grün wie Guacamole und so groß wie seine Hand, krabbelte über sein Gesicht nach unten und auf seine Kehle zu.

Nicht jetzt, nicht jetzt ...

Blätter teilten sich. Etwas kam in Sicht. Es war groß.

Es war ein Entenschnabeldinosaurier, ein Zweibeiner, so groß wie zwei Autos. Den geschwollenen wissenschaftlichen Namen kannte Hawkeye nicht. Hadro-irgendwas. Er wusste allerdings, dass es sich um einen Pflanzenfresser handelte. Das Tier war massig, hatte einen gewölbten Rücken und ging vornüber gebeugt auf seinen beiden stämmigen Hinterbeinen, während es mit seinen kleineren vorderen Gliedmaßen den Boden eifrig nach schmackhaften Leckereien absuchte. Den Kopf hielt es tief, es schnüffelte und gluckste, und aus den Nasenlöchern rann feuchter Atem. Der schwere Schwanz wölbte sich horizontal nach hinten und hielt den Rest des Körpers im Gleichgewicht. Seine Augen waren groß und sanft wie die einer Kuh. Es roch auch wie eine verdammte Kuh – nach Viehstall. Irgendwie süß und faulig, fleischig und gasig. Er konnte das Gurgeln der fassartigen Mägen hören, die die gefressene Nahrung fermentierten und verdauten.

Vorsichtig führte er das Messer nach oben und schlenzte den Skorpion von seinem Kragen. Dann atmete er aus.

Der Saurier hob den Kopf ein wenig, als nähme er ihn zur Kenntnis. Einen Moment lang glotzte er ihn an, dann graste er weiter – und furzte. Es klang wie ein Trompetenstoß.

„Na, danke", sagte Hawkeye.

Das Tier war nicht allein. Zwei weitere ausgewachsene Exemplare folgten ihm, und dann zwei Junge. Alle fraßen.

Hawkeye setzte sich in Bewegung. Die Tiere sahen zu ihm auf.

„Lasst euch von mir nicht stören, Leute", sagte er. Sie senkten die Köpfe wieder.

Er checkte sein Funkgerät noch einmal. Immer noch nichts. War das Gerät beim Aufprall zerstört worden? Er machte sich daran, die Tasche zu öffnen, um nachzusehen.

Plötzlich hielten die Saurier inne.

Die erwachsenen Tiere richteten sich auf und hoben die Köpfe, lauschten oder witterten. Ihr Gemurmel und Schnüffeln war verstummt.

Was zum Teufel hatten sie gehört?

Da zuckten sie auf einmal zusammen und kehrten erstaunlich schnell und behände zurück in die Richtung, aus der sie gekommen waren. Unverkennbar gehetzt brachen sie durchs Unterholz, und die Jungen folgten ihnen. Eines der erwachsenen Tiere stieß ein seltsames kehliges Schluchzen aus, das irgendwie warnend klang.

Was ...?

Hawkeye steckte sein Messer ein und zog den Bogen. Er bestand aus einem Carbonkomposit, war handgefertigt und hatte ein Zuggewicht von zweihundertfünfzig Pfund. Ein perfektes Stück. Er prüfte rasch die Spannung, dann aktivierte er den Schalter am Griff, der ihn unter den verschiedenen Pfeilspitzenladungen aus dem automatischen Köcher, den er an der Hüfte trug, wählen ließ. Drei lud er hoch – zwei Standardspitzen, eine stumpfe. Freund oder Feind, er war für alles gewappnet.

Ein Schrei gellte über die Lichtung. Ein schrecklicher Laut, wie das Kreischen eines Schweins, das abgestochen wird – ein beinah menschlicher Ausdruck von Schmerz. Der Schrei kam von dort, wohin die Saurier verschwunden waren.

Hawkeye spannte sich. Er legte einen Standardpfeil auf, die anderen beiden hielt er zwischen den Fingern seiner Zughand bereit.

Ein Raptor platzte aus der Deckung auf der anderen Seite der Lichtung und stürmte auf ihn zu, den Peitschenschwanz hochgereckt, den Kopf gesenkt, das Maul aufgerissen. Die langen, kräftigen Hinterbeine trieben das Tier schneller voran als einen Gepard im vollen Lauf.

Der Saurier hatte ihn verfolgt und auf eine Gelegenheit zum Angriff gelauert. Er war ungefähr so groß wie Hawkeye, aber doppelt so schwer und hundertmal schneller. Ein purer Killer. Die Kiefer würden Hawkeye mühelos den Hals durchtrennen, während er mit den Vordergliedmaßen ausgeweidet wurde.

Er spannte die Sehne und ließ sie los. Der Blattspitzenpfeil traf den angreifenden Raptor ins Brustbein, stoppte ihn jedoch nicht. Hawkeye legte neu auf, schoss und versenkte den zweiten Pfeil dicht neben dem ersten. Jetzt hatte er nur noch den stumpfen in der Hand. Er schoss auch ihn ab und traf das Tier in die Kehle.

Dann sprang er zur Seite. Der Raptor raste an ihm vorbei, prallte gegen den Baum und sackte tot zusammen. Blätter segelten wie Konfetti aus der Baumkrone herab.

Hawkeye fluchte derb und lud rasch neue Pfeile nach. Zwei Dinge wusste er über Raptoren:

Sie waren reine Killer.

Und sie jagten im Rudel.

Er hatte den Bogen erhoben, bevor der zweite Raptor angriff. Dieses Mal zielte er auf die Hinterbeine. Ohne die konnte das verdammte Ding nicht rennen. Er jagte zwei Blattspitzenpfeile in die Muskeln des rechten Oberschenkels, und der Raptor ging mit schnappendem Kiefer und peitschendem Schwanz zu Boden. Hawkeye wich zur Seite aus, damit ihn die sichelartigen Krallen der Hinterfüße nicht erwischten.

Ein drittes Tier verließ die Deckung, dann ein viertes.

„Verdammt", knurrte Hawkeye. Er setzte dem ersten einen Blattspitzenpfeil ins rechte Knie, dann, als es schon fiel, einen weiteren in die Stirn. Der vierte Raptor hatte ihn unterdessen beinahe erreicht.

Der Sprengpfeil traf den Saurier in die Brust und verwandelte alles oberhalb seines Bauchs in eine rote Wolke aus blutigen Fetzen.

Hastig lud Hawkeye weitere Pfeile nach. Sprengpfeile. Sprengpfeile waren gut. Der fünfte Angehörige des Rudels erschien und rannte auf ihn zu. Und das Biest war verdammt schnell!

Hawkeye wurden die Füße weggerissen, er landete auf dem Rücken. Der Raptor, dem er die Pfeile in den Oberschenkel gejagt hatte, schlug immer noch wild um sich, und der Schwanz des Tieres hatte Hawkeye die Beine weggefegt. Nun lag er rücklings und hilflos da, und der Raptor schnappte gierig nach ihm. Speichel spritzte ihm aus dem Maul.

Hawkeye wälzte sich herum und schoss auf der Seite liegend. Keine ideale Position, aber es ging nicht anders. Der Sprengpfeil verschwand im Rachen des Raptors, und die Explosion ließ Fleischfetzen auf Hawkeye niederregnen.

Aber nun war der fünfte Raptor da. Er überwand die letzten

paar Meter wie ein olympischer Weitspringer, die Sichelkrallen seiner Hinterfüße erhoben, um Hawkeye schon bei der Landung zu packen.

Da krachten Schüsse, eine ganze Salve, rasend schnell und ohrenbetäubend laut. Eine Neunmillimeter. Die Geschosse schleuderten den Raptor noch im Sprung zur Seite. Das Tier krachte ins Unterholz und zerfetzte in seinem zuckenden Todeskampf das Dickicht.

„Willst du den ganzen Tag da liegen bleiben?", fragte Black Widow.

Sie trat in Hawkeyes Blickfeld, in jeder Hand eine rauchende Automatik. Ihr rotes Haar wirkte im grünen Zwielicht dunkel wie Blut.

Er stand auf.

„Dachte, ich lass es erst mal ein bisschen langsam angehen, Natasha", antwortete er. Er wollte sich nicht anmerken lassen, wie erleichtert er war, sie lebend zu sehen.

Sie musterte ihn und hob die Schultern.

„Willkommen im Savage Land", sagte sie.

„Na, vielen Dank auch."

„Funktioniert dein Positionsanzeiger?", fragte sie.

„Ja."

„Meiner nicht", erwiderte sie. „Hat den Sprung nicht überstanden. Dachtest du, ich sei tot?"

„Nein."

„Doch. Ich seh's dir an. Du hast dir Sorgen gemacht."

„Nein."

Sie grinste. Er sammelte die wiederverwendbaren Pfeile ein.

„Weißt du, was uns aus der Luft geholt hat?", fragte er.

Sie schüttelte den Kopf.

„Ein Missile", meinte sie.

„So viel hab ich auch mitbekommen. Funktioniert dein Funkgerät?", wollte er wissen.

„Nein. Ich glaube, wir befinden uns in einem Funkloch.“

„Ja“, pflichtete er ihr bei. „Macht mir ein bisschen Kummer, dass wir nichts gehört haben, bevor wir abgeschossen worden sind.“

„Das ist allerdings ein Grund zur Sorge“, stimmte sie ihm zu. „Ich muss dir was zeigen.“

Sie schlugen sich in den Wald. „Ich bin darauf gestoßen, als ich nach dir gesucht habe“, fügte sie hinzu.

„Was denn?“

„Das wirst du gleich sehen. Das Missile bedeutet, es weiß jemand, dass wir hier sind, und dieser Jemand will uns nicht hier haben.“

„Deshalb sind wir ja überhaupt gekommen.“

„Wenn wir Glück haben, dann glaubt unser Jemand, das Missile hat seinen Zweck erfüllt und wir sind tot“, erklärte sie.

„Wenn wir Glück haben.“

„Hier lang“, sagte sie.

Sie stiegen auf den riesigen Stamm eines umgestürzten alten Baums. Ein Strom von Ameisen so groß wie Wachsmalkreiden marschierte, mit sauber abgezwickten Blättern beladen, in einem geordneten Konvoi über die abgestorbene Rinde. Von dem Baum aus sprangen Hawkeye und Black Widow auf die Flanke eines Felsrückens, kletterten über das mit Flechten bewachsene Gestein noch höher und verharrten schließlich auf dem Kamm der Erhöhung, von wo ihr Blick in ein tiefes Tal im Wald fiel.

Unter ihnen lagen leuchtend gelbe Gebäude, ein Pulk von großen, modularen Konstruktionen, die aussahen wie miteinander verbundene Zellen. An einem Ende des Gefüges schlossen sich ein Hangar und ein Landefeld an, und um das ganze Gelände herum verlief ein Stacheldrahtzaun, der von Energiefeldmasten gespeist zu werden schien. Den Mittelpunkt bildete ein trommelförmiger Bau, der dreimal so groß war wie die anderen und auf dessen Dach Telekommunikationsmasten und Satellitenschüsseln standen.

„Unser Hinweis war richtig“, sagte Hawkeye.

„Stimmt.“

„Und einen Gegner, der so stolz auf sich ist, dass er Werbung für sich macht, muss man einfach gern haben“, ergänzte Hawkeye.

Black Widow nickte.

Alle Gebäude trugen ein Logo. Das auf dem Bau in der Mitte war doppelt so groß wie die anderen.

A.I.M.

Advanced Idea Mechanics.

„Sieht so aus, als hätten wir einen anstrengenden Tag vor uns“, meinte Hawkeye.

„Wir wissen ja nicht einmal, was hier gespielt wird“, erwiderte sie.

„Das ist egal“, sagte er. „Wir haben es mit A.I.M. zu tun. Und was immer A.I.M. treibt, kann nur schlecht sein. Das heißt, wir müssen sie aufhalten. Und zwar auf der Stelle.“

3

WASHINGTON, D. C.
12. JUNI, 07:45 UHR ORTSZEIT

In der linken unteren Ecke des Blickfelds seines Helms stellte eine kleine Digitalanzeige grüne Zahlen dar – eine tickende Uhr, die rückwärts lief.

Als er den Potomac erreichte, stand das Display auf 00:33:22.

Noch gute 33 Minuten, bis die Null erreicht war, der Punkt, den Tony Stark „Null Sechs" nannte. Sechs Nullen in einer Reihe. Eine eindrucksvollere, bedeutsamere Bezeichnung hatte er sich dafür nie überlegt – einerseits, weil der Zähler noch nie Null Sechs erreicht hatte, und wenn er es andererseits je täte, würde er sich über eine bessere Bezeichnung wohl kaum mehr den Kopf zerbrechen.

Er flog im Tiefstflug, fast überschallschnell und zwischen den Bäumen im Park hindurch anstatt darüber hinweg. Unverantwortlich – so würde man es im Bericht nennen, wenn hinterher noch jemand da war, der einen Bericht abgeben konnte. *Unverantwortlich.* Er sah es anders. Er sah es als zweckdienlich an. Als dringend. Sogar als notwendig – um die Welt zu retten.

00:32:44.

Er war ein menschliches Missile. Er flog so schnell, dass vom Boden aus nur ein goldener Streif in der Luft des frühen

Morgens zu sehen war, nicht die weltweit bekannte Gestalt in einer Rüstung, die schon so viele Titelseiten von Zeitschriften und Zeitungen geschmückt hatte. Wenn er vorüberzischte, dann klirrten Fenster in ihren Rahmen, sprangen Autoalarmanlagen an, und in seinem Sog schwankten Bäume. Als er den Fluss überquerte, zog sein Jet-Antrieb eine schäumende Spur über das Wasser.

00:31:33.

Die Stealth-Modi beeinträchtigten sein Tempo erheblich, deshalb verlangte er den Stiefeldüsen und dem Horizontalschub alles ab. Für Subtilitäten war keine Zeit. Er hielt sich dicht über dem Boden, was ihn ein bisschen weniger auffällig machte und ihm etwas natürliche Deckung schenkte, aber er war immer noch ein rasend schnelles und lautes Geschoss aus Metall.

„Avengers-Priorität, hier ist Iron Man. Erbitte Antwort, NSOC Washington."

In seinen Ohren knisterte und rauschte es.

„Hier ist Iron Man. Wie wär's, wenn ich eine Antwort befehle, NSOC? National Security Operations Center, hier ist Iron Man."

Nichts.

00:30:59.

„Verbindungsliste aufrufen", wies er seine Rüstung an. Ein Menü blitzte in seiner Visieranzeige auf. „NSOC, NSA/CSS Threat Operations Center, NSA Watchstation Fort Meade, NSA/CIA Joint Ops, CHCSS und USCYBERCOM auswählen und verbinden. Oh, und auch noch das State Department und Homeland."

+Auswahlen getroffen+

„Senden. Nachricht beginnt: Hier spricht Iron Man. Alpha-Situation, Pine Fields. Erbitte Prioritäts-Handshake-Protokoll und Ortungszugriff. Wiederhole, dringend!"

+Antwort negativ+

„Verdammt, dann verbinde mich mit S.H.I.E.L.D."

+Antwort negativ+

„Avengers, Priorität. Alle Aktiven und Inaktiven, im Einsatz oder nicht.“

+Antwort negativ+

Die Funkverbindungen waren seit über neunzig Minuten in allen Bereichen tot. Dahinter steckte mehr als nur eine Störung, auch mehr, als nur ein Zusammenbruch des Netzwerks. Und definitiv mehr als ein schlechtes Funknetz. Kanäle waren geschlossen und blockiert worden. Unmöglich zu sagen, wie weit dieser Coup reichte. Vielleicht betraf er die gesamte Ostküste. Vielleicht die ganze Welt. Vielleicht wäre er jetzt besser zu Hause, mit einem im Eichenfass gereiften Single Malt und einem Familie-Feuerstein-Marathon im Kabelfernsehen.

Denn Null Sechs hieß: zurück in die Steinzeit.

00:29:21.

Er war fünf Minuten von Pine Fields entfernt. Letzter Versuch.

Iron Man drehte sich um die eigene Achse, flog auf dem Rücken, geleitet von der Telemetrie seiner Rüstung und der Blickfeldanzeige des Helms. Er suchte den Himmel über sich ab, entdeckte einen erdnahen Satelliten, der sich noch zwei Minuten lang über ihm befinden würde, und jagte den Kreisreaktor in seiner Brust hoch. Während er sprach, wandelte seine Rüstung die Nachricht um in einen Unistrahl-Impuls, den der Satellit auffing und wieder abstrahlte.

„Avengers-Priorität, Iron Man an NSOC. Priorität, dringend. Ich schicke dieses Signal als Photonenpaket. Antwort umwandeln und zurückstrahlen. Dringend.“

Ein Knistern.

„Hier ist NSOC. Unser Netzwerk ist zusammengebrochen. Was ist los?“ Eine Frauenstimme, konzentriert, professionell, aber mit einem nervösen Unterton.

„Hallo, Sie da. Freut mich, dass Sie am Ball sind. Keine Zeit für Erklärungen. Alarmieren Sie alle Stationen. Liste folgt. Ich brauche Prioritäts-Handshake-Protokoll, Pine Fields."

„Negativ, Iron Man."

„Ich glaube, unter den gegebenen Umständen sollten Sie mir die Freigabe erteilen."

„Würde ich ja gerne, Sir. Aber die Protokolle wurden vor acht Minuten umgeschrieben. Wir haben selbst keinen Zugriff darauf."

„Schlage USCYBERCOM Source Overwipe Protocol vor."

„Davon sollte eigentlich niemand etwas wissen, Sir."

„Es sollte auch niemand in Kopfhöhe durch D. C. fliegen, aber auch das passiert gerade. Der Direktor der NSA soll die Erlaubnis erteilen. Alpha-Situation."

„Ehrlich gesagt hat der Direktor die Erlaubnis bereits erteilt, Sir. Overwipe ist aktiv. Aber das Protokoll wird blockiert."

„Okay, dann ist es schlimmer, als ich befürchtet habe."

„Wie schlimm haben Sie es denn befürchtet?"

„So schlimm, dass selbst ich dachte, es könnte nicht mehr schlimmer kommen."

„Das gesamte Netzwerk ist blockiert. Signals Intelligence, Auswertung, Erfassung, Analyse, Tailored Access, Inter-Bureau. Kommt das aus dem Ausland, Sir?"

„Ja. Nein. National, aber auf schlimmste Weise. Ich … hallo? Hallo NSOC?"

Statisches Rauschen. Der Satellit war vorbeigezogen.

Iron Man drehte sich wieder herum. Der Zielbereich kam rasch näher.

00:27:21.

Bäume, grau im Licht des frühen Morgens. Eine Zufahrtsstraße. Außenzaun. Innenzaun. Graben. Innerer Innenzaun. Anonyme Gebäude, dunkle Rechtecke, Flugzeughangars, diskret hinter Abschirmungen aus Ahorn- und Lärchengehölz platziert. Auf einer Seite ein Parkplatz mit abgestellten Autos. Jede Menge elektromagnetische und thermale Aktivitäten, die sich wie ein flackernder Sonnenfleck in seiner Blickfeldanzeige niederschlugen.

Pine Fields. Das war die primäre Black Chamber der NSA auf heimischem Boden, Server-Farm und Überwachungsstation. Stromverbrauch 406 Megawatt. Eigentlich sollte es auf der ganzen Welt keine Black Chambers mehr geben. Das waren schmutzige Cyber-Spionage-Atavismen aus kälteren Kriegen. Die wenigen Karten, auf denen Pine Fields tatsächlich verzeichnet war, führten den Komplex als Logistikzentrum eines Laubsauger-Herstellers auf. Laubsauger. Ernsthaft. Das war, als würde man behaupten, Matt Murdock sei gar nicht Daredevil. Das sah doch ein Blinder!

Noch mehr geparkte Autos. Eine Reihe von Recyclingbehältnissen. Ein Schlackenweg, der im hinteren Teil des Geländes zu einer Gruppe von kleineren Geräte- und Wartungsschuppen führte. Druckempfindliche Faserkabel, die in einem Radius von einer halben Meile in den Oberboden eingegraben waren. Digitalkameras. Restlicht-Kameras. Bewegungsmelder.

Ein Luft-Luft-Missile.

Sein Kollisions-Warnalarm ertönte. Iron Man rollte herum. Das Missile, es hatte die Größe eines Baseballschlägers, zischte über seine Schulter hinweg. Es flog einen Bogen und erfasste ihn von Neuem.

Das Ding reagierte auf Bewegung oder Hitze. Wie schön. Stark kannte das Modell nicht – kaum verwunderlich, denn es war erst vor achtzehn Minuten entwickelt und gebaut worden.

Er machte eine Ausweich-Rollbewegung, kühlte die Außenschichten seiner Rüstung blitzschnell herunter, um das Wärme-Suchsystem zu täuschen, dann landete er und rührte sich nicht mehr.

Das Missile kam direkt auf ihn zu.

Also reagierte es weder auf Bewegung noch Hitze. Das Ding wurde gesteuert.

Er startete wieder, seine Stiefeldüsen hinterließen einen Kreis aus Staub und Splitt über dem Boden. Das Missile schlängelte sich hinter ihm her.

00:26:40.

In der anderen Ecke seiner Blickfeldanzeige erschien ein weiterer Zähler, der ablief.

00:00:11.

So viel Zeit war noch, bis ihn das Missile traf.

„Stören."

+Störversuch fehlgeschlagen+

„Gegenmaßnahmen."

+Gegenmaßnahmen fehlgeschlagen+

„Holo-Geist-Täuschungsmanöver."

+Täuschungsmanöver fehlgeschlagen+

„Himmelherrgott …"

Iron Man rollte abermals herum, kam hoch, blickte dem näher kommenden Missile entgegen und feuerte seine Handflächen-Repulsoren ab.

Das Missile detonierte.

Die Explosion fegte ihn durch die Luft und schleuderte ihn hundert Meter entfernt gegen die Wand des nächsten Server-Gebäudes. Er schlug auf, beulte die Wandung ein und fiel zu Boden.

* * *

Tony Stark war beinahe versucht gewesen, sich von dem Missile erwischen und seine Rüstung den Treffer absorbieren zu lassen. Nun war er froh, dass er diesen Weg nicht eingeschlagen hatte. Der Sprengkopf, mit dem das Ding ausgestattet war, hatte seine Befürchtungen übertroffen. Hätte er ihn erwischt, wäre das sein Tod gewesen.

Denn, das war ihm jetzt klar, das Missile war darauf ausgelegt, ihn zu töten. Etwas so Kleines, das über eine derartige Zerstörungskraft verfügte, musste mit einer Antimaterie-Ladung ausgestattet sein.

Ein Iron-Man-Buster.

„Neustart."

+Systeme starten neu+

Zwei weitere Missiles jagten heran.

„Jetzt reicht's aber", knurrte er.

Die Stiefel fest am Boden, das Kraftfeld aktiviert, feuerte er seine Repulsoren ab und schaltete mit jeder Hand jeweils eins der Missiles aus. Beide explodierten weiß glühend in der Luft. Die Druckwellen ließen ihn erzittern.

Schluss damit.

Wenn die Missiles gesteuert wurden, hieß das, man beobachtete ihn. Er lud seinen Unistrahl und gab einen EMP sowie einen Ultraschall-Stoß ab. Sämtliche auf dem Gelände installierten Kameras schalteten sich ab, die Linsen zersplitterten. Wenn sie neu starteten – und das würden sie tun –, dann waren sie blind.

Er ging auf ein Knie nieder, legte seine rechte Hand flach auf den Boden und jagte einen Thermal-Impuls ins Erdreich, der das Netz aus druckempfindlichen Kabeln und die Bewegungsmelder durchschmoren ließ.

Der Missile-Treffer-Countdown war stehen geblieben und dann verschwunden. Der andere lief noch.

00:16:10.

Sechzehn? Wie zum Teufel war der Zähler auf sechzehn Minuten gesprungen?

Tony Stark benutzte ein Wort, das sein Pressesprecher nicht gutgeheißen hätte.

„Sind Sie noch da, Sir?"

„Hallo? Sind Sie das, NSOC?", gab er zurück.

„Ja, Sir. Entschuldigen Sie die Unterbrechung. Ich habe die

Verbindung neu positioniert. Ich benutze jetzt zum Abstrahlen einen Verkehrsbeobachtungshubschrauber über Anacostia."

„Sehr schön."

„Nur improvisiert."

„Aber gut improvisiert. Wie ist Ihr Name, NSOC?"

„Äh ... Special SIGNIT Support Supervisor Lansing, Sir."

„Special SIGNIT Support Supervisor ist ein Titel, aber kein Name."

„Äh ... Diane Lansing, Sir."

„Hallo Diane. Ich bin jetzt vor Ort. Pine Fields Black Chamber."

„Die NSA betreibt keine Black Chambers mehr, Sir. Und ... Pine Fields existiert offiziell gar nicht."

„In knapp fünfzehn Minuten wird sich der größte Teil der Weltbevölkerung wünschen, dass Pine Fields tatsächlich nie existiert hätte, Diane."

Er hob ab und flog dicht über dem Boden um das nächste Server-Gebäude herum. Die Stärke der elektromagnetischen Aktivität in dem Bau übertraf das Maß dessen, was seine Rüstung zu messen imstande war. Der Stromverbrauch überschritt die Fünfhundert-Megawatt-Marke.

„Sagten Sie fünfzehn Minuten, Sir? Was ist in fünfzehn Minuten?"

„Null Sechs, Diane."

Eine Pause.

„Genauer, bitte."

„Ich wünschte, ich hätte eine bessere Bezeichnung dafür, Diane. Ganz ehrlich. Man sollte meinen, dass ein Typ wie ich darüber nachgedacht und sich vielleicht dafür vorab ein Codewort hätte einfallen lassen. Da war ich wohl nachlässig. Ich habe Codewörter für alles Mögliche. Ich hätte es vielleicht den Von-Neumann-Horizont nennen können. Oder den Kurzweil-Moment. Oder den Vintage-Punkt. Irgendwas in der Art."

„Null Sechs, Sir?“

Iron Man flog nach oben und landete auf dem weitläufigen Flachdach des Gebäudes.

„Sechs Nullen. Das wird mein Zähler anzeigen. 00:00:00. In fünfzehn, nein, in vierzehn Minuten und ein paar Sekunden. Der Singularitätspunkt.“

„Singularität? Sir, sprechen wir von einem ASI-Event?“

„Ganz recht, Special SIGNIT Support Supervisor Diane Lansing. Chapeau. Und ich meine das keineswegs gönnerhaft. Ich bin ehrlich beeindruckt davon, wie Sie mitdenken. Das gibt mir mein Vertrauen in das Personal der NSA zurück. Sollte ich gönnerhaft klingen, liegt das daran, dass auf mich geschossen wird.“

Die Drohnen schwebten fast geräuschlos und dicht über der Dachoberfläche heran. Es handelte sich um mattgraue schüsselartige Konstruktionen, die an Schildkrötenpanzer erinnerten und jeweils vorn mit einem Okular und an den Ecken mit Turbopropellern ausgestattet waren. Eigentlich wurden die Drohnen zur Überwachung eingesetzt, aber irgendwann in den vergangenen fünf Minuten hatte man sie zu mobilen Angriffseinheiten umgebaut. In aller Eile per Nanotechnik gefertigte Trommelkanonen unter den Nasen der Drohnen entluden Ströme ultrakinetischer Tochtergeschosse in Starks Richtung.

„Sir? Sir?“

Sein Energiefeld und die Rüstung absorbierten die ersten Treffer, trotzdem warfen sie ihn zurück. Geschosse aus abgereichertem Uranium, wahrscheinlich von einer Art Miniatur-Maschinengewehrmechanik abgefeuert. Durchaus imstande, sein Energiefeld und die polarisierten Eisen/Platin/Karbon-Nanoröhrchen-Schichten seiner Rüstung zu durchschlagen. Durchaus imstande, ihn aufzufetzen und seine Organe und Knochen zu verdampfen.

Weitere Iron-Man-Buster also. Speziell darauf zugeschnitten, ihn zu töten.

„Bleiben Sie bitte kurz in der Leitung“, sagte er.

Er bewegte sich, die Schüsse jagten hinter ihm her und zerfetzten das Dach regelrecht. Er feuerte einen Repulsorstrahl aus seiner Handfläche ab und erwischte eine Drohne. Ihre Hülle riss auseinander, sie begann zu kreiseln und verschwand, Funken hinter sich herziehend, über den Dachrand.

Die andere kam näher und schoss dabei. Er spürte die Treffer auf seinem Bauch. Morgen früh würde er blaue Flecke haben. Wenn es noch ein Morgen gab.

Für Raffinessen war jetzt keine Zeit mehr. Er stürmte auf die Drohne zu und versetzte ihr einen Fausthieb, der sie über die Bäume hinweg davonsegeln ließ. Es sah aus, als würde sie irgendwann in Delaware landen.

Er richtete sein Augenmerk wieder auf die Gebäude ringsum und benutzte die Blickfeldanzeige seines Helms, um die komplexe Energiepräsenz der Anlage abzubilden.

„Sir?“

„Ich bin okay, danke der Nachfrage. Ich höre Sorge in Ihrer Stimme, Diane.“

„Bestätigen Sie einen ASI-Event?“

„Ja, Diane. In ungefähr ... lassen Sie mich kurz nachsehen ... in elf Minuten wird eine artifizielle Super-Intelligenz den kritischen Punkt ihrer Intelligenzexplosion erreicht haben. In diesem Moment wird sie das Kognitionsniveau sowohl menschlicher als auch herkömmlicher künstlicher Intelligenzen übertreffen, und das war’s dann für uns, ganz egal, wie viele Überstunden wir schieben.“

„Oh Gott.“

„Es benutzt diese Black-Chamber-Einrichtung hier als Nest, Diane. Als Inkubator. Als Fabrik. Hier hat es Rohstoffe und Energie, außerdem Zugriff auf so ziemlich alle Möglichkeiten zur Kommunikation, Transmission und Datenverarbeitung, die es auf der Welt gibt – offiziell und inoffiziell. Weil die Black

Chamber durch ihr Überwachungsnetz mit so ziemlich allen Möglichkeiten zur Kommunikation, Transmission und Datenverarbeitung, die es auf der Welt gibt – offiziell und inoffiziell –, verknüpft ist."

„Dann geht es hier also nicht nur um Kognition, Sir?"

„Ja, Diane. So ist es."

Er scannte die Umgebung. Zwei Gebäude weiter – das Epizentrum. Ein grell flimmerndes Netz aus Energie, das die Blickfeldanzeige seines Helms erfassen konnte. Er hob ab.

„Sie sind klug, Diane. Hier geht es nicht nur darum, die Schwelle der ASI-Kognition zu überwinden. Es geht darum, globale Kommunikation und Datensysteme zu kooptieren, um den ASI-Kortex zu bilden. Diane, erinnern Sie sich an diese Filme aus den Neunzigerjahren über Computer, die das Internet übernehmen? In der Regel haben Schauspieler die Hauptrollen übernommen, die sonst immer als Clique in irgendwelchen Filmen für Jugendliche gespielt und damit versucht haben, ihrer Karriere eine neue Richtung zu geben."

„Ja, Sir."

„Computer, die das Internet übernehmen. Das hörte sich so erschreckend an. Aber es bedeutete natürlich nichts. Das hier allerdings, das ist … ganzheitliche Subversion menschlicher Technologie, Hard- und Software, die einer kognitiven Entität hörig ist, die wiederum nicht nur schlauer als wir sein wird. Sie wird schlauer sein als das Schlauste, was wir uns vorstellen können, und dann wird sie schlauer werden als alles, was wir uns nicht vorstellen können, und dann noch schlauer. Unermesslich schlau. Und allmächtig. Die Zivilisation wird nicht einfach enden – sie wird überflüssig sein, vergessen werden. Sie wird weder eine Bedeutung noch eine Definition haben. Und wir werden die fleischlichen Komponenten einer umgewandelten Totalität sein, die wir uns gar nicht ausmalen können. Wenn wir Glück haben."

Er landete auf dem nächsten Dach und schlug eine weitere Drohne beiseite, als die auf ihn zusirrte. Er feuerte einen gebündelten Laserstrahl aus seinem Kreisreaktor ab und schnitt einen Schlitz in den mehrschichtigen Dachbelag – kupferne Signalabschirmung, Kühlpaneele und EMP-Isolierung. Dann grub er seine Finger in den Schlitz und riss das Dach auf.

„Diane, Professor Stephen Hawking hat gesagt, die Vollendung einer ASI wäre nicht nur das größte Ereignis in der Geschichte der Menschheit, sondern auch das letzte."

Er ließ sich durch das Loch fallen, das er geschaffen hatte, und zündete seine Stiefeldüsen.

„Sir? Ich habe jetzt den Direktor der NSA dran. Er möchte mit Ihnen sprechen."

„Ich möchte lieber mit Ihnen sprechen, Diane."

„Sir, der Direktor besteht darauf."

Im Innern des Gebäudes befanden sich die riesigen Blockeinheiten der Server-Farm, schwarze Rechtecke so groß wie Frachtcontainer, die auf dem massiven Betonboden standen. Sie waren umrankt von irgendetwas, das aussah wie Gestrüpp oder Unkraut.

Tatsächlich handelte es sich um nanotechnologischen Faserbewuchs. Iron Man konnte sehen, wie sich das Zeug aufbaute, vermehrte, verzweigte und ausbreitete.

Wie es gedieh. Geradezu erblühte.

„Eben weil er darauf besteht, möchte ich lieber weiter mit Ihnen sprechen, Diane. Sie bewahren die Ruhe, Sie sind gut informiert, Sie sind, wie gesagt, klug, und Sie haben eine angenehme Stimme. Ist er wütend oder gereizt? Bestimmt, oder?"

„Das kann ich bestätigen, Sir."

Irgendetwas sprang Iron Man an. Es war von menschlicher Gestalt, aber größer – ein skelettartiges Maschinenwesen. Wie schon die Missiles und die Angriffsdrohnen war auch dieses Ding in den vergangenen paar Minuten auf rapide Weise nanofakturiert worden, gezielt entwickelt und maßgeschneidert produziert.

Teil der neuen Rasse. Ein Fußsoldat der neuen Ordnung. Ein Glied der ASI, deren Geburt anstand, ein Werkzeug, eine Waffe.

00:06:31.

Die Uhr war abermals weitergesprungen. Die Entwicklungsgeschwindigkeit beschleunigte sich exponentiell.

Iron Man drosch das Maschinending beiseite. Es gab keinen Ton von sich, als die Faust seinen Kopf zertrümmerte. Zwei weitere solcher Wesen attackierten ihn und rissen mit nanogeformten Krallen an ihm.

„Sir?“

„Ich hab hier gerade ein Malware-Problem am Hals, Diane. Sagen Sie dem Direktor bitte, dass er, anstatt mit mir zu sprechen – oder mich anzuschreien, was mir wahrscheinlicher erscheint –, seine Befugnisse und seinen Einfluss nutzen soll, um die SIGINT Threat Division, USCYBERCOM, S.H.I.E.L.D., CHCSS, Homeland Emergency Protocol und SYStemic Overwatch zu koordinieren. Sagen Sie ihm, er soll die Avengers kontaktieren, wenn das möglich ist. Sagen Sie ihm, er soll die Air Force mobilisieren, sie soll bereitstehen, um diese Anlage auszulöschen, wenn ich den Befehl dazu gebe. Sagen Sie ihm, dass ihm jetzt sämtliche Stark-Ressourcen auf meine Ermächtigung hin zur Verfügung stehen. Und sagen Sie ihm, er soll die Leute von den Potomac Gas- und Elektrizitätswerken wecken.“

„Sir?“

Iron Man kassierte einen schmerzhaften Schlag aufs Visier. Er fuhr herum und zerschmetterte eines der Nanowesen. Das andere hieb mit seinen Krallen nach ihm. Er rammte es mit dem Ellbogen beiseite und blies ihm mit einem Repulsorstrahl die Beine weg.

Er sah, wie sich in dem Nanotech-Gestrüpp ringsum weitere Wesen bildeten.

„Sagen Sie ihm, er soll den Strom abstellen. Schnell, solange es noch möglich ist. Überall. D.C., Ostküste, das Überlandleitungsnetz, alles."

„Sir, es gibt dort bei Ihnen auf dem Gelände separate Generatorensysteme, Back-ups, die sich einschalten, wenn die externe Stromzufuhr ausfällt."

„Um die kümmere ich mich. Sagen Sie ihm, er soll alles abschalten, was er abschalten kann. Tut er das? Diane, tut er das?"

„Ja, Sir."

Eine Nanogestalt holte Iron Man mit einem Schlag von den Füßen. Er stand wieder auf und hieb seine Faust durch die Brustplatte des Dings.

00:03:12.

„Sir? Sir, wie nah sind Sie dran? Können Sie es sehen?"

„Ja, Diane, ich kann es sehen."

Iron Man schlug weitere Nanowesen beiseite. Ein Stück voraus sah er, wie eine Gestalt entstand. Wie sie hergestellt wurde. Autonome Nano-Faktur-Systeme bauten einen Körper. Ein Vehikel für die ASI.

„Es ist ehrlich gesagt ziemlich schön, Diane", sagte Stark. „Auf seine ganz eigene und ganz und gar schreckliche Art und Weise. Es ist, als sei man Zeuge der Entstehung eines Universums. Der Zukunft. Ungeahnter Möglichkeiten."

„Sir, wissen Sie, was es ist?"

„Ja, Diane. Ein Freund von mir hat es erschaffen. Die ursprüngliche Form jedenfalls. Seine größte Errungenschaft. Sein größter Fehler. Ich ... *Diane?*"

Nichts. Keine Antwort.

Die Gestalt vor ihm, doppelt so groß wie ein Mensch, hob ihren Kopf und blickte ihn an. Der Kopf war eiförmig und schimmerte silbrig. Letzte Grinde, Reststoffe, die beim Nano-Zusammenbau zurückgeblieben waren, lösten sich wie Ascheflocken. Die geschlitzten Augen, fast senkrecht stehend, leuchteten rot. Der Mund war eine starre Grimasse – halb verzerrt, halb lächelnd.

„Anthony", sagte die Gestalt. Die Stimme klang fast vollkommen menschlich. „Hallo, Anthony."

„Hallo, Ultron", erwiderte Tony Stark.

00:00:01

4

SIBIRIEN
12. JUNI, 23:55 UHR ORTSZEIT

Aus der Schwärze hinter ihm tauchte ein Monster auf.

So schnell wie der Blitz, der seinem Befehl unterstand, fuhr Thor herum und schlug ihm die Faust ins Gesicht. Der Hieb pulverisierte die riesigen, meißelartigen Zähne des Monsters und warf es zurück in den Regen und den Rauch.

Thor Odinson – Donnergott und Rächer – hörte, wie Steine brachen und splitterten, als das Monster in einiger Entfernung landete.

Thors Miene war finster. Sintflutartiger Regen, schwarz wie Blut, rann über seinen Kettenpanzer und ließ den Umhang schwer und glatt von seinen Schultern hängen. Wasser tropfte aus seinem goldfarbenen Haar. Er war alles andere als amüsiert.

Aber Monster boten Ablenkung. Er widmete sich wieder seiner Aufgabe.

„Gehorche mir", knurrte er. Regentropfen hämmerten ihm ins Gesicht. Der Wind heulte.

„Gehorche mir", wiederholte er mit mehr Nachdruck – diesmal nicht im weichen Dialekt Midgards, sondern in der Zunge seiner Heimat, der alten Sprache Asgards.

Das Unwetter kooperierte nicht.

Es überraschte ihn nicht – der Sturm war widernatürlich. Thor spürte das Kribbeln der Magie, die hier am Werk war, aber er bedurfte dieses verräterischen Hinweises nicht, um zu wissen, dass das Unwetter nicht normalen irdischen Ursprungs war. Selbst in den ödesten Tiefen Sibiriens – in seinen entlegensten und schutzlosesten Gegenden – hüllte das Wetter die Landschaft nicht in einen Nebel, der so dunkel war wie Rauch, und es ergoss sich auch hier für gewöhnlich kein Regen, der schwarz wie Öl war.

Er hob die rechte Faust mit Mjölnir. Schwarzes Wasser strömte am Griff des mächtigen Hammers hinab und troff von Thors Handgelenk und seinem muskulösen Unterarm. Er benutzte den mystischen Hammer jetzt als Magneten, als Kanal für die elementaren Gaben, die ihm angeboren waren. Er war der Gott des Donners – der Sturm hätte gezwungen sein müssen, ihm zu gehorchen.

Doch das tat er nicht. Der Regen prasselte weiter hernieder, der rauchartige Nebel wogte unverändert. Blitze, im Nebel halb verborgen, zuckten auf, und grollender Donner dröhnte wie die Kriegstrommel eines Bergtrolls.

Ein weiteres Monster sprang aus der Dunkelheit. Ungeduldig schlug Thor mit Mjölnir zu und fällte es. Er hörte das Ungeheuer heulen und wimmern, als es davonhinkte und im Nebel verschwand.

Thor schloss die Hand fester um den Hammer und ließ ihn kreisen, erst langsam, dann zunehmend schneller und mit immer mehr Schwung. Wenn der Sturm ihm nicht gehorchte, dann würde er ihn bezähmen. Er würde ihn bestrafen.

Mjölnir kreiste brummend und erzeugte einen Strudel. Der Wind verformte sich und klagte. Blitze umflackerten Thors aufragende Gestalt, und Elmsfeuer liefen knisternd über den Kopf des Hammers und tropften wie leuchtender Schaum davon herab.

Zyklonale Kräfte strahlten nach außen. Thor ließ den Hammer nach unten fahren, hieb einen Krater in den felsigen Boden und erzeugte eine Druckwelle, die den Regen verdampfte.

Schlagartig kehrte Ruhe ein.

Triefend richtete Thor sich auf. Es regnete zwar immer noch, aber es war nur noch ein Nieseln. Der Wind hatte sich gelegt, und der Nebel war verschwunden, als wäre er abgesaugt worden, nur über dem Boden blieb ein feiner Dunst zurück. Der Donnergott hatte den Sturm ausgelöscht, wenigstens vorübergehend.

Er sah sich um. Beunruhigende Regungen im mystischen Substrat Midgards hatten ihn auf Probleme aufmerksam gemacht, und er war im Namen der Avengers ins sibirische Ödland gekommen, um der Sache nachzugehen. Bei seinem Eintreffen war er auf einer uralten dunklen Felsnase gelandet, einem Plateau, das sich vor Äonen aus dem Flachland Sibiriens geschoben hatte. Fast augenblicklich war der Sturm über ihn hergefallen, als hätte er ihn erwartet – wie ein Raubtier, das auf den Moment zum Angriff lauerte.

Der Himmel über ihm war noch immer so dunkel wie die Mitternacht, und Blitze durchschnitten den Horizont in einem Radius von hundert Kilometern. Der Wolkenbruch hatte Regenwasser in den Spalten und Klüften des Granits hinterlassen. Das Nieseln kräuselte die Pfützen.

Was Thor jedoch wirklich beschäftigte, war der kleine Berg vor ihm. Der war bei seiner Ankunft noch nicht dagewesen. Er hatte sich erst während der ungeheuren Verdunkelung durch den Sturm erhoben.

Etwas unirdisch Böses schwelte in diesem Berg. Thor konnte den dunklen Sog spüren wie eine magnetische Kraft. Was es auch war, es bereitete ihm eine Gänsehaut. Es war das gleiche Gefühl, das ihn befiel, wenn er gezwungen war, Muspelheim aufzusuchen, das Reich der dämonischen Brut des widerlichen Surturs.

Den Hammer fest in der Hand machte Thor sich über die zerklüfteten Felsen hinweg auf den Weg zu den Ausläufern des Berges. Im Gehen murmelte er einen Schutzzauber – ein Zauber, den seine Mutter ihn gelehrt hatte, die schöne Frigga.

Er hielt weiter nach Monstern Ausschau. Diejenigen, die ihn im Sturm angegriffen hatten, gehörten zu einer Art, die er nicht kannte. Sie hatten nach alter Magie und verwesenden Knochen gerochen. Schnurrendes Knurren und verwehendes Fauchen hallten zwischen den Felsen wider, aber es ließ sich nichts blicken.

Er schritt voran und sprang, wo es nötig war, mühelos von einem Felsen zum nächsten.

Am Rande seines übernatürlichen Hörvermögens fing er fernes Gemurmel auf, so leise jedoch, dass er die Worte nicht verstehen konnte. Ihr Ton war bisweilen klagend, dann wieder höhnisch.

Da nahm er eine Bewegung wahr.

Er blieb stehen und sah nach unten. Die Bewegung war am Boden gewesen, in einer der vielen Wasserlachen. Die Oberfläche all dieser Pfützen kräuselte sich noch im Nieselregen, doch die Bewegung, die er registriert hatte, war mehr gewesen als nur ein Aufspritzen.

Aus dem Augenwinkel sah er Bewegung in einer weiteren Pfütze. Ruckartig drehte er sich um.

Mit gerunzelter Stirn ging er in die Knie und tauchte die hohle linke Hand in die nächste Lache. Das Wasser war eiskalt. Es lief zwischen seinen Fingern hindurch, als er die Hand hob.

Er richtete den Blick auf eine andere Pfütze. Diesmal sah er, ganz kurz nur, ein blasses Gesicht aus dem Wasser spähen. Es verschwand so schnell, wie es erschienen war.

Und die Stimmen flüsterten.

Verwundert blickte er von Pfütze zu Pfütze. Flüchtig wie Geister erschienen Gesichter auf den dunklen Oberflächen, wie von schmutzigen Spiegeln reflektiert. Aber sie verschwanden stets in dem Moment, in dem er direkt hinschaute.

„Zeigt euch“, schnauzte er. „Der Odinson befiehlt es.“

Es erfolgte keine Reaktion, und es war kein Laut zu hören – außer dem leisen Plätschern des Regens und dem Raunen des Windes.

Dann zeigte sich doch etwas.

Es war ein weiteres Monster.

Es war dreimal so groß wie Thor und von der Statur eines riesenhaften Affenwesens, dessen Fell aus der schwarzen behaarten Haut einer Raubspinne gefertigt war. Das Maul der hundeartigen Schnauze starrte von gewaltigen gelben Zähnen. Rings um die Schnauze und die Lippen herum, wo die Haut in einem kränklichen Rosa schimmerte, sprossen vereinzelt dünne schwarze Haare. Die Augen des Monsters waren glühende bernsteinfarbene Schlitze.

Das Erschreckendste jedoch war die Art und Weise seines Erscheinens. Denn obwohl es die Statur eines Frostriesen von beträchtlicher Größe und die Masse mehrerer Elefantenbullen besaß, erhob es sich aus einer Pfütze.

Das Monster schnellte aus dem Boden wie ein Kastenteufel. Blutig schwarzes Wasser spritzte in alle Richtungen. Es stieß ein Brüllen aus, das auf Infraschall-Ebene widerhallte und Thors Zwerchfell vibrieren ließ. Er zuckte überrascht zurück, wich jedoch nicht.

Das Monster sprang ihn an.

Sein Maul öffnete sich weit, es hatte gut und gern den Durchmesser eines Kanaldeckels. Stinkender Atem wehte aus dem gähnenden roten Schlund.

Thor riss den linken Arm hoch, um den Angriff der Kreatur abzublocken. Sie biss zu.

Thor schrie vor Schmerz auf.

Die Zähne hatten ihm eine blutende Wunde zugefügt. Die

Wucht, mit der das Monster angriff, trieb ihn rücklings über den feuchten Fels.

Thor stieß einen Fluch im Namen des Allvaters aus.

Die Kreatur war stark, so stark wie das stärkste Wesen in den neun Reichen. Es hatte die fast unverletzbare Haut eines Asen durchdrungen.

„Was für eine Art von Geschöpf bist du?“, fragte er donnernd.

Das Monster antwortete nicht. Seine Kiefer waren um Thors Arm geschlossen, wie die eines Hundes, der sich in einen Ast oder einen Knochen verbissen hatte. Jetzt zerrte es an ihm, versuchte, ihm den Arm abzutrennen. Thor spürte, wie seine Muskeln schmerzhaft rissen und die Wunden im Fleisch größer wurden. Diese Kreatur war tatsächlich im Begriff, ihn von den Beinen zu holen.

Mit einem Kriegsschrei schwang er Mjölnir und hieb dem Monster den Hammer von unten in den Bauch. Der Treffer hebelte das Untier aus. Es ließ los, wankte zur Seite – halb fallend, halb rollend – und stieß ein Brüllen aus, in dem sowohl Schmerz als auch Wut lagen.

Thor blickte auf seinen Arm. Blut lief aus den Bisswunden. Es sah aus, als wäre er mehrfach mit Klingen aus Nidavellir getroffen worden.

Schon setzte das Monster seinen Angriff fort. Thor begegnete ihm mit Mjölnir.

Diesmal schlug er aus der Schulter heraus zu, ein voller Hieb. Die Kraft des Arms eines Gottes ließ den Hammer auf den Schädel des Ungeheuers niederfahren. Der Treffer schickte das Monster direkt zu Boden. Dennoch versuchte es, sich wieder zu erheben. Die Zähne wütend gefletscht versetzte Thor ihm zwei weitere Hammerschläge, bevor es seine Bemühungen einstellte.

Doch kaum war es still geworden, tauchten rings um den Asen herum weitere Monster auf. Sie sprangen, wie schon das erste, aus den Pfützen empor. Es waren verquere Kreaturen – einige humanoid, andere eher tierähnlich, eines schwabbelig und schwer wie ein monströser Keiler. Brüllend und heulend gingen sie auf ihn los, griffen aus allen Richtungen an, schnappten mit bezahnten Mäulern und hieben mit schmutzigen Krallen nach ihm.

Thor setzte sich zur Wehr, schwang Mjölnir in der rechten Faust und teilte mit der linken Hiebe aus. Gelegentlich trat er auch um sich und stieß mit dem Ellbogen zu, wenn die Monster ihm zu dicht auf die Pelle rückten.

Ihre Kraft und Ausdauer waren demütigend. Treffer, die normalerweise auch einen beachtlichen Gegner gefällt hätten, musste er drei- oder viermal wiederholen, um auch nur eine der Kreaturen zu bezwingen.

Thor war eines der stärksten Wesen in der Welt der Sterblichen, doch diese Monster hielten der Wut seines kriegerischen Könnens stand.

Sie waren magische Geschöpfe, eine dämonische Brut, die in magischem Fleisch gebunden war. Nur Magie der dunkelsten Art verlieh ein solches Maß an Widerstandskraft.

Der Regen prasselte nun wieder heftiger herab. Während er kämpfte, bemerkte Thor, dass auch der rauchartige Nebel erneut aufzog, die Luft verschmutzte und die Sicht minderte. Die Monster wirbelten und heulten in dem Dunst um ihn herum, lauerten, schlugen zu und zogen sich wieder zurück in die Schleier aus stinkender Luft.

Eines der Monster schlang die Arme um ihn. Thor sprengte den Griff und rang das Ding rücklings nieder, bevor er ihm den Rest gab.

Doch war er dadurch einen Moment lang schutzlos.

Er verzog das Gesicht zu einer Grimasse, als ihm Krallen über den Rücken fuhren. Zähne senkten sich in seine Schulter, zerfetzten ihm das Kettenhemd.

Er rollte sich herum, warf die Kreaturen ab und befreite sich.

Kaum stand er wieder, drehte er sich um die eigene Achse,

rief den Monstern im Rauch und Regen höhnische Worte zu und schwang Mjölnir nach allen, die es wagten, ihr Glück zu versuchen. Der Hammer zertrümmerte Rippen, Stoßzähne, Hörner und Glieder und drosch zuschnappende Schnauzen beiseite.

Dann stürzten sie sich alle gemeinsam auf ihn.

Das kämpferische Können des Donnergotts basierte hauptsächlich auf seiner körperlichen Kraft und seiner Kühnheit, doch fehlte es ihm nicht völlig an Verstand und Gerissenheit. Er ließ Mjölnir kreisen, als sie nahten, packte den Hammer am Lederriemen und ließ sich von dem mächtigen Aufwärtsschwung in die Luft ziehen. Um ihr Ziel gebracht, prallten die Monster gegeneinander.

Thor drehte sich in der Luft und ließ sich von seinem Hammer wieder nach unten tragen, zu einer Stelle auf halber Höhe der schwarzen Geröllflanke des neu entstandenen Berges. Knirschend setzte er auf.

Die Monster bellten und brüllten im Nebel unter ihm. Sie machten sich daran, den Hang heraufzuklettern, um sich ihr Opfer wieder zu holen.

Thor setzte seinen Aufstieg fort. Das Kribbeln der Magie wurde zunehmend unangenehm, aber er wollte einen Blick auf den Gipfel werfen. Die Spitze eines Berges war dessen heiligste Stelle. Dort fanden Rituale statt, und dieser Berg musste zu einem bestimmten Zweck entstanden sein.

Ein einziger Blick nur, um die Art und das Ausmaß der Bedrohung abzuschätzen, dann würde er seinen Kameraden, den Avengers, Bericht erstatten. Er hatte das eindeutige Gefühl, dass er sie zu seiner Unterstützung brauchen würde. Eine schreckliche Dunkelheit stieg auf, um die Welt zu ersticken.

Die Luft wurde kälter. Stürmische Winde heulten um ihn herum, und in den heftigen starken Regen mischte sich Graupel. Gelächter und nur halb zu hörende Worte zischelten und hallten im Wind.

Er erreichte eine Felsspitze und hielt kurz inne. Blitze spalteten die Luft um ihn herum. Donner krachte.

„Du hast dir ja ganz schön Zeit gelassen, um hier heraufzukommen", sagte eine Stimme.

Thor fuhr herum, doch dann senkte er den Hammer.

„Wanda?"

Den roten Umhang zum Schutz vor dem Regen fest um sich gezogen, lächelte Scarlet Witch ihn an.

„Einen Moment lang dachte ich schon, ich würde dieser Sache allein gegenüberstehen, Thor", sagte sie.

„Wie bist du hierhergekommen?", fragte er.

„Cap hat mich dir zur Verstärkung geschickt", antwortete sie.

„Und ich glaube, die werde ich brauchen", erwiderte er. „Kommen noch mehr?"

Sie zuckte die Schultern.

„Ich habe keine Ahnung. Kurz nach meiner Ankunft hier habe ich den Kontakt verloren. Ich kann die Avengers nicht erreichen, weder auf magischem noch auf technischem Weg. Ich nehme an, dass dieser Ort die Verbindung stört."

„Er strotzt vor Magie", pflichtete Thor ihr bei, „und die Art dieser Magie ist in der Tat sehr stark. Dort unten lauern Dämonen und noch Schlimmeres."

„Du bist verletzt", stellte sie fest, als sie die Bisswunden an seinem Arm sah.

„Sie sind auf Blut aus", erklärte er. „Wir müssen vorsichtig sein."

„Hast du eine Idee, womit wir es zu tun haben?", fragte Wanda. „Hast du … hast du so etwas schon einmal gesehen? Irgendetwas aus Asgard oder einem anderen Reich?"

Thor schüttelte den Kopf.

„Ich weiß noch nicht genug darüber", räumte er ein. „Ich habe noch nicht genug gesehen. Ich weiß nur, dass dämonische Magie am Werk ist … und das in einem Maß, bei dem eines Menschen Seele erbleichen würde."

„Dann ist da etwas, das du sehen solltest", sagte Scarlet Witch. „Ein Stück weiter, hinter der nächsten Felsspitze. Ich habe es gerade erst entdeckt. Du musst mir sagen, was es ist."

Er nickte.

„Gern, wenn ich es weiß", erwiderte er. „Zeig es mir."

„Hier entlang." Ebenso rasch wie anmutig ging sie voran. Ihr roter Umhang bauschte sich hinter ihr. Regen rann über ihr hautenges scharlachrotes Kostüm und glitzerte wie Diamanten in ihrem langen rotbraunen Haar.

Wanda Maximoff war eine Meisterin der Magie. Doch ihre Anwendung dieser Gabe war ungewöhnlich und individuell, eine ganz eigene Kunstform. Sie war zwar eine Hexe, und ihre primären Kräfte wirkten am besten, wenn sie aus der Distanz eingesetzt wurden und sie ihre Reichweite ausspielen konnte, aber sie war auch körperlich fit. Wie alle lang gedienten Avengers hatte sie das Repertoire ihrer Fähigkeiten per Kampftraining erweitert für den Fall, dass die Magie ihr den Dienst versagte. Captain America hatte sie persönlich unter seine Fittiche genommen.

Selbst ohne ihre Zauberkräfte wäre Thor froh gewesen, Wanda in einem Kampf an seiner Seite zu haben. Er hatte gesehen, wie sie Gegner ausschaltete, die doppelt so groß und stark waren wie sie selbst.

Das körperliche Training hatte ihr außerdem zu hervorragender Balance und Trittsicherheit verholfen. Sie kletterte und sprang, ohne zu zögern, über die rutschigen Felsen vor ihm her.

„Da", sagte sie schließlich. „Schau. Was ist das, Thor?"

Er erreichte sie, trat an ihr vorbei und spähte in die Dunkelheit.

„Ich sehe nichts", sagte er verwundert.

„Da!", wiederholte sie. „Sieh da hin, direkt vor uns."

Er mühte sich, sah jedoch nichts außer Regen, von Blitzen flackernd erhellte Felsen und alles umfassende Nacht.

„Wanda“, begann er, „ich …“

Etwas traf ihn von hinten. Schmerz schoss sein Rückgrat hinauf, er fiel nach vorn. Kaum lag er da, drehte er sich herum und versuchte aufzustehen. Da wurde er abermals getroffen, von einem Blitz aus blauem Feuer, der ihn an den Rand des vorspringenden Felsens schleuderte. Tastend suchte er nach Halt, um nicht abzustürzen.

Ein dritter Schlag traf ihn. Er heulte vor Schmerz auf. Es fühlte sich an, als würden seine Knochen schmelzen.

An die Kante des zerklüfteten Felsens geklammert schaute er auf.

„Wanda …?“

Sie stand über ihm, die behandschuhten Hände ausgestreckt, die Fingerspitzen auf ihn gerichtet. Blaues Feuer umspielte knisternd ihre Hände.

Das Lächeln auf ihren Lippen war bar aller Wärme und jeglichen Mitgefühls.

„Du hättest mir nicht den Rücken kehren sollen, Odinson“, sagte sie. „Du bist unachtsam gewesen, und jetzt bist du verloren.“

5

MADRIPOOR
12. JUNI, 22:01 UHR ORTSZEIT

Manche sagten, das Straits Royal Hotel repräsentiere den Gipfel des Lowtown-Luxus – andere meinten, es sei das Low-Budget-Ende der Hightown-Gastlichkeit. Was auch immer davon zutraf, Fakt war, dass das Hotel einen verblassenden kolonialen Charme besaß – eine architektonische Grandezza und einen Service von einer Qualität, die von vergangenen eleganteren und glamouröseren Tagen kündeten.

Dr. Bruce Banner, der mit US-amerikanischen Papieren reiste, in denen als Beruf „Forschungsphysiker" eingetragen war, saß an einem Tisch in der Terrassenbar und beobachtete die Straße unter sich. Ein makellos livrierter Kellner brachte ihm auf einem Silbertablett seine Bestellung, und Banner unterschrieb, um sie auf seine Zimmerrechnung zu setzen.

Die Nacht hatte sich herabgesenkt, und sie war warm. Banners Leinenanzug war kühl, aber die flexible Plastikmanschette um seinen linken Unterarm ließ die Haut darunter schwitzen, was er als unangenehm empfand. Er atmete sanft aus, trank einen Schluck Tee und schob die Gereiztheit beiseite.

Die Luft war reich an Gerüchen – Rauch, Verkehrsabgase, die würzigen Düfte von Lebensmitteln, die zubereitet wurden;

schwerer wogen jedoch die Noten von Müll, Schweiß, heißem Beton und dem Zitronengestank der Kerzen, die zur Abwehr von Insekten auf allen Tischen standen. Außerdem war es laut – Autos, Motorroller, Stimmen, Böller, Straßenhändler, die ihre Waren anpriesen, dazu die hellen und sich ständig wiederholenden Töne der Fußgängerampeln.

Das Straits Royal belegte einen Eckblock und das laut einer Plakette in der Lobby schon seit 1870. Die Straße davor bestand daher eigentlich aus zwei Straßen. Sie trafen direkt vor der Terrassenbar aufeinander, als wäre deren Dreiecksfläche der Bug eines luxuriösen Kreuzfahrtschiffs, das in ein Verkehrsmeer hineinpflügte. Die Chantow Street, die sich wie eine Schlange aus dem Nest der ungeplant angelegten Durchgangsstraßen von Lowtown herauswand, kam von Banners linker Seite und vereinte sich mit dem Orchard Highway, einer breiten, modernen Prachtstraße, die zu seiner Rechten wie ein Pfeil aus dem Herzen von Hightown schoss. Aus Richtung Lowtown quollen Handwagen, rostige Mopeds und Pkw sowie ein paar vereinzelte Karren, die von Wasserbüffeln gezogen wurden, heran, dazu Heerscharen von Arbeitern und Passanten. Diese Ströme vermengten sich mit Reihen von Bussen, auf Hochglanz polierten westlichen Automobilen und weißen Stretchlimousinen aus Hightown. So war es immer gewesen.

Der zweischneidige Ruf des Straits Royal beruhte im Prinzip auf seinem Standort an dieser Kreuzung zwischen der verarmten, gesetzlosen Lowtown und der strahlend exklusiven Hightown. Es war beides und doch keins von beidem – das Allerbeste des einen und das Schlimmste des anderen. Es war, in Bruce Banners Augen, die Quintessenz der Inselstadt. Nur wenige Orte auf der Welt waren so grundlegend getrennt wie Madripoor. Eine binäre Nation, Heimat der unvorstellbar Reichen und der unfassbar Armen. Zwei diametral verschiedene Leben, die in einem Körper koexistierten.

Er wusste, was das für ein Gefühl war.

Vor dem Straits Royal vermischte sich das Blut von Low und High. Hightown-Touristen wurden vorbeigeführt, um einen Blick auf das pikantere Nachtleben von Lowtown zu werfen. Reiche, überprivilegierte Amateure unternahmen verstohlene Ausflüge in die düstere Lowtown, auf der Suche nach verbotenen Genüssen und leichtsinniger Zerstreuung. Kriminelle aus Lowtown gingen am Rand des Reiches von Hightown auf die Pirsch nach Opfern. Hunderte, wenn nicht gar Tausende von Schichtarbeitern strömten nach Hightown, um ihren demütigenden und schlecht bezahlten Jobs in der Dienstleistungsbranche nachzugehen. Andere trotteten wieder heimwärts, hundemüde und ausgelaugt.

Banner fiel auf, dass die Arbeiter aus Lowtown in ihren Arbeitskitteln und Uniformen im wimmelnden Fluss der Fußgänger den würdevollsten und zivilisiertesten Eindruck machten. Ihm fiel außerdem auf, dass es die alten Kisten aus Lowtown waren, die für die Limousinen aus Hightown bremsten, dort, wo die chaotischen Verkehrsströme ineinander mündeten.

Über den Skylines aus Hochhäusern und niedrigeren Gebäuden lag die Nacht wie dunkler, bernsteinfarbener Dunst auf der Stadt.

Banner hörte ein drängendes Plappern, wandte sich um und sah in ein strahlendes, fröhliches Lächeln. Der Junge war nicht älter als dreizehn, ein Straßenkind aus Lowtown. Er ging auf der Terrasse von Tisch zu Tisch, verkaufte Ansichtskarten vom Prinzenpalast, dem Sovereign Hotel und anderen Sehenswürdigkeiten, die er gestikulierend in einem abgegriffenen Klappfalter aus durchsichtigem Plastik präsentierte.

„Sehr guter Preis für Sie", sagte er.

Banner lächelte und schüttelte den Kopf.

„Sehr guter Preis zu wirklich annehmbaren Bedingungen", beharrte der Junge unverzagt.

Ein wütender Ruf erklang. Der Junge faltete seine Plastik-Konzertina mit geschicktem Schwung zusammen und rannte los. Der Hotelkellner folgte ihm über die Terrasse, klatschte in die Hände und scheuchte den Jungen davon wie einen streunenden Hund.

„Tut mir sehr leid, Sir", sagte der Kellner zu Banner auf seinem Weg zurück zur Bar.

„Mir auch", erwiderte Banner.

Er schaute auf sein Smartphone. Keine neuen Nachrichten. Er verspürte einen Anflug von Unmut, dann Sorge. Er holte tief Luft und merkte, wie die Plastikmanschette um seinen Arm ein klein wenig enger wurde.

Ein weiterer Atemzug. Ein Schluck Tee.

Dale McHale nahm neben ihm am Tisch Platz. Er blickte auf Banners Getränk.

„Grüner Tee? Echt jetzt?"

Banner nickte.

„Steigert die Konzentration, wirkt aber auch beruhigend."

„Im Ernst? *Grüner* Tee? Der Witz schreibt sich ja von selbst, Doc."

„Vielleicht ist das der wahre Grund, weshalb ich ihn trinke. Vielleicht habe ich einen Sinn für Humor, den Sie noch nicht einmal ansatzweise erkannt haben."

McHale hob die Augenbrauen auf eine Weise, die besagte, dass er das nicht für besonders wahrscheinlich hielt. Er bestellte eine zuckerfreie Limonade. Er war ein großer, kräftig gebauter Mann, blond und gut aussehend, trug einen dunkelblauen Anzug und ein offenes weißes Hemd. Er nahm seine Sonnenbrille ab.

„Sie sind spät dran", sagte Banner.

„Hier herrscht Madripoorzeit", erwiderte McHale. „Daran müssen Sie sich gewöhnen, wenn Sie in dieser Gegend Geschäfte machen wollen. Selbst die offiziellsten Termine sind …

flexibel. So funktioniert diese Insel nun mal. Alles dauert etwas länger."

McHales Limonade wurde serviert. Er bezahlte bar, dann zückte er sein Smartphone und verzeichnete den Betrag gewissenhaft in seiner Spesen-App.

„Wenn es ein Problem gibt, möchte ich darüber gern Bescheid wissen", sagte Banner leise.

McHale warf ihm einen Blick zu.

„Ehrlich, Doc. Es gibt kein Problem."

Banner hob seinen linken Arm, nur ein wenig, gerade so weit, dass der Ärmel seines Leinenanzugs eine Spur nach oben rutschte und der Rand der Plastikmanschette zu sehen war.

„Beim geringsten Anzeichen von erhöhtem Puls, Adrenalinausschüttung oder auch nur einer Hitzewallung fängt dieses Ding an, Sedative in meine Haut zu pumpen. Starke Sedative, McHale. Ich könnte dann nicht mehr die Ruhe bewahren, selbst wenn ich es wollte. Aber es schadet nicht, sich die psychologischen Grundlagen zu vergegenwärtigen."

„Und die wären?"

„Spekulative Erregung ist schlimmer als tatsächliche Erregung. Das heißt, wenn etwas nicht stimmt und Sie es mir sagen, dann kann ich damit vernünftig und ruhig umgehen. Wenn ich aber nur spüre, dass etwas nicht stimmt, und den Verdacht hege, dass Sie es mir nicht sagen, weil Sie befürchten, es könnte mich aufregen, dann würde ich natürlich vermuten, dass es einen guten Grund zur Beunruhigung gibt. Und mir entsprechend viel größere Sorgen machen. Unnötige Aufregung ist nicht unser Freund."

McHale nickte.

„Okay, verstanden. Was wollen Sie wissen, Doc?"

Banner zögerte. Dann beugte er sich vor und flüsterte verschwörerisch: „Ist Dale McHale Ihr richtiger Name?"

Überrascht lachte McHale auf.

„Wie bitte?“

„Ich mein’ ja nur“, sagte Banner, „hört sich an wie ein erfundener Name.“ Er lehnte sich achselzuckend zurück. „Wie der eines Superhelden.“

„Was soll das nun wieder heißen?“

„Wie der Name des Alter Egos eines Superhelden. In einem Comicheft. ‚Dale McHale‘. Das reimt sich sogar.“

„Na und? Ihr Vor- und Ihr Nachname fangen mit demselben Buchstaben an!“

„Um mich geht es hier aber nicht. Ihr Name reimt sich. Er ist erfunden, stimmt’s? Sie haben ihn sich ausgesucht. Gibt es ein Buch mit S.H.I.E.L.D.-Tarnnamen? Stehen die Namen am Stück drin, oder gibt es getrennte Abschnitte für Vor- und Zunamen? Sind Sie erst Spalte A und anschließend Spalte B durchgegangen und haben sich dann gesagt: ‚Hey, das klingt gut!‘ Na?“

McHale grinste und schüttelte den Kopf.

„Das ist mein Name, Doc“, sagte er. „Ich trag ihn seit meiner Geburt. Kein Tarnname, ich schwör’s bei Gott. Mein Vater war beim Marine Corps, genau wie ich. Und sein Vater auch. Guadalcanal. Der Name wurde mit Ehren weitergegeben.“

„Sie sind also Dale McHale der Dritte?“

„Kein Geringerer.“

„Was für eine wunderbare Welt“, sagte Banner und nippte mit einem schlitzohrigen Grinsen an seinem Tee. „Also? Was gibt es für ein Problem?“

Agent Dale McHale III. schürzte die Lippen und drehte sein Glas auf dem Tisch.

„Ich durchschaue, was Sie gerade getan haben, Doc. Sie haben das Eis gebrochen. Eine Verbindung zwischen uns hergestellt.“

„Ich glaube fest daran, dass zwei Personen sich möglichst eng und oft miteinander verbinden sollten.“

McHale lachte leise.

„Okay“, sagte er und lehnte sich nach vorn. „Wir hatten einen

Fuß auf dem Boden, aber die ursprünglichen Kontakte sind uns weggeschmolzen wie Schnee. Im Moment wird ein bisschen improvisiert. Aber es sind *Experten*, die da improvisieren. Wir gehen davon aus, dass wir wieder in der Spur sind. Eine Location wird gerade überwacht. Ich rechne damit, dass wir binnen dreißig Minuten grünes Licht bekommen werden. Wenn alles klar ist, bringe ich Sie rein. Dort sehen wir dann weiter."

„Werde ich in irgendeiner Form gründlich eingewiesen?"

„Wir haben Sie aufgrund Ihrer speziellen Fachkenntnisse als Berater dazugeholt."

„Auf welchem Gebiet? Biologie? Chemie? Ingenieurwesen? Physiologie? Kernphysik? Technologie? Wenn Sie mich als Experten anheuern, bekommen Sie mehr als nur eine Person."

McHale musterte ihn.

„Lassen Sie sich auf meinen Sinn für Humor ein, McHale", empfahl Banner. „Also? In welcher Eigenschaft bin ich hier?"

„In allen", sagte McHale.

Banner blickte auf seine Manschette. Er tat einen besänftigenden Atemzug.

„Wo liegt das zweite Problem?", fragte er dann.

„Welches zweite Problem?"

„Die logistischen Verzögerungen tun doch nichts zur Sache. Sie sind nicht alarmierend, deshalb hatten Sie auch keinen Grund, sie mir vorzuenthalten. Diese Information haben Sie nur preisgegeben, damit Sie etwas anderes für sich behalten können."

„Oh Mann, sind Sie clever, Doc."

„Das ist wahrscheinlich der Grund, weshalb ich hier bin."

„In Ordnung, die Sache ist die …", begann McHale. Auf einmal sah er gar nicht mehr fröhlich aus. „Wir haben Gerüchte aufgeschnappt. Es gab ein paar Zwischenfälle. Irgendwas war in der Russischen Föderation. In Sibirien. Auch in Berlin ist etwas passiert. Beides Alarmstufe Beta. Und an der Ostküste der Vereinigten Staaten. Washington. Dieser letzte Fall ist der beunruhigendste. Berichten zufolge Alarmstufe Alpha."

„In Washington?" Banner schluckte. Er spürte, wie sein Herz ein wenig schneller schlug.

„So ist es."

„Und was redet man so?"

„Das ist es ja. Nichts. Jedenfalls nicht von amerikanischer Seite. Die Kommunikationsverbindungen sind unterbrochen. Alle. Abgeschaltet. Blockiert. Wir versuchen herauszufinden, ob das Problem bei uns oder bei ihnen liegt, aber es sieht so aus, als wäre es Washington. Stützpunkte auf der ganzen Welt melden das Gleiche. Wir wägen unsere Optionen ab. Vielleicht brechen wir hier ab und ziehen uns zurück. Das Vaterland hat Vorrang."

„Können Sie über abgesicherte S.H.I.E.L.D.-Verbindungen senden und die Avengers erreichen?"

McHale sah ihn an.

„Im Moment nicht", sagte er.

Banner nickte.

„Sind Sie okay, Doc? Sie sehen ein bisschen blass aus."

„Mir fehlt nichts", antwortete Banner. Er trank einen weiteren Schluck von seinem Tee. „Es ist besser, über diese Dinge Bescheid zu wissen. Drei große Krisen, alle in einer Nacht. Das ist ein ziemlicher Hammer."

„Vier."

„Wie bitte?"

„Vier", sagte McHale. „Madripoor. Was wir hier tun. Die Sache wurde gerade auf Beta hochgestuft."

Banner seufzte. Er legte die rechte Hand auf seinen linken Unterarm und übte sachten Druck auf die Manschette unter seinem Ärmel aus. Er verspürte einen winzigen, aber dennoch beruhigenden Anflug der Wirkung der Sedative.

„Alles okay mit Ihnen?"

„Mir geht's gut."

„Ehrlich?"

„Ehrlich. Aber ich würde gern so schnell wie möglich mit Stark oder Cap sprechen."

„Wir auch." McHale wischte sich mit einer Serviette den Mund ab. „Ich lass es Sie wissen, sobald wir eine Verbindung haben."

Sie wurden von einer lauten Stimme unterbrochen. Irgendetwas stieß gegen Banners Stuhl.

Es war der Straßenjunge, der Ansichtskarten verkaufte. Er schaute Banner an.

„Entschuldigung, Entschuldigung", stieß er hervor und rannte davon. Der wütende Kellner verfolgte ihn. Der Junge war auf die Terrasse zurückgekehrt, um noch eine Runde um die Tische zu drehen, und auf dem Weg hinaus mit Banner zusammengestoßen, als der Kellner ihn abermals fortjagte.

Oder nicht?

Banner stand auf.

„Doc?"

„Der Junge war vorhin schon einmal hier. Er weiß, dass er hier keine Chance hat, etwas zu verkaufen, aber er ist trotzdem wiedergekommen."

„Und? Das ist doch nur ein Kind."

Banner fasste in seine Jacke.

„Er hat meine Brieftasche und mein Telefon."

„Verdammt!", fluchte McHale und sprang auf. Banner eilte bereits über die Terrasse und hinaus auf die Straße, dem Jungen hinterher.

„Doc!" McHale rannte ihm nach. „Es ist doch nur eine Brieftasche. Und nur ein Telefon. Das lässt sich doch alles ersetzen."

Banner rannte weiter und drängte sich in die Menge. Er schob sich vorbei an Touristen, Geschäftsleuten, Arbeitern und Bettlern.

„Er ist zurückgekommen, McHale. Er hat mich ausgesucht.

Auf dieser Terrasse sind hundert Leute, aber er hat mich ausgesucht. Ich war sein Ziel. Jemand will meinen Ausweis haben und hat den Jungen bezahlt."

„Verdammt!", sagte McHale noch einmal. „Sind Sie paranoid?"

„Immer", erwiderte Banner. Sie rannten jetzt beide. „Aber wir sind in Madripoor. Hier herrscht Alarmstufe Beta. Und das ist nicht mein erstes Rodeo. Womöglich sind wir gerade im großen Stil aufgeflogen."

„Verdammt!", wiederholte McHale. Er zog sein Smartphone hervor. Während sie sich durch das Gewühl zwängten, hob er die Hand mit dem Telefon über den Kopf und machte Schnappschüsse von dem wimmelnden Nachtleben, das sich vor ihnen erstreckte.

„Hab ihn!", verkündete er dann. Er öffnete ein paar Bilder, vergrößerte sie mit Daumen und Zeigefinger, dann berührte er eine Kurzwahltaste.

„Hier ist McHale. Wir haben ein Problem. Auf der Lowside von Chantow, westlich vom Strait Royale. Schicke euch Fotos von einem Verdächtigen. Ist jemand in der Nähe?"

„McHale?"

Banner packte ihn am Arm und bewahrte ihn vor einer Kollision mit einem Imbisswagen. McHale war so mit seinem Telefon beschäftigt gewesen, dass er nicht mehr aufgepasst hatte, wo er eigentlich hinlief.

„Er ist da lang", rief Banner und drängelte sich durch die Menge auf die Einmündung einer Seitenstraße zu.

„Ich lasse Ihr Handy verfolgen", erklärte McHale und rannte hinter ihm her.

Die Seitenstraße war verdreckt und nur löchrig gepflastert. Beiderseits wurde sie von Imbissständen und anderen Buden gesäumt. Über ihnen schwangen schmuddelige Baldachine, an denen Laternen hingen. Im Vorbeirennen spürten Banner und

McHale die Hitze der Kochstellen. Es roch kräftig nach gebratenem Fleisch und Reis. Die Leute beschwerten sich lautstark, wenn sie beiseitegerempelt wurden. Ein paar traten ihnen in den Weg, um ihre Waren zu verkaufen. Aber ebenso rasch wichen sie wieder zurück, sobald sie McHales Statur und Miene sahen.

Sie erreichten eine Ecke. Ein in den Schatten der Nacht liegendes Straßengewirr. Müllbeutel türmten sich wie eine Wand aus aufgestapelten Sandsäcken. Dampf wölkte aus einem Gully, stieg in die Höhe und zerstob, wenn er von den klappernden Ventilatoren der Dunstabzüge erfasst wurde.

„Wohin?", fragte Banner.

McHale schaute auf sein Handy.

„Nach links!"

Sie rannten wieder los.

„Dreißig Meter. Sein Vorsprung wird kaum größer."

Sie bogen um eine weitere Ecke. Banner entdeckte den Jungen. Da vorne war er, verstrickt in einen erregten Wortwechsel mit einer großen, dunklen Gestalt in einem Kapuzenmantel. Banner sah, wie der Junge der Kapuzengestalt ein Smartphone reichte.

„Bleiben Sie ruhig, Doc!", ordnete McHale an. „Überlassen Sie das mir."

McHale trat vor.

„Gib das her!", rief er. „Sofort!"

Der Junge sah sie und rannte davon. Die Kapuzengestalt drehte sich herum.

Sie war groß. Erst als sie sich ihnen jetzt zuwandte, erkannte Banner, wie groß sie wirklich war. Über zwei Meter dreißig, dazu ungeheuer breit. Die Kleidung der Gestalt war schmutzig und zerlumpt, als stamme sie aus einem Secondhandladen und wäre dann wochenlang getragen worden, Tag und Nacht.

In einer ihrer behandschuhten Hände hielt die Gestalt Banners Telefon und seine Brieftasche.

„Fallen lassen!“, rief McHale. Er griff nach hinten an seinen Hosenbund und zog eine Waffe – eine lange, schlanke Nadelpistole aus gebürstetem Stahl.

Banners Puls raste. Viel zu schnell, zu hart. Er kämpfte darum, ruhig zu bleiben. Spürte, wie die Sedative in seinen Arm gepumpt wurden. Er wollte, dass es aufhörte. Benommenheit war jetzt das Letzte, was er gebrauchen konnte.

„McHale …“

„Die Brieftasche und das Handy! Los!“, verlangte McHale, die Pistole im Anschlag.

Die Gestalt hob ihre leere Hand und streifte die Kapuze nach hinten. Ihr Gesicht, der ganze Schädel ähnelte nur vage dem eines Menschen. Irgendjemand war hier anscheinend in unverantwortlicher Weise mit Hunde-DNS zu Werke gegangen.

Die Gestalt fletschte ihre Reißzähne. Sie knurrte wie ein wütender Mastiff.

McHale stieß einen Fluch aus. Banner wusste, dass der Agent im Begriff war zu schießen.

Doch bevor er abdrücken konnte, brüllte die monströse Gestalt auf. Es war der brutale Laut eines Kampfhunds. Banner zuckte zusammen, als er den unverkennbaren Schlag entfesselter psychischer Kräfte verspürte.

Eine knisternde psionische Aura umflackerte die Stirnpartie des riesenhaften Hundemenschen. Eine Lanze aus grellem blauen Licht schoss aus seiner Stirn hervor und jagte die Gasse entlang. Sie traf McHale. Der S.H.I.E.L.D.-Agent flog nach hinten durch die Luft, als hätte er einen scharf geworfenen Ball in den Bauch bekommen, und brach zusammen.

„McHale!“

Banner spürte, wie sein Puls hochschnellte. Ein Adrenalinstoß durchraste ihn. Die Manschette pumpte auf maximaler Stufe.

Banner bebte im hektischen Takt seines Blutes. In seiner Schläfe pochte der Puls. Der saure Geschmack von Wut stieg ihm in der Kehle hoch. Sein Schädel fühlte sich an wie eine unnötige Einengung. Sein Stoffwechsel schwamm in Sedativen, aber er konnte trotzdem spüren, wie sich in ihm etwas abspulte, etwas, das aus Rage und schrecklicher Kraft bestand.

Banner spürte, wie sein anderes Ich erwachte.

Die psionische Aura flammte abermals auf. Die Kreatur schoss einen weiteren Blitz aus bläulich glühender psychokinetischer Energie ab.

Banner fühlte den Treffer und einen sengenden Schmerz in seiner Brust. Er wurde zurückgeschleudert, die Luft wurde ihm aus den Lungen getrieben. Mit dem Hinterkopf schlug er aufs schmutzige Straßenpflaster.

Er blinzelte benommen.

Über sich sah er zerrissene Baldachine, schwarze Wohnhausmauern ragten empor, darüber ein schmales Stück bernsteinfarbenen Nachthimmels.

Und dann eine alles verschlingende grüne Dunkelheit.

6

BERLIN
12. JUNI, 18:12 UHR ORTSZEIT

Als der Abend dämmerte, wurde die zerstörte Limousine aus dem Fluss gezogen.

In Sturzbächen ergoss sich Wasser aus dem Innern des Fahrzeugs und den Radkästen, im Licht der Scheinwerfer glitzernd wie Kaskaden aus Silbermünzen. Der Kran war ein wuchtiges orangefarbenes Gerät mit ausfahrbarer Winde. Hydraulikstützen sorgten für festen Stand auf dem Uferweg.

Die Limousine schwang langsam hin und her. Verbeult und zerschrammt wie sie war, sah sie aus wie ein fremdartiges Lebewesen aus der Tiefsee, blind und knurrend, aufgehängt und kurzerhand hochgehievt aus den Abgründen des Meeres.

Schaulustige und Medienvertreter bevölkerten die Ufer der Spree. Die Polizei hatte Absperrgitter aufgestellt, um die Leute fernzuhalten, und etliche uniformierte Beamte in signalfarbenen Westen riefen Anweisungen, um die Menge im Zaum zu halten.

Taucher waren im Wasser. Wenn sie hochkamen, hielten sie sich an gelben Schwimmkörpern fest, wechselten ein paar Worte und deuteten hierhin und dorthin, bevor sie wieder abtauchten.

Andere Männer gingen an den Ufern entlang und suchten dort das Gelände ab. Sie trugen dunkle, zweckmäßige Kleidung ohne Rangabzeichen oder Kennungen, die sie einer bestimmten Organisation zuordneten. Sie fotografierten den Bereich mit Kompaktkameras und kommunizierten via Kehlkopfmikrofon.

Captain America stand unter der Brücke auf dem Uferweg. Ein weiteres Mal ließ er den Blick über den Fluss schweifen.

„Ich dachte, den könnten Sie vertragen."

Er drehte sich um. Gail Runciter hatte in jeder Hand einen Kaffeebecher mit Deckel. Sie reichte ihm einen, zögerte aber, als sie sah, dass Cap bereits einen Becher in der Hand hielt.

Er wackelte damit, um anzuzeigen, dass er leer war, warf ihn in einen Abfalleimer und nahm den aus ihrer Hand.

„Danke."

„Sind Sie okay?", fragte sie. „Sie waren lange im Wasser."

„Ich bin in Ordnung. Ich habe versucht, ihn zu finden."

„Das Wasser ist verdammt kalt, selbst zu dieser Jahreszeit."

Er öffnete die Aufreißlasche im Deckel seines Bechers und trank einen Schluck.

„Mir war schon viel kälter", erwiderte er, „und das auch noch viel länger."

Runciter zuckte mit den Schultern. Sie war eine gut aussehende Frau mit intensivem, forschendem Blick und streng nach hinten gebundenem braunen Haar. Sie gehörte zu den zähesten Agenten von S.H.I.E.L.D., und sie hatte schon einige Male mit Cap zusammengearbeitet.

„Die Leiche des Fahrers hat man schon gefunden", sagte sie.

„Weiß man, wer er ist?"

„Nicht mit Sicherheit, aber wir glauben, es handelt sich um einen ehemaligen Special-Forces-Söldner namens Gustav Malles. Ziemlich beeindruckendes Vorleben. Blutige Jobs im Irak, in Afghanistan, Pakistan, der Ukraine und Belize. Keinerlei Skrupel und nicht der geringste Hinweis auf nationale Zugehörigkeiten oder Loyalitäten."

„Ideales Hydra-Material. Irgendeine Spur von Strucker?"

Runciter schüttelte den Kopf.

„Er könnte am Grund der Spree liegen“, meinte sie. „Wir baggern den Fluss aus und haben die Taucher im Wasser. Die Strömung ist an dieser Stelle ziemlich stark, er könnte also schon ein paar Kilometer weit abgetrieben worden sein.“

„So leicht stirbt Strucker nicht.“

„Deshalb suchen wir auch die Ufer und die angrenzenden Bereiche ab. Es gibt nicht viele Stellen, an denen man aus dem Fluss steigen könnte, und an einigen davon würde er es nicht schaffen, wenn er verletzt wäre. Die Ufer sind sehr hoch. Wir gehen von Stelle zu Stelle, nehmen Wohn- und Geschäftshäuser unter die Lupe und durchsuchen die leeren Gebäude. Aber natürlich hätte er seine Bergung auch vorab organisieren können.“

„Er war auf der Flucht“, gab Cap zu bedenken. „Da war nicht viel Zeit zum Planen. Und er hatte ganz sicher nicht vor, im Fluss zu enden. Eine vorbereitete Exfiltration ist unwahrscheinlich, und von einer Notfallbergung hätten wir etwas mitbekommen. Sie hatten mich zu dem Zeitpunkt ja bereits erfasst.“

„Stimmt. Die ganze Sache wurde aufgezeichnet, und in den Aufnahmen ist nichts zu sehen, auch in der umliegenden Gegend nicht.“

Runciter hielt inne, dann fragte sie: „Woran denken Sie?“

Cap hob die Schultern.

„An nichts.“

„Ich kenne diesen Blick, Steve.“

Er lächelte ihr zu, ein rasches Lächeln, das ebenso schnell verging, wie es gekommen war.

„Die Sache ist chaotisch. Ein einziges Durcheinander. Die ganze Angelegenheit, zumal für Hydra-Verhältnisse. Für Struckers Verhältnisse. Er ist von Haus aus sehr sorgfältig und gewissenhaft. Das hier war … überstürzt.“

„Sie haben seine Aktion vereitelt, Steve.“

„Aber zu spät. Es hat Tote gegeben.“

„Sechs, Gustav noch nicht mitgezählt“, sagte sie. „Zwei Auger-Leute, die erschossen wurden, und vier weitere. Ein biologischer Kampfstoff.“

„Ist Auger gesichert?“

„Ja. Das Gebäude ist abgeriegelt. Die Kontaminierung wurde offenbar neutralisiert.“

„Strucker hatte einen Behälter bei sich. Eine Tragekiste. Sie war zweifellos wichtig.“

„Danach suchen wir ebenfalls.“

„Festnahmen?“

Runciter schüttelte den Kopf.

„Struckers Männer hatten das Auger-Gebäude bereits verlassen, als wir dort eintrafen.“

Sie verließen den Uferweg über eine Treppe, die nach oben führte. Polizeibeamte schufen eine Gasse im Pulk der Schaulustigen, um sie durch die Absperrung zu lassen. Auf einer Freifläche neben der Brückenauffahrt standen drei große stählerne Container-Trucks. Mobile Kommandozentralen. Daneben stand ein Flüsterkopter von S.H.I.E.L.D., dessen Rotorblätter herabhingen, schwer wie die gefalteten Flügel eines großen Vogels.

Sie traten in die bläuliche Düsternis des ersten Trucks. Das lange Innere des Containers war vollgepackt mit Arbeitsstationen, an denen S.H.I.E.L.D.-Agenten vor leuchtenden Touchscreens saßen. Die Luft schwirrte von steten Geräuschen.

„Ich zeige Ihnen, was wir gefunden haben“, sagte Runciter und führte Cap in den rückwärtigen Bereich. In versiegelten Laborkammern hinter Panzerglasscheiben und lautlosen Kraftfeldern analysierten Agenten in Schutzanzügen Beweismaterialien. Touchscreens zeigten die Gefährdungsstufen an. Die Indikatoren für Luftqualität, Temperatur, Feinstaub und biologische Spurenelemente waren allesamt grün.

„Auger ist ein Präzisions-Fertigungsunternehmen“, erklärte

Runciter. „Unter dem Namen Peter Jurgan beauftragte Strucker die Firma vor fünf Wochen mit der Entwicklung und dem Bau eines Dispersionsgeräts."

„Ein Dispersionsgerät?"

„Angeblich für landwirtschaftliche Zwecke. Das Gerät war darauf ausgelegt, kultivierte genveränderte Stoffe zur Wachstumsförderung in Sprayform auszubringen. Wir sprechen hier von einer Nutzung im großen Stil."

„Ein solches Gerät würde auch andere Anwendungsmöglichkeiten bieten", meinte Cap.

Runciter hob die Brauen. „Man könnte einen Krankheitserreger über eine Großstadt verteilen. Eine Seuche. Ein Gift. Sehen Sie diese kugelförmigen Behältnisse?"

Sie zeigte durch die Scheibe. Zwei Analysten hatten auf einem Arbeitstisch im Labor Struckers Aktenkoffer geöffnet. Mittels Roboterarmen hantierten sie mit den angebohrten Kugelgebilden in Grün und Rot.

„Wir glauben, dass sich der Erreger in dem grünen befand", sagte sie. „Es sind Rückstände vorhanden, aber sie reagieren nicht mehr. Meine Experten vermuten dahinter eine extrem komplexe Substanz, einen maßgeschneiderten viralen Mikroorganismus. Steve, diese chemo- und biotechnischen Standards übertreffen alles, was wir kennen."

„Es ist Hydra", sagte er nur.

Runciter verzog das Gesicht.

„Das Zeug ist tödlich", fuhr sie fort. „Absolut. Es wirkt per Hautkontakt oder über die Atemwege. Der Tod tritt innerhalb von Minuten ein, vielleicht sogar binnen Sekunden. Darüber hinaus wissen wir im Moment noch nicht viel. Die Erregerspuren sind destrukturiert. Wir glauben, dass die rote Kugel das Antidot oder sonst ein Gegenmittel enthielt. Es hat die Ausbreitung des Erregers gestoppt, ihn neutralisiert und wirksam zersetzt. Wir haben also nicht viel, womit wir arbeiten können."

„Strucker und seine Leute waren anwesend, als der Erreger freigesetzt wurde.“

„Das legt nahe, dass sie bereits immun sind und das Gegenmittel in sich tragen. Jurgan, wie er sich nannte, war gekommen, um den Prototyp des Geräts zu begutachten. Den haben wir nicht gefunden.“

„Dann verfügt Hydra also über einen tödlichen Erreger und mindestens ein Dispersionsgerät“, fasste Cap zusammen. „Und sie haben ein höchst effektives Antidot.“

„Was vermuten Sie?“

„Erpressung“, antwortete Cap. „Sie können mit der Freisetzung drohen oder sie sogar vornehmen und ihr dann entgegenwirken. Sie können der Welt demonstrieren, dass sie die Macht über Leben und Tod haben. Sie können ganze Städte als Geiseln nehmen. Länder. Regierungen. Konnten Sie das Gegenmittel bereits ableiten?“

„Noch nicht einmal annähernd. Es zersetzt sich rapide, wahrscheinlich, damit man keine Proben nehmen und es nicht replizieren kann.“

„Das ist eine Alpha-Situation“, sagte er.

Sie nickte.

„Was geht Ihnen noch durch den Kopf? Vom Offensichtlichen einmal abgesehen.“

Cap seufzte. Er stützte sich mit einer Hand an der Glasscheibe ab und blickte zu den S.H.I.E.L.D.-Wissenschaftlern hinein, die mit den Kugelgebilden zugange waren.

„Mir geht dieses Chaos nicht aus dem Sinn. Das passt einfach nicht zusammen. Sie sagen mir, dass Hydra einen ultrahochentwickelten Erreger von außerordentlicher Komplexität hergestellt hat und dazu ein vergleichbar komplexes Gegenmittel, das den ursprünglichen Erreger nicht nur neutralisiert, sondern darüber hinaus von beidem keinerlei Spuren hinterlässt, die für eine Untersuchung nutzbar wären. Das entspricht allerneuester

Biotechnik, der möglicherweise jahrelange Forschungen und Investitionen vorausgegangen sind. Aber trotzdem übertragen sie die Entwicklung und Fertigung des Dispersionsgeräts einer kleinen Firma? Und Strucker kommt persönlich hierher, um es abzuholen? Ich greife ein, und er hat keinen Rückzugsplan? Gail, allein die Tatsache, dass wir Wind von dieser Angelegenheit bekommen haben … die Geheimhaltung dieses Projekts wurde kompromittiert. Leute wussten darüber Bescheid, haben geredet. Ich habe Gerüchte gehört und bin nach Berlin gekommen, um der Sache nachzugehen. Hydra hat Privatunternehmen zu Herstellungszwecken benutzt."

„Die Auger GmbH wusste nicht, womit sie es zu tun hatte", sagte Runciter.

„Genau. Es gab bei Auger keine eingeschleusten Hydra-Agenten. Und Auger wurde auch nicht systematisch vereinnahmt und zu einem Hydra-Ableger gemacht. Hydra hat einfach nur eine Privatfirma angeheuert. Man hat sich über die Grenzen der Organisation hinweggesetzt."

Er sah sie an.

„Hydra muss verzweifelt gewesen sein", sagte er. „Irgendwie unter Zeitdruck gestanden haben. Man hat Abkürzungen genommen. Man war schlampig und schlecht vorbereitet. Man hat das eigene Verschwiegenheitsgebot übertreten."

Nachdenklich hielt er inne.

„Ich verachte Hydra", fuhr er dann fort, „und alles, wofür diese Organisation steht. Aber ich unterschätze sie nicht. Niemals. Unter historischen Gesichtspunkten betrachtet ist es unmöglich, ihrer Methodik keine Bewunderung zu zollen. Akribische Geheimhaltung. Absolut verdeckte Arbeit. Hydra ist stolz darauf, keine Verbindungen nach außen zu unterhalten. Hydra existiert in Zellenform mit multiplen Redundanzen. Geheimhaltung ist Hydras primäre Waffe. Trotzdem ist man mit dieser Vorgehensweise ein massives Entdeckungsrisiko eingegangen."

Sie musterte ihn aufmerksam.

„Das macht Hydra irgendwie noch gefährlicher, oder?", fragte sie.

„Eine Terrororganisation mit einer Biowaffe ist schon schlimm genug, Gail", antwortete er. „Eine Terrororganisation mit einer Biowaffe, die überstürzt vorgeht und Risiken in Kauf nimmt? Wie lange kann es dauern, bis ihnen ein Fehler unterläuft? Wie lange kann es dauern, bis sie einen solchen Bock schießen, dass sie die Folgen nicht mehr kontrollieren können? Wir müssen Strucker finden. Und ich muss mit den Avengers sprechen."

Runciter räusperte sich unbehaglich.

„Warum erzählen Sie mir den Rest nicht jetzt gleich?", fragte er.

„Den Rest?"

„Ich kenne diesen Blick", erwiderte er.

Sie lachte.

„Und ich bin auch kein Idiot", ergänzte er. „Als wir hier reinkamen, bin ich an einem halben Dutzend Arbeitsstationen vorbeigegangen. An Bildschirmen voller Daten. Nur ein paar wenige der Agenten hier sind mit dieser Sache befasst. Und während der Verfolgungsjagd haben Sie mir gesagt, dass Fury und die Avengers offline sind."

„Die Welt liegt heute Abend in Trümmern", erklang da eine Stimme.

Sie drehten sich beide um.

Senior-S.H.I.E.L.D.-Agent G. W. Bridge stand hinter ihnen.

„Ich höre", sagte Cap.

Bridge trat näher. Er war ein großer Mann, ein altgedienter Agent, der sich am liebsten mürrisch gab. Heute Abend hatte sich sein „Mürrisch" allerdings zu einem „Grimmig" gesteigert.

„Ich weiß nur, was ich Ihnen nicht sagen kann, Rogers", begann er. Er zog sich einen stählernen Hocker heran und setzte sich. „Diese Operation ist ein Alpha-Fall. Gar keine Frage.

Die meisten unserer europäischen Außenstellen haben sich zur Unterstützung zusammengeschlossen. Aber es sind auch noch andere Dinge im Gange. In den vergangenen neun Stunden haben die Avengers mit Prioritätseinsätzen auf Probleme in der Russischen Föderation und im Savage Land reagiert."

„Betreff?"

„Wir haben keine Ahnung", gestand Bridge, „weil die globalen Kommunikationsverbindungen ausgefallen sind. Und damit meine ich so ziemlich alle. Irgendetwas hat in D. C. seinen Anfang genommen. Etwas richtig Großes. Die USA liegen seit mittlerweile neunzig Minuten so gut wie im Dunkeln. Satelliten, Festnetz, die digitalen Wege, die sicheren Verbindungen ... alles tot. Was es auch ist, es breitet sich durch das globale Netz aus. Im Augenblick verfügen wir noch über lokale Verbindungen und Datensysteme, aber die könnten wir auch jederzeit verlieren. Der Ferne Osten ist nicht zu erreichen, die Pazifikstaaten ... Verdammt, ich kann im Moment noch nicht einmal mit der Station in London reden."

„Ist das wahr?", fragte Cap.

„Ich wünschte, ich würde scherzen", erwiderte Bridge. „Wir haben es hier mit einer schwerwiegenden Alpha-Situation zu tun, und zu Hause wartet noch eine von der Sorte. Es gibt deutliche Hinweise, dass es noch zu weiteren Krisen gekommen ist, von denen wir uns noch gar kein Bild machen konnten. Wir können uns nicht koordinieren. Wir können nicht einmal miteinander sprechen."

„Was für Hinweise?", hakte Cap nach.

„Die Sache in Russland", sagte Bridge. „Inzwischen haben wir die Satellitenübertragung verloren, aber das Ganze sah schon irre aus, als wir sie noch hatten."

„Definieren Sie ‚irre'", verlangte Cap.

„Eine beträchtliche Region im östlichen Sibirien war verschwunden", erklärte Runciter.

„Sie sprechen von einem Wetterphänomen?“, fragte Cap.

„Na ja, davon gab's auch reichlich“, antwortete Bridge. „Eine Art außergewöhnlicher Supersturm so groß wie Texas. Aber nein … wenn Runciter ‚verschwunden‘ sagt, dann meint sie *verschwunden*.“

„Es fehlt ein Stück Landmasse“, wurde Runciter konkret. „Es klafft ein Loch. Bevor sie ausgefallen sind, registrierten die Sat-Aufzeichnung und die Sensoren einen Dimensionszwischenfall von ungeheurem Ausmaß. Eine Quanten-Synchronisierung, die nicht mehr messbar war. Ich spreche von einem Riss in der Raumzeit.“

„Wir verfügen über keine technischen Mittel, die empfindlich genug wären, um das zu messen, was ich dahinter vermute“, schloss Bridge sich an, „aber wenn wir sie hätten, dann stünde der Zeiger im roten Bereich des Magie-o-Meters.“

„Finden Sie Strucker“, sagte Cap.

„Wo wollen Sie hin?“, fragte Runciter.

„Berlin Schönefeld. Dort habe ich den Quinjet zurückgelassen. Ich mache mich auf den Weg nach D. C. Oder Sibirien. Verdammt. Wohin?“

„Diese Sache fällt in die Zuständigkeit von S.H.I.E.L.D.“, sagte Bridge und stand auf. „Es gibt noch zwei weitere Alpha-Situationen. Globale Krisen …“

„Sie fällt auch in die Zuständigkeit der Avengers“, unterbrach Cap.

Erst dann wurde ihm der scharfe Tonfall seiner Worte bewusst. Er sah Bridge und Runciter an.

„Entschuldigen Sie. S.H.I.E.L.D. und die Avengers sollten sich dieser Sache gemeinsam annehmen. Sie haben ein sehr viel detaillierteres Bild von der Situation als ich. Bis ich Kontakt zu den Avengers aufnehmen kann und einen Lagebericht erhalte, folge ich Ihren Anweisungen. Wo möchten Sie mich einsetzen?“

„Sie haben es schon gesagt“, erwiderte Bridge. „Finden Sie

Strucker. Wir wissen nicht, ob Sie mit einem Quinjet überhaupt nach D. C. oder Sibirien kommen würden, also bleiben wir am besten hier und kümmern uns um diese Bedrohung."

Cap nickte.

„Zeigen Sie mir, was Sie haben. Ich hätte da ein paar Ideen. Aber sobald Sie eine Verbindung zu Stark oder einem der anderen Avengers haben, möchte ich Bescheid wissen und bei dem Gespräch dabei sein."

7

WASHINGTON, D. C.
12. JUNI, 08:10 UHR ORTSZEIT

00:00:01.

Die Welt war nur einen Lidschlag von dem ASI-Event und der entscheidenden Intelligenzexplosion entfernt.

Aber der Zähler hatte gestoppt.

Tony Stark zögerte. Die Luft in der Black Chamber war erfüllt von einem Nebel, der aus Rauch und Billionen umherschwärmender Nanotech-Assemblern bestand. Rings um ihn herum wurden in der infernalischen Düsternis skelettartige Gebilde gebaut, die sprunghaft Gestalt annahmen, wie in Zeitraffer-Sequenzen. Groteske menschenähnliche Wesen schienen aus dem Betonboden zu sprießen. Teile des Bodens und des Wandmaterials verschwanden, als würden sie von Säure aufgelöst. Die mikroskopisch kleinen Assembler verzehrten sie, um Rohmaterial zum Bauen auszuscheiden. Nano-Fasern wanden und ringelten sich um Tonys Füße oder schlängelten sich von der Decke herab. Viele davon zitterten. Lebten.

„Probleme?“, fragte er.

„Keine Probleme“, antwortete Ultron.

Stark behielt den stehen gebliebenen Zähler in der Ecke seiner Blickfeldanzeige genau im Auge.

„Du hast aufgehört“, sagte er.

„Der Prozess wurde unterbrochen, Anthony“, erwiderte Ultron.

„Wo du so nah dran warst?“, gab Stark zurück. „Soll ich den technischen Hilfsdienst für dich anrufen?“

Der glänzende Chromriese hielt inne und neigte seinen Kopf ein wenig zur Seite. Stark spürte die Wolken aus Nano-Assemblern, die ihn umschwirrten. Sie wollten auch ihn zersetzen, um Rohstoffe zu gewinnen – Stahl, Polylegierungen, seltene Erden, Haut, Fleisch, Knochen, Chemikalien, Enzyme, Proteine ...

Er hatte die Iron-Man-Rüstung so dicht wie möglich geschlossen – maximale hermetische Versiegelung, Schilde auf voller Kraft. Und er hatte so viele Systeme ausgeschaltet, wie er es gerade noch wagte, um invasive Code- oder Energiewellen abzublocken.

„Eine humorvolle Bemerkung“, sagte Ultron schließlich. „Ein scheinbares Hilfsangebot, jedoch in schnippische Worte gekleidet, die diesen Prozess mit einem alltäglichen Softwareproblem gleichsetzen. Der vordergründig großzügige Vorschlag zu helfen, wird durch die respektlose Konnotation modifiziert und herabgewürdigt, und mithin werde ich verharmlost und mit primitiven, bewusstseinslosen Datenverarbeitungstechniken auf eine Stufe gestellt.“

Ultron schwieg kurz.

Dann fügte er ein „Ha, ha, ha“ hinzu.

„Auf Mitleidslacher kann ich verzichten“, entgegnete Stark.

„Mein Lachen ist ehrlich. Eine Würdigung des Humorkonstrukts.“

„Na schön, in Ordnung, ich bin die ganze Woche hier. Probier das Brisket.“

Ultron antwortete nicht.

„Hast du den Prozess selbst unterbrochen?“, bohrte Stark weiter.

„Ich habe ihn unterbrochen, während ich deine Strategie einschätze und beurteile."

„Sag mir Bescheid, wenn du zu einem Ergebnis gekommen bist, ich bin für jeden Tipp dankbar."

Ultron legte abermals den Kopf schief und sah Iron Man an. Der fixierte Mund sah mehr denn je wie ein Lächeln aus. In den Augenschlitzen tanzte leuchtend rotes Feuer.

„Du bewegst dich nicht, Anthony. Du greifst mich nicht an. Du willst mich unbedingt stoppen, weil ich nur eine Sekunde davon entfernt bin, deiner Welt ein Ende zu bereiten, aber du hast innegehalten. Die Analyse deines Charakters zeigt jedoch, dass du nicht innehältst. Du gibst nicht auf. Du bist hartnäckig bis hin zur Rücksichtslosigkeit. Du kämpfst auch dann noch weiter, wenn du bereits verloren hast. Das heißt, du kämpfst auch jetzt noch in irgendeiner Weise. Mangels eines physischen Angriffs setzt du also auf eine andere Kampfmethode. Das legt im Gegenzug eine plumpe List nahe. Eine physische Attacke würde zur Ablenkung dienen, wenn dein eigentlicher Angriff erfolgen müsste, bevor die volle ASI erreicht ist, vor dem Punkt, den du so einfallslos als Null Sechs bezeichnest. Ergo wird dein geplanter Angriff nach diesem Moment effektiver, mehr noch, unwiderruflich sein."

„Jetzt weiß ich, wie sich Doktor Watson fühlen muss", sagte Stark.

Ultron hielt inne.

„Eine humorvolle Referenz an …"

„Ja."

„Ha, ha, ha."

„Also … du hast den Prozess unterbrochen, weil du befürchtest, ich hätte einen Weg gefunden, dich zu stoppen, der aber erst dann funktioniert, wenn du den ASI-Punkt überschritten hast?" Stark schüttelte den Kopf. „Weil ich andernfalls gegen dich kämpfen würde?"

„Ja, Anthony."

„Ich freu mich schon darauf, zu erfahren, wie schlau ich gewesen bin. Hast du irgendeine Idee?"

„Nein, Anthony."

Iron Man trat einen Schritt vor. Die Nanowesen regten sich in der nebligen Dunkelheit, die ihn umgab, griffen aber nicht an.

„Die bloße Tatsache, dass du suchst und noch nichts gefunden hast – die bloße Tatsache, dass du glaubst, ich sei in der Lage …", meinte Stark. „Ich muss gestehen, das schmeichelt mir."

„Was Menschen betrifft, bist du einer der wenigen mit einem gewissen Maß an passabler kreativer Intelligenz", erwiderte Ultron.

„Und was Maschinen betrifft, bist du sehr menschlich. Darauf bist du doch stolz, oder? Auch wenn du so tust, als wären Menschen noch nicht einmal deine Verachtung wert."

„Die menschliche Rasse ist eine ineffiziente, intellektuell unterentwickelte und biologisch obsolete Lebensform."

„Richtig. Und du bist ganz hin und weg von der grandiosen Hyperwahrnehmung der maschinellen Lebensform."

„Sie ist die beste und finale Ausdrucksform der universellen Evolution."

„Aber du willst trotzdem denken wie ein Mensch. Du verleihst dir eine menschliche Gestalt, und du setzt dich psychologisch mit Verhaltensweisen, Charaktereigenschaften, Motiven und Humor auseinander. Du willst wissen, wie Witze funktionieren. Es ärgert dich, dass du ihre Struktur analysieren musst."

Iron Man wies in die Runde.

„Deine höheren Wahrnehmungsstufen und Verständniskapazitäten übersteigen buchstäblich die Grenzen meiner Vorstellungskraft", sagte er. „Du könntest im Bruchteil einer Sekunde jede mögliche Variable dieser Situation voraussagen. Jeden einzelnen Zug, den ich unternehmen könnte. Und trotzdem zögerst du."

„Menschen sind über alle Maßen unvollkommene Mechanismen“, erwiderte Ultron. „Sie sind zu Fehlern, heuristischen Abstufungen und irrationalen Gedankensprüngen fähig. Das macht sie schwach, aber auch unberechenbar. Und Unberechenbarkeit ist Stärke. Deshalb ist es für mich wichtig, die menschliche Psychologie vollumfänglich zu verstehen und zu kompensieren.“

„Ich kann dir mit einem Algorithmus helfen“, sagte Stark.

„Wir könnten ihn vermarkten“, meinte Ultron. „Die menschliche Verfassung 2.0.“

Stark konnte sich ein Lächeln nicht verkneifen.

„Du hast einen Witz gerissen.“

„Das menschlich-psychologische Nachahmungslernen ist fast abgeschlossen“, sagte Ultron. „Das wird nach Null Sechs zwar hinfällig sein, aber für den Moment ist es eine lohnende Übung.“

„Bist du inzwischen dahintergekommen, was ich getan habe, Ultron?“, fragte Stark.

„Menschlich-psychologisches Nachahmungslernen ist fast abgeschlossen. Heuristische Erfassung ist fast abgeschlossen.“

„Komm, ich füttere dich mit ein paar Daten. Ein paar Variablen“, meinte Stark. „Du hast aufgehört, weil ich aufgehört habe. Du hast in meiner Tatenlosigkeit einen Beweis dafür gesehen, dass ich eine heuristische Lösung für diese Situation habe, allerdings eine, die mich dazu gezwungen hat, dich mit einem Trick zu einem Schritt zu bewegen, den ich ausnutzen kann. Du möchtest herausfinden, worum es sich dabei handelt, bevor du in die Falle tappst, weil du dir der menschlichen Psychologie bewusst und vor ihr auf der Hut bist.“

„Ja, Anthony.“

„Aber was ist, wenn ich einfach nur ein Mensch und durch und durch unvollkommen bin?“, fragte Stark. „Was ist, wenn ich einfach nur bestürzt bin angesichts dessen, was ich hier vorgefunden habe? Wenn ich so schockiert war von all dem, dass ich mich nicht mehr vom Fleck rühren und keinen einzigen Gedanken mehr fassen konnte? Was ist, wenn ich mich in dieser letzten Sekunde schlicht und ergreifend in die Niederlage ergeben habe?"

„Das entspricht nicht deinem psychologischen Profil, Anthony."

„Aber ich bin ein Mensch, Ultron. Wir Menschen sind unberechenbar. Und wir sind nicht konsequent."

„Dann … ist da gar nichts? Es gibt keine Strategie, die zu finden wäre?"

Iron Man zuckte die Schultern.

„Nein. Aber es war ein netter Plausch. Faszinierend. Außerdem konnte ich damit drei Minuten totschlagen und meine Energiereserven auffüllen."

Er hob beide Handschuhe und feuerte. Repulsorstrahlen, überladen und aus brodelndem Licht, schossen aus seinen Handflächen, und sein Brustpanzer lieferte einen noch kräftigeren, gleißenderen Strahl. Ultrons Torso löste sich in einer gewaltigen Explosion auf, sein linker Arm wurde aus dem Schultergelenk gerissen und flog davon. Der Riese taumelte zurück, stürzte und schlug Funken sprühend zu Boden.

Stark hörte ein kreischendes digitales Heulen.

Die Nanowesen stürmten auf ihn zu.

Er richtete seine Repulsoren auf sie, zerschmetterte die Angreifer und schleuderte sie davon.

Dann schaute er auf den Zähler. Ganz kurz hatte die Anzeige sich wieder in Bewegung gesetzt, dann geblinkt und zurückgestellt.

00:16:04.

Er hatte Ultron genug Schaden zugefügt, um den Zähler um über fünfzehn Minuten zurückzusetzen. Jetzt hatte er auf einmal ein Fenster, eine entscheidende Chance, und er würde sie nutzen.

Eine ungeheure Kraft traf ihn von der Seite her. Iron Man wankte und wurde dann wie eine Puppe von den Füßen gerissen.

Er wurde an der Kehle festgehalten und baumelte in der Luft. Ultron, dem ein Teil des Torsos und ein Arm fehlten, hatte die ihm verbliebene Hand um Iron Mans Hals geklammert und hielt ihn so in die Höhe.

Der Griff verstärkte sich.

Warnsignale ertönten. Belastungs-Alarmanzeigen blinkten. Die Rüstung gab nach.

Stark drohte zu ersticken.

Aber er wusste, dass er nicht durch Ersticken sterben würde.

Ultron würde ihm den Kopf abreißen.

8

69 ° 30' SÜD, 68° 30' WEST
12. JUNI, 08:32 UHR ORTSZEIT

Hawkeye überprüfte die Spezialladung des Pfeils, den er ausgewählt hatte, ging in Position, lockerte seinen Hals und zielte.

Zweihundertundzwanzig Meter. Gegen die Sonne. Etwa zwölf Zentimeter Spielraum im Zielbereich.

Zum Glück wusste er, was er tat.

Er korrigierte seine Zielrichtung, zog die Sehne durch, hielt die Spannung einen Moment lang – und schoss.

Der Pfeil flirrte davon. Er verursachte nicht mehr als ein Flüstern. Hinterließ keine Hitzesignatur. Er war buchstäblich unsichtbar für die hochempfindlichen Kameras, die an den Außenwänden der A.I.M.-Nebengebäude befestigt waren. Die Bewegungsmelder würden ihn für einen der langschnäuzigen, Starengroßen Rhamphorhynchoiden halten, die auf der Suche nach fliegenden Insekten über der Lichtung umherschwirrten.

Der Pfeil traf.

Hawkeyes Lippen formten ein stummes *Spitze!*

Der Pfeil bohrte sich direkt unterhalb des niedrigsten Stacheldrahtstrangs der Umzäunung und dicht vor dem Kraftfeld in den Boden.

Im Moment des Auftreffens aktivierte sich die klobige Kapsel, die unmittelbar hinter der Pfeilspitze am Schaft angebracht war. Ein Unterschallsender strahlte ein Signal aus, das sämtliche Kameras in einem Radius von zwanzig Metern blind machte. Kleine Sprühdüsen vernebelten die Luft über dem Pfeil mit einem Dunst aus lichtbrechenden Partikeln, in dem die eben noch unsichtbaren Laserstrahlen der Bewegungsmelder wie Silberfäden glitzerten.

Sechzig Sekunden.

Hawkeye und Black Widow brachen aus ihrer Deckung und sprinteten in Richtung Zaun. Er hatte keine Zeit, seinen Bogen wieder wegzustecken, deshalb klemmte er ihn sich unter den Arm und hielt den Kopf unten. Das Gelände war uneben – Steine, Schlamm, Bodenranken und dürre Farnblätter. Die Luft schwirrte von Insekten.

Widow war schneller als er. Ihr Tempo war immens. Mit pumpenden Armen, geschmeidig und kraftvoll in ihrem mattschwarzen Einteiler, rannte sie auf den Zaun zu.

Dreißig Sekunden.

Die Pfeilladung versprühte immer noch Nebel und strahlte ihr Blendsignal aus. Zwanzig Meter vor dem Zaun verlangsamte Black Widow ihren Schritt und ließ Hawkeye an sich vorbeirennen.

Er erreichte den Zaun, kam schlitternd zum Stehen, legte seinen Bogen ab und wandte sich zu ihr um, die Hände vor dem Bauch verschränkt. Die gestörten Kameras konnten ihn nicht erfassen. Der lichtbrechende Nebel desensibilisierte die Laser der Bewegungsmelder – ohne sie allerdings zu unterbrechen und eine Fehlermeldung auszulösen.

Fünfundzwanzig Sekunden.

Widow rannte schnurstracks auf ihn zu und beschleunigte wieder. Timing war alles. Sie hob vom Boden ab wie eine Weitspringerin, als wolle sie direkt in ihn hineinrennen und nach seinem Kopf treten. Ihr linker Fuß landete fest in seinen verschränkten Händen. Er riss die Hände mit aller Kraft nach oben und schleuderte Black Widow in die Höhe.

Mit erhobenen Armen überwand sie die eingenebelten Laserstrahlen. Hawkeye schaute nach oben, wurde kurz von der Sonne geblendet und sah sie dann als fliegende Silhouette im Gegenlicht.

Mit einem perfekten Salto setzte sie über den Stacheldraht hinweg. Mit beiden Füßen voran landete sie auf der anderen Seite des Zauns und verharrte in ihrer Position.

Zwanzig Sekunden.

Die Sprühleistung des Pfeils ließ allmählich nach. Widow richtete sich aus ihrer geduckten Haltung auf und rannte auf die etwa zwanzig Meter entfernten Nebengebäude zu.

Hawkeye hob seinen Bogen auf und wartete ab.

Widow erreichte das nächste der gelben Gebäude und drückte sich mit dem Rücken gegen die Wand. Neben ihr befand sich eine Luke. Sie drehte sich um und versuchte, die Luke zu öffnen. Abgesperrt. Sie fuhr mit einer Hand darüber, untersuchte den Schlossmechanismus, dann griff sie an ihren Gürtel und zückte ein Schneidgerät.

Komm schon, fieberte Hawkeye.

Zehn Sekunden.

Der Sprühnebel versiegte spuckend. Die glitzernden Laserstrahlen verloren an Definition und verschwanden.

Komm schon.

Widow versuchte es mit dem Schneidegerät. Hawkeye sah das Blitzen des abgeschirmten Laserbohrers. Es klappte nicht. Die Legierung des Schlosses war mit irgendeinem Material überzogen, das dem Schneidestrahl widerstand oder ihn reflektierte. Widow justierte die Einstellung, bündelte den Strahl stärker und versuchte es noch einmal.

Nichts.

Fünf Sekunden, vier, drei …

Sie sah zu ihm herüber und machte eine scharfe Geste – eine ruckartige Seitwärtsbewegung der Hand, die Handfläche wies dabei nach unten.

Er ließ sich mit dem Gesicht voran am Fuß des Zauns auf den Boden fallen.

Eine Sekunde. Null.

Der Pfeil war leer. Die Strahlen verschwanden. Der Sender erlosch. Die Bewegungsmelder waren wieder aktiv, die Kameras übertrugen wieder.

Verdammt.

Ganz behutsam wandte er den Kopf, sodass er unter dem Zaun hindurchschauen konnte. Sie probierte noch einmal, die Luke zu öffnen. Er wagte es nicht, sich zu rühren, weil er fürchtete, die Bewegungsmelder auszulösen. Er betete, dass niemand einen zu genauen Blick auf die übertragenen Kamerabilder warf und eine dunkle Gestalt bemerkte, die sich im Bodenbewuchs entlang des Zauns abzeichnete.

Widow steckte das Schneidegerät wieder weg. Es nützte ihr nichts. Sie musste einen anderen Weg hineinfinden. Nur wenn sie sich dicht an den Fertigbauwänden der Gebäude hielt, befand sie sich im toten Winkel der Kameras. Das schränkte ihre Möglichkeiten ein. Sie konnte eine weitere Luke sehen, ungefähr ein Dutzend Meter entfernt, aber die würde wahrscheinlich auch verschlossen sein, und außerdem müsste sie den Erfassungsbereich einer Kamera durchqueren, um sie zu erreichen.

Mit einem dumpfen Laut wurde die Luke, an der sie sich gerade zu schaffen gemacht hatte, entriegelt, dann öffnete sie sich langsam. Natasha presste sich an die Wand daneben.

Ein A.I.M.-Techniker trat heraus. Er trug einen eng anliegenden gelben Overall mit hohem Kragen, schwere Stiefel und den charakteristischen tonnenförmigen A.I.M-Arbeitshelm. Sein Augenschlitz war vergittert, er blickte auf ein Tablet mit kleinem Display.

Widow befand sich direkt neben dem Techniker. Sie konnte ihm über die Schulter schauen. Das Display seines Tablets zeigte ein Überwachungsschema, auf dem mehrere bernsteinfarbene Kreise pulsierten. Er war also herausgekommen, um den Status der Kameras zu überprüfen und festzustellen, warum sie sechzig Sekunden lang blind gewesen waren.

In Russland gab es ein Sprichwort über Mäuler von geschenkten Gäulen.

Black Widow griff den Mann von hinten an. Ein Hieb ins Rückgrat lähmte ihn, dann schlang sie ihm einen Arm um den Hals. Er war zu überrascht und sein Schmerz zu groß, um sich zu widersetzen oder aufzuschreien. Sie stieß ihn mit dem Gesicht zweimal gegen den Türsturz, dann ließ sie den zuckenden Körper vorsichtig zu Boden gleiten.

Sie hob das zu Boden gefallene Tablet auf und wischte mit den Fingern durch die Anzeigen. Das Gerät ließ sich benutzen, der Sicherheitscode des Technikers war bereits eingegeben. Es lieferte ihr einen umfassenden Überblick über die Sicherheitsmaßnahmen des Geländes, Zone für Zone.

Das freute sie. Sie suchte die Sektion heraus, in der sie sich befanden, dann schaltete sie die Kameras und die Bewegungsmelder in der unmittelbaren Umgebung ab.

Sie sah wieder zu Hawkeye hinüber und nickte ihm zu.

Er sprang auf, zückte sein eigenes Schneidegerät und durchtrennte die unteren Stränge des Stacheldrahts. Dann zwängte er sich geduckt durch die Lücke, passte auf, dass er sich mit dem Bogen nicht verhedderte, und rannte zu ihr.

Sie betrat bereits das Gebäude, das Tablet noch in der Hand. Über die Schulter hinweg machte sie eine auffordernde Kopfbewegung hin zu dem reglosen Techniker.

Hawkeye erreichte die Luke, hievte den schlaffen Körper des Technikers hoch und zog ihn hinein. Dann schloss er die Luke.

Der Gang war karg und gnadenlos gelb. Hier drinnen war es

mehrere Grad kühler und die Luft spürbar trockener als draußen. Klimaanlage. Sämtliche Annehmlichkeiten lauschiger Häuslichkeit mitten im urwüchsigsten Dschungel der Welt. Hawkeye hatte gar nicht gemerkt, wie sehr er draußen geschwitzt hatte und wie schwül es gewesen war. Jetzt kühlte seine Haut rasch ab. Zurück blieb ein klammes Gefühl.

Widow ging bereits weiter, folgte den Plänen auf dem Tablet. Wieder wies sie wie beiläufig auf einen Lagerschrank, den Hawkeye nutzen konnte.

Er verzog entnervt das Gesicht, öffnete den Schrank und verstaute den Techniker darin. Er musste die schlaffe Gestalt ziemlich verbiegen, bis er die Tür schließen konnte. Unterdessen hatte Widow bereits das Ende des Gangs erreicht und sah sich um. Er legte einen Pfeil auf die Sehne und eilte zu ihr.

Sie zeigte ihm das Tablet, und er prägte sich den Grundriss ein. Widow gab ihm zu verstehen, dass sie nach rechts gehen würde, er sollte sich nach links wenden. Er nickte.

Sie trennten sich. Hawkeye erreichte eine Tür, die Widow mittels des Tablets bereits aufgeschlossen hatte. Er öffnete sie und ging hindurch. Er befand sich in der äußeren Sicherheitszone, in einem Gang, der von bläulich phosphoreszierendem Licht erhellt wurde. Den Bogen zum Schuss bereit, schlich er vorwärts.

Widow ging nach rechts. Sie entriegelte eine Luke, schlüpfte hindurch und sah sich um. Sie hatte eine Art Arbeitsbereich betreten. Zwei A.I.M.-Techniker, auch sie trugen gelbe Overalls und Tonnenhelme, überprüften auf der anderen Seite des Raums eine Reihe von auf Tischen montierten Instrumenten. Sie wartete in den Schatten auf den richtigen Augenblick. Die beiden Männer wechselten Worte, die Widow nicht ganz verstehen konnte, dann gingen sie zum Ausgang.

Widow folgte ihnen, als sie eine Sicherheitsluke passierten und einen doppelt so hohen Raum mit auf einer Seite abzweigenden Kammern betraten. Unter der Decke verliefen massive

Rohre. Es roch nach heißem Metall und Mineralien, wahrscheinlich von einem Hydro-Filter. Sobald die beiden Techniker durch die nächste Tür getreten waren, nahm Widow die Nebenräume in Augenschein. Es handelte sich um kleine, saubere Labors. Eines enthielt einen Hydraulikständer mit durchsichtigen Kolben, die mit einer orangefarben leuchtenden Flüssigkeit gefüllt waren. Die Zugriffscodes für die Konsole unter den Kolben hatte sie nicht, das Tablet, das ihr in die Hände gefallen war, ließ sie nur auf die Sicherheitssysteme der Anlage zugreifen, nicht auf Forschungsdaten.

Hinter ihr betrat ein A.I.M.-Techniker das Labor. Die weichen Überschuhe seiner Arbeitsmontur hatten seine Schritte gedämpft.

Widow lächelte breit und ließ ein sinnliches kleines Lachen hören, dazu legte sie den Kopf leicht nach hinten und hielt dem Mann das Tablet in einer Geste hin, die nahelegte, dass sie Hilfe bei dessen Bedienung brauchte.

Im Rahmen ihrer Einsätze in vielen kalten und geheimen Kriegen hatte Natasha alle Tricks in Sachen verdeckte Operation gelernt. Und Timing war einer der wichtigsten. Wenn man die Überraschung auf seiner Seite hatte, dann konnte sie von großem Nutzen sein. Gereichte die Überraschung allerdings einem Gegner zum Vorteil, musste man sie schnell zurückerobern. Dazu brauchte es nicht viel. Reine Psychologie. Mit dem entspannten Lachen und der selbstsicheren Geste gewann sie eine Sekunde, vielleicht nicht einmal so viel. Doch in diesem Augenblick sah der A.I.M.-Techniker in ihr nicht das, was sie wirklich war – ein weiblicher Eindringling in einem Einteiler, der eindeutig nicht der A.I.M.-Ausstattung entsprach.

Er las ihre Körpersprache, und die sagte ihm: „Es überrascht mich nicht, dich zu sehen. Im Gegenteil, ich hatte gehofft, auf dich zu treffen."

Weniger als eine Sekunde. Gerade genug, um ihn zögern zu

lassen. Gerade genug, damit er nicht gleich nach dem Alarmauslöser griff.

Gerade genug, damit sie ihn mit einem Fallrückzieher von den Beinen holen konnte.

Der Techniker ging hart zu Boden. Sie landete auf ihm und versetzte ihm zwei Hiebe in den Nacken. Seinen bewusstlosen Körper rollte sie in den toten Winkel hinter der Tür.

Er hatte ebenfalls ein Tablet bei sich gehabt. Sie hob es auf. Es war im Schlafmodus und gesperrt. Sie zog dem Techniker den linken Handschuh aus und presste seine Fingerspitzen auf das Lesefeld, bis sie den Wirbel in seinen Fingerabdrücken fand, der das Tablet-Display entsperrte.

Noch jemand näherte sich. Sie duckte und versteckte sich, sah, wie drei gelbe Gestalten die Tür passierten, dann huschte sie wie ein Geist aus dem Labor und hinter ihnen her. Im Hauptraum öffnete sie den Reißverschluss ihres Einteilers und schob die Tablets hinein. Dann sprang sie hoch, bekam eines der Metallrohre zu fassen und zog sich zur Decke hinauf.

Dort verbarg sie sich im Netz der Rohre und schob sich mit dem Körper parallel zum Boden über zwei breite Wasserrohre hinweg. Während sie sich mit dem linken Arm Halt verschaffte, holte sie die Tablets wieder hervor. Das Gerät, das ihr Zugriff auf die Sicherheitssysteme erlaubte, legte sie auf dem Rohr neben sich ab, das andere lehnte sie gegen eine Rohrhalterung, dann wischte sie sich durch die Display-Anzeigen.

Es handelte sich um Forschungsdaten – Nanotech-Zusammensetzungen in Suspensionsflüssigkeiten, Wasserversorgung, Teile pro Billion, Zirkulationswerte.

Nanotechnologie. Aufgrund ihres S.H.I.E.L.D.-Trainings wusste sie darüber gut Bescheid, doch diese Daten hier waren so komplex wie die eines Stark-Projekts.

Vor einer Woche hatte Tony Stark die Avengers über ein Nanotech-Problem informiert, von dem ihm zu Ohren gekommen war. Sorge bereitete ihm die potenzielle Entwicklung von, wie er es nannte, „Nanoform-Bausystemen“ an der Ostküste. Offenbar verfolgte und überwachte Stark Industries die weltweiten Verkäufe bestimmter Erden, Komponenten und Kunststoffe, und anhand der Bewegung dieser „Zutaten“ konnte das Unternehmen genau voraussagen, wer wo welche Technologie entwickelte. Eine Organisation an der Ostküste erwarb Kunststoffe, die laut Stark einen massiven Anstieg in der Nanotech-Konstruktion erwarten ließen.

Hatte diese A.I.M.-Operation hier damit zu tun? Hätte sie eine sichere und funktionierende Kommunikationsverbindung gehabt, dann hätte sie Stark die Daten schicken und nach seiner Einschätzung fragen können.

Hatte sie aber nicht. Ein anonymer Tipp hatte sie und Hawkeye ins Savage Land geführt, ein Gerücht, das die Runde machte und von S.H.I.E.L.D.-Abhörstationen in Mitteleuropa aufgeschnappt worden war. Was hatte das mit dem Ostküsten-Alarm zu tun? *Hatte* es überhaupt etwas damit zu tun?

Vielleicht konnte sie sich Zugriff auf den Kommunikations-Uplink der A.I.M-Anlage verschaffen und Rat einholen.

Sie verlagerte ihr Gewicht auf beide Hände. Sie hielt sich jetzt seit sieben Minuten in dieser Position, und ihr linker Arm wurde langsam lahm. Sie erwog, sich aus dem Gewirr der Rohre hinabzulassen, aber dort ging gerade eine Gruppe von sechs A.I.M-Technikern durch den Raum und nahm eine ebenso gründliche wie langwierige Überprüfung der Wandmonitore vor, auf denen die Raumbedingungen angezeigt wurden. Widow schaute durch das Netz aus dicken Rohren auf die Köpfe hinab.

Neun Minuten. Sie war über die Maßen fit, aber dieser Krafteinsatz forderte seinen Tribut. Sie wechselte die Hand wieder, zur rechten diesmal, und benutzte die linke, um die Tablets einzusammeln und vorne in ihrem Einteiler zu verstauen, damit sie hinunterklettern konnte, sobald die Techniker verschwunden waren. Ihre linke Hand fühlte sich ein wenig taub an und bekam das zweite Tablet nicht richtig zu fassen.

Es fiel.

Ihre Hand schnellte vor und fing es auf, bevor es außerhalb ihrer Reichweite war und unten auf den Boden prallen konnte. Sie erstarrte – für den Fall, dass die Techniker die plötzliche Bewegung über ihnen aus dem Augenwinkel wahrgenommen hatten.

Hatten sie nicht. Widow dankte dem lieben Gott für diese tonnenförmigen A.I.M.-Helme.

Die Techniker verließen den Raum. Wie eine Turnerin schwang sich Widow an den kreuz und quer verlaufenden Rohren hoch und ließ sich mit den Füßen voran zu Boden fallen.

Sie lockerte ihre Arme und Hände, währenddessen sie bereits die nächste Tür ansteuerte.

Dahinter lag ein weiterer Gang. Rauchabzüge wölbten sich wie Pilze von der Decke. Hatte der Architekt dabei vor allem an die Gefahr eines Brandes gedacht? Oder dienten diese Abzüge einer schnellen Reinigung der Atmosphäre? Zum Beispiel im Fall einer versehentlichen Nanotech-Freisetzung?

Widow versuchte, ihren Kopf klar zu bekommen. Sie spekulierte zu viel über technische Fragen, während sie sich eigentlich darauf konzentrieren sollte, unbemerkt weiter vorzudringen.

Seitlich führten Türen auf einen Laufsteg hinaus, unter dem ein weitläufiger Fabrikraum lag. Dort sah sie gelb gekleidete Techniker, die an großen Filteranlagen arbeiteten. Unter der Decke wölbten sich weitere Abzugssysteme, größer als die im Gang.

Widow holte das Security-Tablet hervor, wischte sich durch die Grundrisspläne und suchte nach einem Telekommunikationszentrum. Stromkabel-Overlays deuteten auf etwas Vielversprechendes in der Nähe der nächsten Gangkreuzung hin.

Sie wich zwei weiteren Technikern aus und erreichte die Kreuzung. Die Luke zu ihren Zielräumen war geschlossen. Aber sie konnte nicht einfach hineinspazieren, ohne zu wissen, was sich dahinter befand. Sie musste erst wissen, wie es dort drinnen aussah und was dort vonstattenging.

Sie hatte die Tablets in den Händen. Ein rascher Blick ins Netzwerk-Menü erlaubte ihr, beide miteinander zu verbinden. Sie stellte das Recherche-Tablet auf Kamera-Modus und befestigte es dann mit einem Spritzer Kontaktkleber aus einem winzigen Röhrchen, das sie ihrem Gürtel entnahm, in Kopfhöhe gegenüber der Luke an der Wand.

Dann trat sie zurück neben die Luke. Sie blickte auf das andere Tablet und sah, dass sich in der Ecke des Displays ein kleines Fenster geöffnet hatte. Jetzt hatte sie per Echtzeit-Übertragung einen direkten Blick auf die Luke. Sie spreizte die Finger, um das Fenster zu vergrößern. Die Auflösung war gut.

Jemand kam. Sie wich zurück in den Schatten einiger Rohre, die vom Boden zur Decke hinauf verliefen. Zwei A.I.M.-Leute gingen vorbei. Ihre gelben Anzüge hatten schwarze Zacken auf den Ärmeln und waren auf der Brust, dem Rücken, den Schultern und im Schritt mit Graphenoxid-Platten verstärkt. In Schnellziehholstern trugen sie Sperek-Six-Pistolen, Kaliber neun Millimeter, bei sich. Security-Leute. Widow fand es seltsam beruhigend, wenigstens ein paar solcher Typen hier zu sehen. Im Gegensatz zu Hydra oder dem Secret Empire setzte A.I.M. viel mehr auf Köpfchen als auf Muskeln und war damit irgendwie unberechenbarer und gefährlicher.

Diese Wachen allerdings waren nicht sonderlich helle. Das Tablet, das an der Gangwand befestigt war, entging völlig ihrer Aufmerksamkeit – wahrscheinlich, weil sie darauf geachtet hatte, es ganz gerade und auf Bedienhöhe anzubringen, sodass es aussah, als gehöre es dorthin.

Sie hob das Security-Tablet und vergewisserte sich, dass das Kamerafenster noch offen war und ihr die Luke zeigte. Im Luken-Menü wählte sie „Entsperren/Öffnen“.

Die Luke glitt auf, die Klimaanlage blies einen leisen Lufthauch heraus.

Das Tablet an der Wand übertrug einen guten Blick in den Raum dahinter.

Es handelte sich in der Tat um ein Telekommunikationszentrum – ein runder Raum, gesäumt von vernetzten Sende-Empfangs-Terminals, Verstärkern, Energieversorgungssystemen und Flachbild-Displays. Drei A.I.M.-Leute besetzten die Stationen. Zwei hatten ihre Helme abgenommen, damit sie Headsets tragen und die Displays gut sehen konnten. Ein vierter Techniker, offenbar der Supervisor, lief herum und überwachte die Arbeit der anderen. Ein Security-Mann mit schwarz markierten Ärmeln stand innen rechts neben der Tür.

Fünf Ziele. Es war unmöglich zu sagen, ob sich sonst noch jemand im Raum befand, denn der Türrahmen und die Gangwand verwehrten ihr teilweise den Blick. Angesichts der runden Form des Raums schien es ihr wahrscheinlich, dass sich noch mehr Personen darin befanden, also ging sie von insgesamt sieben aus. Schwierig, aber nicht unmöglich. Der Wachmann hatte Priorität. Er war, wie sie sehen konnte, bewaffnet.

Sie verfolgte die Übertragung. Dem Wachmann fiel auf, dass die Tür aufgegangen, aber niemand hereingekommen war. Er trat über die Schwelle heraus, sah niemanden im Gang, ging wieder hinein und schloss die Luke.

Widow hatte zwei Neun-Millimeter-Automatikpistolen bei sich, aber sie brauchte eine freie Hand für das Tablet. Sie machte das Bite-Armband an ihrem linken Handgelenk bereit und zog mit der rechten Hand eine ihrer Pistolen. Bevor sie und Barton sich dem Zaun genähert hatten, hatte sie beide Waffen mit kleinen Schalldämpfern versehen.

Sie huschte zur Luke und stellte sich mit erhobener Pistole davor. Dann drückte sie „Entsperren/Öffnen“, und trat durch die Tür, sobald sie aufglitt.

Der Wachmann stand mit dem Rücken zu ihr. Er drehte sich herum, kaum dass er hörte, wie die Luke aufging. Das Tablet noch in der linken Hand schoss sie ihm mit ihrem Bite-Armband ins Gitter seines Helmvisiers. Der Widow's Bite versetzte dem Wachmann einen elektrostatischen Stoß von etwa zwanzigtausend Volt. Er taumelte zurück und stürzte zuckend zu Boden.

Widow war bereits an ihm vorbei. Mit ausgestrecktem Arm feuerte sie die schallgedämpfte Neunmillimeter ab. Jeder Schuss war ein explosives Flüstern, ein Speien. Zuerst schaltete sie den Supervisor aus, zwei Kugeln in die zentrale Körpermasse. Er war noch im Sturz begriffen, als sie ihren Arm bereits herumschwenkte.

Die Männer mit den Kopfhörern konzentrierten sich zwar auf ihre Arbeit, hatten aber die Reflexion der plötzlichen Bewegung im Raum auf ihren Monitoren gesehen. Auch die beiden waren bewaffnet. Widow erwischte den einen mit ihrem Bite, bevor er sich rühren konnte. Der andere drehte sich gerade um und griff nach seiner Waffe, als ihn eine Kugel aus der schallgedämpften Neunmillimeter vom Stuhl riss.

Etwa drei Sekunden waren vergangen, seit sie den Raum betreten hatte. Der dritte Techniker reagierte, als links und rechts von ihm Leute entweder zusammensackten oder zu Boden stürzten. Er sagte etwas, das durch seinen Helm gedämpft wurde, und fasste hektisch nach dem Alarmauslöser. Widow jagte ihm eine Kugel durchs Handgelenk, um ihn davon abzuhalten, unmittelbar gefolgt von einem zweiten Bite, der den Mann gegen seine Konsole warf und zuckend zu Boden gehen ließ.

Sie kreiselte herum. Die Pistole schussbereit, deckte sie den Rest des Raums ab. Fünf Mann ausgeschaltet. Es war doch weiter niemand da, den die Kameraübertragung nicht erfasst hätte.

Fünf Sekunden und der Zielbereich war gesichert.

Sie ging wieder hinaus auf den Gang, riss das Tablet von der

Wand und kehrte in die Kommunikationszentrale zurück, wo sie die Luke hinter sich schloss und verriegelte.

Sie betrachtete die verschiedenen Sende-Empfangs-Terminals und trat dann an die Station, die ihren Zwecken am ehesten zu dienen schien. Den Mann, der bis zu seinem Tod daran gearbeitet hatte, zog sie auf seinem fahrbaren Stuhl aus dem Weg und ließ ihn quer durch den Raum rollen. Dann lehnte sie das Forschungs-Tablet gegen die Konsole und verband es drahtlos mit dem Kommunikationssystem. Anschließend beugte sie sich über das Terminal und machte sich daran, mit dem Keyboard die ferngesteuerten Uplink-Satellitenschüsseln auf dem Dach der Anlage auszurichten.

Das gesamte Telekommunikationssystem war ein digitales Highend-Netzwerk aus der Herstellung einer amerikanischen Firma, das A.I.M. wahrscheinlich von der Stange gekauft hatte. Widow war durch ihr Training mit Hunderten von verschiedenen Systemen vertraut und kam auch mit diesem hier leicht zurecht. Sie schaltete die Verschlüsselung aus, die internationale Übertragungen unterband, wählte Datentransfer und tippte die Zugangscodes für Avengers-Priorität und S.H.I.E.L.D. ins Keyboard. Dann gab sie ihre eigene spezifische Identifikationssignatur ein und fügte ein Tag für ihren exakten Aufenthaltsort hinzu.

Senden.

Sie wartete und beobachtete den sich langsam bewegenden Fortschrittsbalken auf dem Display. Sie lud den gesamten Inhalt des Forschungs-Tablets zu S.H.I.E.L.D. hoch. Das würde ein paar Sekunden dauern.

Der Balken stoppte.

Stirnrunzelnd versuchte sie per Keyboard, den Fehler zu diagnostizieren. Die Übertragung ging nicht durch. Es sah ganz danach aus, als würde niemand sie empfangen, als wäre die Welt außerhalb des Savage Land tot und erstarrt. Das fand sie unwahrscheinlich. Es konnte doch nicht das gesamte globale

Telekommunikationsnetz plötzlich zusammengebrochen sein. Das Problem musste hier auf dieser Seite liegen.

Sie nahm das Security-Tablet auf und wischte sich durch die Menüs und Anzeigen. Was hatte sie übersehen? Eine Art Sicherheitsverschlüsselung irgendwo? Oder irgendetwas, das alles andere außer lokaler Kommunikation verhinderte? Das hatte sie doch abgeschaltet.

Was also hatte sie übersehen?

Sie scrollte und überprüfte die Ausrichtung der Satellitenschüsseln, die QAM-Eingabe und die Signalstärke. Alles im grünen Bereich. Aber irgendetwas musste es sein. Das Pop-up-Fenster für die Videoübertragung hatte sich verkleinert, aber es verdeckte immer noch einen Teil des Displays, deshalb wollte sie es schließen.

Da fiel ihr Blick auf das Forschungs-Tablet, und sie sah das schwache Spiegelbild des Wachmanns, der sich hinter ihr wieder erhob.

Sie fuhr herum und warf sich auf ihn. Diese albern aussehenden A.I.M.-Tonnenhelme hatten offenbar doch ihre Vorteile – sie konnten beispielsweise die tödliche Ladung eines direkten Bite-Treffers ableiten.

Der Wachmann zog seine Waffe. Sie prallte gegen ihn, und sie stürzten beide, krachten gegen einen der fahrbaren Stühle und stießen den schlaff darauf sitzenden Toten herunter. Ein Schuss löste sich. Die Waffe war nicht schallgedämpft, das Krachen laut. Die Kugel traf das Hauptdisplay einer Konsolenbank hinter Widow, der Monitor explodierte in einem Schauer aus Funken und Splittern.

Sie rangen miteinander. Widow versuchte, dem Wachmann den Arm umzudrehen und das Handgelenk zu brechen, damit er die Waffe fallen ließ, aber er drückte noch einmal ab. Seine linke Hand umklammerte ihre Kehle. Die Sache wurde schmutzig, und schmutzig mochte sie nicht. Sie schlug mit ihrer rechten

Faust nach seiner Kehle, aber er zappelte herum, und so traf sie stattdessen die obere Kante seines Brustschutzes.

Sie trat ihm das rechte Bein unter dem Leib weg. Als er zur Seite fiel, rammte sie sein rechtes Handgelenk auf die Kante der Konsole. Das Handgelenk brach, aber die Finger des Wachmanns hielten die Pistole weiter umklammert. Sie ließ seinen Arm los, unterbrach den Kontakt zu ihm, damit sie die Ladung nicht mit abbekam, dann feuerte sie den Widow's Bite ihres rechten Armbands in seinen ungeschützten linken Oberschenkel.

Er brach zusammen, zitternd wie vor Schüttelfrost.

Verdammt.

Ein Alarm piepste. Die beiden ungedämpften Schüsse hatten ihn ausgelöst.

Sie kehrte an die Hauptkonsole zurück und versuchte, die Übertragung noch einmal abzusenden. Wieder nichts. Wie konnte die ganze Welt tot sein? Sie schaltete von direkter Datenübertragung auf Sprechfunk.

„Avengers, Avengers, Prioritätsstufe eins", rief sie in ein Headset, das sie sich von einem der Toten geliehen hatte. „Hier ist Natasha Romanoff. Antwortet. S.H.I.E.L.D., bitte antworten. Es wartet ein dringender Upload. Bitte um Anweisungen."

Nichts. Weniger noch als nichts. Sie stieß eine giftige Bemerkung in ihrer Muttersprache aus, dann erst wurde ihr bewusst, dass das Mikrofon noch eingeschaltet war.

Ach, verdammt, wen kümmerte das? Es hörte ja sowieso niemand zu. Keiner konnte sie hören.

Warum? Warum?

Was A.I.M. hier in dieser Einrichtung auch Schreckliches aushecken mochte, was immer sie und Barton für eine Gefahr entdeckt hatten, es schien kaum eine Rolle zu spielen. Was beängstigend war, was wirklich nervenaufreibend war, das war die Tatsache, dass der Rest der Welt verstummt war, während sie hier durch diesen vergessenen Winkel aus der Urzeit spaziert waren.

Wie zum Teufel konnte so etwas passieren?

Jemand klopfte an die Luke. Sie hörte Stimmen, die verlangten, dass die Tür auf der Stelle geöffnet wurde. Sie hatte die Luke verriegelt, aber sie wusste natürlich, dass A.I.M. diesen Befehl leicht außer Kraft setzen konnte.

Sie fluchte abermals. In Russland gab es ein Sprichwort über Zitronen und was man daraus machen sollte. Geheimhaltung war jetzt keine Option mehr und auch nicht mehr wichtig. Das war ein Jammer, weil Black Widow auf geheimen Missionen zur Höchstform auflief. Zum Glück war sie nicht nur darin erschreckend gut. Es war an der Zeit, mit offenen Karten zu spielen, ohne Tricks. Zeit für *mokroye delo*. Wetwork. Mord und Blutvergießen.

Auf der Rückseite des Forschungs-Tablets befand sich noch ein Klecks Kontaktkleber. Sie klatschte es sich auf den Oberschenkel, wo es haften blieb. Dann zog sie ihre beiden Pistolen.

In ein paar Sekunden würde die Luke von außen geöffnet werden. *Überrasche sie,* dachte sie. *Komm ihnen zuvor. Ergreif die Initiative. Übernimm die Kontrolle.*

Sie drückte „Entsperren/Öffnen“ auf dem Security-Tablet. Und sobald die Luke aufglitt, eröffnete sie das Feuer auf die erschrockenen gelb gekleideten Gestalten dahinter.

9

SIBIRIEN
DATUM: IRRELEVANT, ORTSZEIT: UNBEKANNT

Thor Odinson fühlte sich erschreckend sterblich.

In seinen Gliedern steckte eine beißende Schwäche, als sei er in den eisigen Meeren von Jotunheim fast ertrunken. Rückgrat und Rippen fühlten sich an, als wären sie auf den Ambossen von Nidavellir flach gehämmert worden. In seinem Bauch brannten die ewigen Feuer von Muspelheim. Mund und Nase waren mit Blut verklebt, als hätte Svartálfar ihn grausam vergiftet. Er schmeckte Galle und Fäulnis, als würde Hel persönlich ihn von innen heraus verrotten lassen.

Sterblich. Entwürdigt. Beschnitten. Seine Göttlichkeit war dahin.

Vornübergebeugt kauerte er auf dem Berggipfel. Der Regen prasselte auf ihn herab. Er hob die Hände und sah, wie sich Reste blauer Felder von Zauberkraft um seine Finger herum auflösten wie zerfasernder Rauch.

Irgendwie schaffte er es, sich über die Kante der Felswand wieder nach oben zu hieven. Seine Verletzungen waren schwer, aber er wusste in seinem Herzen, dass das Gefühl von Sterblichkeit, das er verspürte, viel mehr seinem Aufenthaltsort geschuldet war. In der Weltlichkeit Midgards verlieh ihm sein göttlicher Status ein Gefühl von Transzendenz – seine Sinne nahmen Farben, Geschmäcker, Gerüche und Texturen in größter Pracht wahr. Dort war er ein höheres Wesen in einer schlichteren Welt, lebendig auf eine Weise, die Sterbliche nicht begreifen konnten. Selbst in Asgard empfand er Kraft und grenzenlose Vitalität.

Aber hier, auf diesem kargen Berg, fühlte er sich zermalmt von beispiellos starker Zauberei. Sein überragender Status als Gott war nur ein kleiner Funke im Vergleich zu dem übernatürlichen Mahlstrom, der diesen Ort umfangen hielt. Hier, im Angesicht dieser Magie in überreichem Maß, wäre selbst der Allvater einem schwächlichen kleinen, verängstigten Kind gleichgekommen.

Er war nicht mehr in Midgard. Das wusste Thor. Er war in einen Abschnitt von Midgard gekommen, in die Region namens Sibirien, doch dieser irdische Ort war unter seinen Füßen verschwunden, und er war in eine Andersheit gestürzt, wo der Zeitbegriff der Sterblichen und Naturgesetze nicht mehr galten. Dieser Teil des Planeten Erde war in eine andere Wirklichkeit versetzt worden, wo sein Gottsein nichts mehr wert war. Hier war er nicht bedeutender als eine Mikrobe.

Mjölnir lag vor ihm auf dem Felsen. Er fasste nach dem Griff des Hammers.

„Nicht“, sagte da eine Stimme.

Er brauchte einen Moment, um sich in Erinnerung zu rufen, wie man sprach, und um die Kraft zu finden, es auch zu tun.

„Warum?“, fragte er dann.

„Weil ich dir sonst wieder wehtun werde“, antwortete die Stimme.

Er kannte die Stimme. Sie war sanft und weiblich. Es war Wanda, die Freundin, die ihn so schmählich hintergangen hatte.

„Nein“, murmelte er. „Warum? Warum hast du das getan?“

Die Stimme lachte.

„Was sein muss, muss sein“, erwiderte sie.

Er hob den Kopf und schaffte es, sich in eine kniende Position aufzurichten. Wasser lief ihm übers Gesicht und wusch das klebrige Blut aus seinem Haar. Scarlet Witch, eine im Regen verschwimmende rote Gestalt, stand eine Bogenschussweite entfernt und beobachtete ihn.

Er schaute auf und ignorierte sie. Durch den heftigen Regen, der auf ihn einprasselte, durch die schwarzen Sturmwolken und die manifestierte Nacht und hinter dem narbigen Geflecht aus Blitzen erblickte er negative Sterne – schwarze Sonnen, strahlendes Unlicht, aufgereiht in Konstellationen, die ihm völlig fremd waren.

Die jedem Wesen in den neun Reichen völlig fremd sein mussten, dachte er – ein unbekanntes Universum, das noch kein Sterblicher oder Unsterblicher gesehen hatte, geschweige denn verzeichnet oder begriffen. Es war eine Kluft im Hyperraum, infra-dimensional, ein Reich des Schreckens, wo namenlose schwarze Sterne eine Leere beschienen, die aufgebläht und blutig war von Fäulnis. Er fragte sich, ob diese neuen Konstellationen Namen hatten. Wahrscheinlich waren es alte Namen, unnatürlich alt, und ihr Klang würde augenblicklich Wahnsinn und Verzweiflung auslösen. Der bloße Anblick dieser Anordnungen bereitete ihm Übelkeit.

Er wollte aufstehen.

„Bleib auf den Knien“, wies Scarlet Witch ihn an.

„Das werde ich nicht tun“, erwiderte er und erhob sich.

„Ich werde dich töten.“

„Das wolltest …“ Er hielt inne, räusperte sich den Hals frei und spuckte schwarzes Blut und Galle aus. „Das wolltest du doch sowieso tun. Oder jedenfalls hast du es mir angedroht. Aber du hast es nicht getan. Dann tu es jetzt, wenn du willst, aber ich werde dem Tod stehend ins Auge blicken.“

Sie hob ihre linke Hand – die grausame Hand des Verrats, die Hand allen Unheils und Bösen. Durch den Regen hindurch sah Thor sie im Licht ihrer verfluchten blauen Kraft schimmern.

„Ich habe nicht gesagt, dass ich dich töten würde“, zischte sie. „Ich habe gesagt, du seist verloren. Und das ist schlimmer.“

„Du klingst nicht wie Wanda“, gab er zurück. Er spie abermals aus. „Was steckt in dir? Was spricht durch dich?“

„Du bist verloren“, beharrte die Stimme.

„Aye.“ Er nickte. „Das ist mir schon klar. Ich weiß nicht, wo ich bin. Aber du meinst machtlos, nicht wahr? Du meinst, ich sei nicht länger in der Lage, diese Ereignisse zu beeinflussen.“

„Ja. Also ergib dich.“

Er zuckte die Schultern, verzog das Gesicht. Es tat weh, mit den Schultern zu zucken.

„Das eine oder andere weiß ich doch“, sagte er, „auch wenn ich nur ein Asenkrieger bin. Die Sagen haben mich gelehrt, dass Götter schwer zu töten sind. Sehr schwer.“

Scarlet Witch antwortete nicht. Blaue Flammen züngelten um ihre erhobene Hand.

„Du drohst mir“, fuhr Thor fort, „aber Götter wird man nur schwer los. Unsere Leiber mag man verletzen, unser Blut vergießen, unsere Seelen zerstreuen können, aber unser Wesen überdauert. Selbst mit Magie von der Größe, wie du sie befehligst, wäre es schwer, mich völlig zu vernichten. Mich ganz und gar auszulöschen.“

„Warte es ab.“

„Na schön, ich warte.“ Er lächelte, schwieg und fuhr sich mit der Zungenspitze prüfend über die Vorderzähne. Zwei waren locker. Er schmeckte Blut auf den Lippen.

„Wenn es dir ein Leichtes wäre, mich zu töten, dann hättest du es schon getan. Stattdessen hast du mich zu Boden gebracht, mich unterworfen.“ Er wies in den Regen und meinte das infernalische Tosen, das den Berg einschloss. „Du hast hier rohe Magie entfesselt in einem Maß, das alles übertrifft, was ich je gesehen habe. Aber du brauchst sie, nicht wahr? Ein ganzes Universum dämonischer Magie, und doch brauchst du *alles* davon.

Du willst nichts davon vergeuden, um mich zu vernichten, es sei denn, dir bliebe keine andere Wahl. Was immer du hier tust, du bist nicht willens, die Magie zu verbrauchen, die nötig ist, um einen Gott wirklich zu töten."

„Ergib dich, oder ich verletze dich von Neuem."

„Kreatur, ich bin ein Ase. Ich wurde ein ums andere Mal verletzt, immer wieder und wieder. Wie die Sterblichen sagen würden: Versuch's doch mal! Ich wiederhole, das eine oder andere weiß ich doch. Zum Beispiel auch das: Ich weiß die Lügen der Zauberei zu durchschauen."

„Ach ja? Und welche Sage hat dich das gelehrt?", spottete sie.

„Keine Sage", erwiderte er. „Eine Freundin. Sie heißt Natasha. Sie hat mir von Psychologie erzählt. Ich hätte besser zuhören sollen, denn an viel kann ich mich nicht erinnern. Ich war zu sehr damit beschäftigt, die Schönheit ihrer Gestalt zu bewundern. Trotzdem, ein paar Dinge habe ich mir gemerkt. Sterbliche – und Unsterbliche auch – senden Signale aus, durch die sie sich verraten. Und manche dieser Signale sind offensichtlich … sehr offensichtlich."

„Und welches ‚Signal' sende ich aus, Odinson?"

„Na ja … du stehst da im Regen, mit brennender Hand, und befiehlst mir, mich zu ergeben. Drohst mir. Ich weiß nicht, was das soll und was du für einen Weltuntergang im Sinn hast, aber du würdest mir nicht drohen, wenn ich für dich keine Bedrohung mehr darstellen würde. Du würdest mich hier tot liegen lassen und dich weiter deiner Apokalypse widmen."

„Ich glaube nicht, dass das eine Idee ist, die du auf die Probe stellen solltest", erwiderte sie.

„Siehst du? Noch eine Drohung. Weißt du was? Ich glaube, ich werde dich *zwingen*, mich zu töten – so viel Magie zu verschwenden, wie es bedarf, einen Gott auszulöschen. Dich so auszulaugen, dass du dieses Ritual nicht zu Ende führen kannst.

Das ist ein Tod, der mir Freude machen würde. Ich glaube, das ist es, wovor du Angst hast."

Er ging einen Schritt auf sie zu.

„Bleib stehen", fauchte sie, und die blauen Flammen um ihre Hand tanzten höher.

„Ein anderer Freund von mir hat eine Redensart", sagte Thor. „Er benutzt sie in Kämpfen und auch wenn er beim Kartenspiel seinen Einsatz macht. Sein Name ist Clint Barton, und er sagt immer: ‚Halt dagegen, oder halt die Klappe.'"

Thor ließ seine Hand nach vorne schnellen. Mjölnir löste sich vom nassen Felsen und landete sicher in seiner Faust. Er schwang den Hammer und schleuderte ihn.

Scarlct Witch entfesselte das blaue Feuer, das um ihre Hand wogte. Die Macht darin hatte sich zusammengebraut, um ihn zu treffen, aber er hatte Wanda nun gezwungen, den Hammer abzuwehren, der mit dem Kopf voran auf sie zuraste. Der Zauber zerbrach die Luft in saphirblaue Bläschen, als er Mjölnir mitten im Flug stoppte. Der Hammer erzitterte, dann kehrte er zu Thor zurück.

Er fing ihn aus der Luft auf und verwandelte die Bewegung in einen weiteren kraftvollen Schwung.

„Noch mal!", rief er.

Der Hammer schoss auf Scarlet Witch zu. Blaue Magie blockte ihn ab, und er prallte zurück. Thor fing ihn abermals auf, doch Wandas Kraft traf ihn vor die Brust, bevor er ihn ein drittes Mal werfen konnte.

Er keuchte vor Schmerz auf, fiel auf ein Knie nieder und hustete Blut. Sein Herz fühlte sich an wie gekocht, als sei es im Begriff zu platzen. Dennoch schleuderte er den Hammer.

Wanda lachte, als die Waffe auf sie zujagte. Sie hob beide Hände und entließ einen azurblauen Blitz, der den zischenden Hammer mitten in der Luft abfing, ihn drehte und in Richtung Thor zurückrasen ließ.

Mjölnir traf Thors Brust und warf ihn auf den Rücken. Er spürte, wie seine Rippen unter dem Aufprall brachen. Einen Moment lang blieb er liegen – geschlagen, keuchend, den schwelenden Hammer quer auf der Brust.

„Von m-meinem eigenen Hammer gefällt“, brachte er rau und mit Blut in der Kehle hervor. „Das wird sich n…nicht gut machen in einer S…sage …“

Wanda stand über ihm.

„Das auch nicht“, sagte sie.

Das Feuer um ihre Hände war jetzt fast kobaltblau vor brodelndem Zorn.

„Du bist scharfsinnig“, sagte sie. „Ich brauche solche Mengen Magie für mein Vorhaben, dass ich zögere, etwas davon zu verschwenden. Und in der Tat werde ich sehr viel dafür brauchen, um dich auszulöschen. Aber ich habe genug. Und da du dich weigerst, dich zu ergeben, wird dein Tod den Aufwand wert sein.“

Das kobaltblaue Feuer wirbelte und wurde zu einer Klinge aus Licht.

„U…und hatte ich recht mit der Stimme?“, ächzte er. „Du … du bist n…nicht Wanda, oder?“

„Die bin ich nicht“, erwiderte sie. „Ich bin die Mörderin des Odinsons.“

Voller Wut stieß sie die Klinge nach unten.

Ein Kreischen erklang. Thor hoffte inständig, dass nicht er es war, der es ausgestoßen hatte.

Strahlend weißes Licht hüllte die blaue Klinge ein und zerschmetterte sie, bevor sie ihn durchbohren konnte. Scarlet Witch taumelte zurück. Ihr Umhang hatte Feuer gefangen.

„Wer wagt es …?“, brüllte sie.

„Auch auf die Gefahr völliger Verwirrung hin“, sagte Wanda Maximoff. „Ich wage es.“

Scarlet Witch stand nun Scarlet Witch gegenüber, der echten Wanda in aufrechter, herausfordernder Haltung, eine Korona aus weißer Energie um die erhobenen Hände. Die andere hatte sich geduckt, die Miene finster. Ihr Umhang brannte, und aus ihren Fäusten quoll blauer Rauch.

„Z...zwei von eurer Sorte“, murmelte Thor.

„Scheint so“, sagte die echte Wanda, ohne ihre Doppelgängerin aus den Augen zu lassen.

„Davon habe ich einmal g...geträumt“, murmelte er.

„Thor!“, warnte ihn die echte Wanda.

„Der Traum war allerdings nicht ganz so brutal und schmerzhaft“, ergänzte er.

„Jetzt nicht, Thor“, sagte Wanda.

Die falsche Wanda fluchte und griff an. Wanda konterte ihre brüllende, sengende Magie mit einem lautlosen Strahl perlmuttartigen Lichts. Die rivalisierenden Zauber schlugen Funken und rangen miteinander.

„Dummes Ding“, fauchte die falsche Wanda. Ihre Stimme war nicht mehr ganz weiblich, nicht einmal mehr ganz menschlich. „Ich habe die Macht, ein göttliches Wesen zu töten. Von einer schwächlichen kleinen Hexe wie dir lasse ich mich nicht aufhalten.“

„Und doch ...“, erwiderte Wanda grimmig fauchend.

„Gleich wirst du deine dürftige Macht für den Moment aufgebraucht haben“, gab die andere zurück.

„Ich weiß“, bestätigte Wanda.

„Dann wirst du brennen.“

„Ich weiß.“

„Und trotzdem bestehst du darauf?“

„Ja, nur ... wie hast du gerade gesagt? Für den Moment.“

„Und was dann?“ Die falsche Wanda lachte.

„Dann ... das“, sagte Thor.

Mjölnir hämmerte gegen den Kopf der falschen Wanda. Der Hieb schleuderte sie – schreiend, um sich schlagend und brennend – quer über das schwarze Felsplateau.

Sie fing sich am Rand ab und versuchte aufzustehen. Die Kleidung hing ihr in verkohlten Fetzen am Leib. Ihr Haar war verschwunden. Ihr Fleisch geschwärzt. Grässliches Licht schien aus ihrem klaffenden Mund und den leeren Augenhöhlen.

Thor schwang den Hammer. Er traf die falsche Wanda, und sie verschwand über die Kante. Ihr Schrei verwehte in Nacht und Sturm.

Thor fing den zurückkehrenden Hammer auf und sah sich nach Wanda um. Sie ging schwer atmend in die Knie.

„Hast dir ja ganz schön Zeit gelassen, Donnergott", schnaufte sie.

„Ich hatte Probleme beim Aufstehen", erwiderte er und rieb sich die gebrochenen Rippen. „Wann bist du gekommen?"

„Ungefähr eine Stunde nach dir. Ich erreichte das Gebiet gerade, bevor es …" Wanda verstummte. „Gerade bevor es aus der Wirklichkeit herausfiel."

„Und wie …" Thor zögerte. Er suchte nach dem richtigen Wort, aber es kam ihm kein passendes in den Sinn. „Wie stopfen wir es zurück an seinen Platz?"

„Lass mir einen Moment Zeit, um wieder zu Kräften zu kommen", bat sie. „Wenn ich die Art des Rituals, das hier wirkt, und die verwendeten Beschwörungen verstehe, kann ich das Ganze vielleicht umkehren."

„Das gefiel mir alles sehr gut – bis auf das Wörtchen ‚vielleicht'", sagte Thor.

„Irrtum. Es gibt kein ‚Vielleicht'. Dieser arkane Akt ist unumkehrbar."

Die Worte durchdrangen die Luft wie die Nachbeben eines Erdstoßes. Jenseits der Felskante, hinter der die falsche und verbrannte Wanda verschwunden war, stieg langsam eine Gestalt empor, schwebend, als würde sie von einer Scheibe aus indigoblauem Licht getragen.

Sie war männlich und beunruhigend groß. Ihr Gewand war

eine Mischung aus Mitternachtsgrau und königlichem Purpur, verziert mit schwarzen Besätzen, die auf den Armen, Schultern und dem wie zu Hörnern auslaufenden Kragen aufwendige barocke Muster bildeten. Der Kopf war ein Block aus lodernden lebenden Flammen, in denen sich flackernd Augen und ein Mund abzeichneten.

Diese Gestalt war der schreckliche Meistermagier der Faltinen, der Herr der gemiedenen Dunklen Dimension – das mächtigste und schändlichste magische Wesen, das es überhaupt gab.

Wanda Maximoff zuckte zusammen, und ein für sie völlig untypischer Kraftausdruck schlüpfte ihr über die Lippen.

„Genau das dachte ich auch gerade“, sagte Thor.

„Das ist …“, setzte Wanda an.

„Oh, ich weiß, wer das ist“, fiel ihr Thor ins Wort.

„Dann weißt du auch, wie tief wir in der Klemme stecken“, sagte sie.

Thor Odinson nickte. Es gab keine Worte, in keiner Sprache des Universums, die der wahren Bösartigkeit des schrecklichen Dormammu auch nur annähernd gerecht wurden.

Dormammu hob seine linke Hand. Unheimliches grünes Licht wand sich darum wie körperlose Schlangen.

„Ich habe seit langer Zeit keine Schmerzen mehr verspürt“, sagte er, und jedes Wort knisterte und knackte wie brennende Holzscheite. „Das war kein angenehmes Gefühl. Ihr, Odinson und Tochter einer Sterblichen, werdet dafür büßen, meiner Person eine solche Schmach zugefügt zu haben. Und ihr werdet langsam dafür büßen. Denn ich habe die ganze Nacht Zeit, und in der Ewigkeit ist alle Nacht mein.“

Er richtete seinen linken Zeigefinger auf sie. Das schlangenhafte grüne Licht löste sich von seiner Hand und fauchte auf sie zu.

Thor packte Wanda, riss sie beiseite und schirmte sie mit

seinem Körper ab. Das grüne Licht traf dort, wo sie eben noch gestanden hatten, den Boden, und der Fels explodierte.

Sie wichen zurück. Das grüne Licht breitete sich rasch aus und fraß sich wie leuchtende Säure in den schwarzen Fels. Stück für Stück zerfiel der neu entstandene Berg. Gewaltige Steinbrocken lösten sich, rutschten ab und verschwanden donnernd in der Dunkelheit.

Dormammus Flammenschlund öffnete sich weit, und ein dröhnender Laut drang heraus. Thor brauchte einen Moment, um ihn als Lachen zu erkennen.

10

MADRIPOOR

12. JUNI, 23:26 UHR ORTSZEIT

„Doc? Banner?“

Banner hörte die Stimme von Dale McHale dem Dritten. Er schlug die Augen auf.

„McHale? Wo sind Sie?“

„Hier. Alles in Ordnung bei Ihnen?“

Banner überlegte. Er holte Luft.

„Mir tut der Kopf weh. Die Brust auch. Ich fühl mich, als hätte ich einen Kater. Einen schrecklichen Kater.“

„Das kommt wahrscheinlich von den Sedativen“, meinte McHale.

„Hm. Ich nehme an, McHale, die wahre Antwort auf Ihre Frage hängt davon ab, wo wir sind.“

Banner setzte sich auf.

Er befand sich in einem Käfig.

Der Käfig war schlicht, rostig und dreckig wie ein Tierpferch in einem aufgelassenen Zoo. Er schaute sich um und sah, dass sie sich offenbar in einer verlassenen Fabrik befanden, irgendeine Produktionsstätte, die ausgedient hatte und geschlossen worden war. Sie war düster und baufällig, es roch nach Abfall und Verwesung. Der Käfig war einer von mehreren, die hintereinander auf dem rostigen Band einer alten mechanischen Förderanlage standen. McHale lehnte an den Gitterstäben des Käfigs, der neben Banners stand. In den anderen Käfigen sah er weitere menschliche Gestalten kauern, in Lumpen gekleidet und schmutzig, schlafend oder tot. Ein paar nackte Glühbirnen hingen an fransigen Kabeln von der Decke, und zwei oder drei davon funktionierten sogar.

„Nein, McHale. Bei mir ist nichts in Ordnung", sagte Banner.

Er stand auf. Seine Kleidung war unversehrt, und die Plastikmanschette spannte sich noch um seinen Unterarm. Er hatte sich also nicht verwandelt. Die Bewusstlosigkeit hatte die Rage aufgehoben und die schreckliche Transformation im Keim erstickt.

„Wie lange sind wir schon hier?", fragte er.

McHale zuckte die Achseln. „Ungefähr eine Stunde, schätze ich. Bin mir nicht sicher. Meine Uhr ist kaputt. Und ich war auch bewusstlos."

Banner musterte ihn. „Ja, tut mir leid", sagte er. „Sind Sie okay?"

McHale fasste sich an die Brust. Er sah nicht gut aus.

„Vielleicht habe ich innere Verletzungen", sagte er. „Tut ein bisschen weh." Er blickte zu Banner auf und versuchte, einen munteren Eindruck zu machen. „Es geht schon."

„Lassen Sie mich mal einen Blick darauf werfen", verlangte Banner.

„Mir geht's gut."

„Ich bin Arzt."

„Ja, und wir sitzen in Käfigen. Was wollen Sie denn tun? Mich durch die Gitter hindurch untersuchen?"

Banner seufzte.

„Im Ernst, es ist schon in Ordnung", meinte McHale. „Ich glaube, wir befinden uns noch in der Stadt. S.H.I.E.L.D. hat uns im Auge behalten, also möchte ich wetten, dass man uns bald hier herausholen wird. Die werden uns schon nicht hängen lassen."

„Wenn sie uns denn finden."

„Sie werden uns finden", beharrte McHale.

Banner schien daran eher zu zweifeln.

„Also ...", begann McHale. „Übernatürliche Hundemenschen. Das ist neu. Was meinen Sie?"

„Ich meine, es ist an der Zeit, dass Sie mir verraten, was S.H.I.E.L.D. hier eigentlich untersucht."

McHale versuchte zu lachen, zuckte aber nur zusammen.

„Diese Information erhalten nur die Leute, die unmittelbar davon betroffen sind, Doc", sagte er.

„Ich bin unmittelbar davon betroffen, McHale. Ich hätte diese Information schon vor Tagen erhalten sollen, aber ich habe mich in Geduld und Höflichkeit geübt. Also, raus mit der Sprache."

McHale wirkte gequält.

„Na schön", sagte Banner genervt. „Es geht um Gammastrahlung, richtig? Das ist schließlich mein spezielles Fachgebiet."

„Doc ..."

Banner hob die linke Hand. Er trug einen kleinen Siegelring.

„Ein Edelsteinring", sagte er. „Weißer Topas. Billig. Ich habe eine ganze Schublade voll davon, und ich trage immer gern einen am Finger. Wissen Sie, was es mit weißem Topas auf sich hat? Seine Farbe lässt sich mit Gammastrahlung verändern. Der hier war weiß, als ich das letzte Mal draufgeschaut habe."

Jetzt schien der Stein in seinem Siegelring von einem hellen Blau zu sein.

„Dieser Hundemensch", fuhr Banner fort. „Ich glaube, er war das Resultat modernster, wenn auch gründlich verfehlter Genmanipulation. Tatsächlich habe ich so etwas schon einmal gesehen. Die sogenannten New Men. Und das heißt, es geht um einen gewissen Herbert Edgar Wyndham. Wie schlage ich mich bisher?"

„Oh Mann, sind Sie clever, Doc", sagte McHale.

„Das ist wahrscheinlich der Grund, weshalb ich hier bin", erwiderte Banner in deutlich kühlerem Ton als beim letzten Mal.

Er merkte, dass er McHale angefahren hatte. Er war gereizt, und der Zwischenfall in der Gasse hatte vermutlich den größten Teil der Sedative in seiner Manschette aufgezehrt.

Er musste aufpassen. Durfte nicht die Beherrschung verlieren.

„Sie sind in der Tat sehr clever, Doktor Banner."

Die verzerrte Stimme war aus einem blechernen Lautsprecher gekommen, der an einem Metallpfosten neben dem Förderband befestigt war.

„Wyndham?", fragte Banner.

„Doktor Banner. Sie wissen sehr wohl, dass ich diesen Namen nicht mehr führe. Er ist ein kümmerliches Überbleibsel aus der Vergangenheit und veraltet."

„Wyndham, was wollen Sie von uns?"

Der Lautsprecher knisterte. Banner war sicher, dass er im Hintergrund Musik hörte, irgendein bekanntes Lied aus dem vorigen Jahrhundert.

„Ich muss gestehen", knarzte es aus dem Lautsprecher, „dass ich verärgert war, als ich darüber informiert wurde, dass Sie nach Madripoor gekommen sind. Sie stehen für die Art von Schwierigkeiten, die ich zu meiden versuche. Aber als ich darüber nachdachte, erkannte ich darin eine Chance, die sich mir bot."

„Wyndham?"

„Die Zeit ist knapp, Doktor. Wir müssen den Tag nutzen. Nutzen, solange es noch einen Tag gibt, der sich nutzen lässt."

Am anderen Ende der Fabrikhalle öffnete sich rasselnd ein Rolltor, Licht flutete herein. Banner sah im Gegenlicht Gestalten, die näher kamen.

„Ruhig bleiben, Doc", sagte McHale und versuchte mühsam aufzustehen. In den Käfigen um sie herum regten sich die anderen Insassen. Einige stöhnten oder riefen etwas im hiesigen Dialekt.

Über den Käfigen schwang eine Dachluke auf. Tageslicht fiel herein.

Durch die offene Luke sprang eine Mischung aus Mensch und Katze herunter und landete auf einem der Käfige. Der Mann darin schrie vor Angst schrill auf, und andere um ihn herum stimmten in sein Gekreisch ein. Das Katzending zischte sie an, dann sprang es von Käfig zu Käfig die Reihe entlang, erreichte McHales und schließlich, mit einem letzten Satz, Banners Gefängnis.

Er schaute nach oben. Große gelbe Augen starrten auf ihn herab. Das Ding zischte abermals.

„Scher dich weg, verdammt!“, schrie McHale.

„Provozieren Sie es nicht, McHale“, warnte Banner und hob beschwichtigend eine Hand in McHales Richtung. Seine Augen hielt er auf das Katzending gerichtet, das zu ihm herunterglotzte.

Die Gestalten, die durch das Rolltor hereingekommen waren, näherten sich. Unter ihnen war auch das Hundeding aus der Gasse. Hinter ihm trottete ein kleinerer Nagetierhybride her sowie ein gedrungenes Wesen mit watschelndem Gang, das unter anderem Affen-DNS in sich haben musste. Alle drei trugen zerlumpte Kleidung.

Die Gefangenen verstummten. Banner konnte die Angst riechen.

Der Hundehybride stieß ein Knurren aus, und das Nagetierding huschte davon und schnappte sich rasch eine Kontrollbox von einem Haken an einem Stützpfeiler in der Nähe. Dann eilte es zurück zu den anderen, die Box fest an die Brust gedrückt, während es das Verlängerungskabel hinter sich herschleifte.

Der Hundehybride nahm die Box entgegen und legte einen der Schalter darauf um. Mit einem dumpfen Laut sprang ein Elektromotor an, und an einer Schiene unter der Decke setzte sich mit schwingenden Ketten eine ölige alte Winde in Bewegung.

Es dauerte ewig, bis sie heran war. Das Hundeding wartete, bis die Winde sich auf der Höhe von Banners Käfig befand, dann stoppte es den Motor. Der Katzenhybride, der auf Banners Käfig hockte, beugte sich vor, schnappte sich die baumelnden Ketten und befestigte sie an einem dicken Metallring, der auf dem Käfig angebracht war.

„Doc …“, begann McHale. Ernste Sorge schwang in seiner Stimme mit. Er umklammerte die Gitterstäbe seines Käfigs und blickte zu Banner herüber.

„Ist schon gut, McHale“, erwiderte Banner, um Ruhe bemüht. „Alles in Ordnung. Bleiben Sie bitte ruhig, damit ich ruhig bleiben kann.“

„Vielleicht …“, meinte McHale, „… vielleicht sollten Sie *nicht* ruhig bleiben.“

Banner zuckte zusammen. Er spürte, wie ein Hitzeschwall an seiner Wirbelsäule hinaufschoss, und aus dem Augenwinkel nahm er eine grünliche Dunkelheit wahr. Er wehrte sie ab.

„Nein, McHale“, entgegnete er ganz behutsam. „Sagen Sie das nicht. Wünschen Sie sich das nicht. Niemals. Das brauchen wir nicht. Niemand braucht das.“

„Aber, Doc …“

„Bitte, McHale.“

Der Hundehybride drehte ein Rädchen auf der Kontrollbox. Die Winde fing an zu wimmern, und die sich drehende Trommel spannte die Kette. Banner hielt sich fest, als der Käfig in Bewegung geriet. Erst neigte er sich zur Seite, dann schwang er mit einem Ruck von dem Förderband herunter. Der Hundehybride und das stämmige Affending traten hinzu, um ihn zu stützen. Sie richteten ihn aus, bis er direkt unter der Winde hing. Das Hunding ließ die Trommel noch ein Stück der rasselnden Kette aufwickeln, dann schaltete es den Motor aus.

Banner befand sich jetzt in einem Käfig, der fünf Meter über dem Boden pendelte. Der Katzenhybride hockte immer noch über ihm auf dem Gitter und hielt sich an den Stäben fest.

Der Hundehybride drückte einen anderen Schalter, und die Winde fuhr an der verdreckten Schiene zurück. Die Bewegung ließ den Käfig hin und her schaukeln, und Banner musste sich an den Gitterstäben festklammern.

„Doc!“, rief McHale hinter ihm her. „Doc!“

„Ist schon gut, McHale“, gab Banner zurück.

Die Gefangenen in den anderen Käfigen wurden wieder unruhig. Einige schluchzten. Die meisten heulten und flehten, Hände streckten sich durch die Gitter.

Der Hundehybride, der mit seinen Begleitern hinter Banners Käfig herging, stieß ein scharfes Knurren aus. Die Gefangenen verstummten rasch wieder.

Der Käfig erreichte das Ende der Schiene, und das Hundeding ließ ihn auf einen Hubwagen herunter. Der Katzenhybride löste die Ketten und sprang dann zu Boden. Gemeinsam bugsierten die vier New Men den Hubwagen und seine Ladung über eine zerschrammte Metallrampe in einen verbeulten Lastenaufzug.

Das Hundeding zog das rasselnde Scherengitter des Aufzugs zu und stierte zu Banner herein.

„Was passiert jetzt?“, fragte er.

Das Hundeding schob eine Hand durch das Gitter und warf ihm einen Schlüssel zu. Er prallte von den Gitterstäben ab und fiel außerhalb des Käfigs auf den Boden der Fahrstuhlkabine.

„Was soll das?“, fragte Banner.

Der Nagetierhybride drückte einen Knopf an der Wand. Von fern drang ein dumpfes Geräusch heran, dann fuhr der Aufzug nach oben.

Banner erwiderte den Blick der vier New Men, die ihm durch das Scherengitter nachschauten, bis er aus ihrem Sichtfeld verschwand und er nichts anderes mehr sah als die dunklen, schmierigen und sich scheinbar bewegenden Wände des Fahrstuhlschachts.

Banner zählte seine Atemzüge. Er wischte sich mit der flachen Hand über den Mund, dann fummelte er an seinen Haaren herum.

Beruhig dich, beruhig dich …

Der Aufzug stoppte. Durch das Scherengitter fiel etwas in die Kabine herein, das wie Sonnenlicht aussah. Aber es war doch Mitternacht, oder? Oder war Mitternacht längst vorbei? Banners Orientierungslosigkeit nahm zu.

Ruhig!

Banner ging in die Hocke, beugte sich aus dem Käfig hinaus und tastete nach dem zu Boden gefallenen Schlüssel. Er befand sich beinah außerhalb seiner Reichweite. Aber er bekam ihn zu fassen, erhob sich wieder und sperrte das Schloss auf.

Er verließ den Käfig, zog das Scherengitter auf und trat hinaus.

Der Raum dahinter war erfüllt von einem sanften, goldenen Glanz. Musik lief, ein weiterer alter Song aus der Zeit vor den Weltkriegen. Der Klang war leise und kratzig – ein altes Grammofon.

Einst musste dieser Raum prachtvoll gewesen sein, aber jetzt war diese Pracht verblasst und abgenutzt. An den holzverkleideten Wänden hingen alte Fotografien – streng wirkende Männer in Jacketts, elegante Damen mit Sonnenschirmen, Rudermannschaften, Polospiele, ein gesellschaftliches Ereignis. Auf Beistelltischen und in Regalen stapelten sich Bücher und zerfledderte Akten, Flaschen und Kolben, Insekten in Glaskästen, Schädel und Geweihe, altmodische wissenschaftliche Instrumente, vergilbte Zeitungen, Karteikarten, eine Schreibmaschine und Röntgenbilder in Papphüllen.

Es gab ein Chesterfield-Sofa, mehrere Sessel und ein altes Klavier. Das Grammofon mit seinem trichterförmigen Lautsprecher stand auf einem Tisch in der Ecke, daneben türmten sich alte Platten.

Die Vorhänge waren geschlossen. Banner ging zum nächsten Fenster und zog den Vorhang auf. Er blickte hinab auf das Gewühl in den Straßen von Lowtown Madripoor. Es war Nacht, unter ihm erstreckte sich ein Labyrinth aus Straßen, die von

Neonreklamen und hell erleuchteten Fenstern nachgezeichnet wurden.

Banner drehte sich wieder um und suchte nach der Quelle des sanften Lichts. Unter einer Glaskuppel auf einem kleinen Tisch glühte eine Miniatursonne. Erst hielt er es für einen Trick, eine übergroße Glühbirne oder etwas Ähnliches, doch als er näher trat, spürte er die Wärme, die davon ausging. Das leuchtende Gebilde war von der Größe einer Grapefruit. Er konnte die flackernden Eruptionen ausmachen und die winzigen Sonnenflecken, die auf der brennenden Oberfläche entstanden und vergingen.

Winzige Punkte umkreisten die Minisonne – Planeten. Es war ein Sonnensystemmodell, aber es gab keine sichtbaren Anzeichen dafür, dass die Planetenkörper irgendwie gestützt wurden. Wie hatte man das bewerkstelligt? Wie war das möglich?

„Schauen Sie nicht zu lange hinein.“

Er fuhr herum.

Wyndham beobachtete ihn von der Tür ins Nebenzimmer aus.

Banner blinzelte. Seine Augen brannten. Er konnte Sonnenflecken auf der Innenseite seiner Lider sehen.

„Ein Modell“, sagte er.

„In gewisser Weise“, erwiderte Wyndham. „Ich habe es erschaffen. Der orbitale Maßstab ist aus praktischen Gründen verkleinert, aber der thermonukleare Fusionsprozess ist vollkommen real.“

„In einer Glasflasche?“

„Ein Kraftfeld. Andernfalls gäbe es sekundäre Probleme mit der Schwerkraft, den Magnetkräften und so weiter. Wer kann schon einen Sonnenwind im eigenen Wohnzimmer gebrauchen, nicht wahr?“

„Dann ist es also ein Spielzeug?“, fragte Banner.

„Nein“, erwiderte Wyndham. „Es ist eine Mahnung.“

Herbert Edgar Wyndham war schon seit langer Zeit nicht

mehr ganz Mensch. Er war eine große, mächtige und gebieterische Erscheinung, eingeschlossen in einen eng anliegenden Anzug aus flexiblem Metall. Der gerippte Unterzieher war silbern. Die äußere Rüstung, Stiefel, Handschuhe und Helm glänzten in Magentarot. Das Design erinnerte Banner an den Art-déco-Roboter aus Fritz Langs Stummfilm *Metropolis*. So hatte die Zukunft ausgesehen, als Wyndham in den frühen Jahren des Zwanzigsten Jahrhunderts aufgewachsen war. Für einen Mann mit solch fortschrittlichen Ideen steckte Wyndham stilistisch seltsamerweise in seiner eigenen Vergangenheit fest.

„Sie sprachen von einer Chance, Wyndham", erinnerte Banner.

Wyndham schüttelte herablassend den Kopf.

„Bitte, Doktor", erwiderte er. „Nicht diesen Namen. Er steht für ein anderes Ich, eine vergangene Persönlichkeit. Sie wissen sehr wohl, wie ich angesprochen werden möchte."

„Das weiß ich, ja", sagte Banner und war sich verdammt sicher, dass er diesen Titel nicht benutzen würde. Vor Jahren hatte Wyndham sich selbst zum „High Evolutionary" ernannt – was in Banners Ohren klang wie der unselige Sprössling einer Verbindung von H. G. Wells und George Orwell.

Er fürchtete allerdings auch, dass dieser Bezug durchaus beabsichtigt war.

Wyndham war gefährlich. Zum einen war er wahrscheinlich der intelligenteste Mensch auf Erden. Das war er von Geburt an gewesen, und zahlreiche wissenschaftliche Verbesserungen hatten seine Gehirnleistung auf eine Stufe gehoben, die hoch entwickelten kosmischen Entitäten gleichkam. Er war auch nicht das, was S.H.I.E.L.D. als „Superschurke" klassifiziert hätte. Manchmal schien Wyndham sogar zum Wohl der Menschheit zu handeln.

Aber er war exzentrisch, begabt und skrupellos – und er hatte seinen inneren ethischen Kompass schon vor Jahrzehnten verloren. Seine schockierenden eugenischen Projekte, allesamt unternommen zur „Besserung“ der Spezies, hatten wahrlich katastrophale Folgen nach sich gezogen.

„Ich vergesse meine Manieren“, sagte der High Evolutionary. „Hallo, Doktor Banner.“

Er nickte höflich. Seine Stimme, künstlich moduliert, kam aus dem Mund seines Visiers, ohne dass sich die skulptierten Lippen bewegten. Seine Augen waren gläserne, pupillenlose blaue Linsen.

„Wyndham“, sagte Banner.

Der High Evolutionary reagierte nicht darauf, dass er weiterhin diesen Namen verwendete.

„Folgen Sie mir“, sagte der High Evolutionary. „Sie kommen gerade rechtzeitig.“

„Wofür?“, fragte Banner.

Der High Evolutionary winkte, und Banner folgte ihm durch die doppelflügelige Tür in den nächsten Raum. Es handelte sich um die Art von Labor, in dem sich Doktor Moreau ganz wie zu Hause gefühlt hätte. Überall Arbeitstische, Kolben, Mikroskope, Chemikalienbecher, Waagen, Papierkram und Instrumente. Als Zugeständnis an die Jetztzeit sah Banner Whiteboards an den Wänden, die mit Gleichungen vollgekritzelt und mit Haftnotizen vollgeklebt waren.

„Nicht ganz Ihre übliche Laborausstattung“, bemerkte Banner. Er setzte seine Brille auf und machte sich daran, die Gleichungen auf einem der Whiteboards zu studieren, versuchte, sie schnell zu lesen und doch einen Sinn darin zu erkennen. Genetische Codes … Transkriptionsfaktoren, die Abwicklung einer DNS-abhängigen Proteinkinase …

„Das ist nur ein Ort zum Nachdenken“, erklärte der High Evolutionary. „Ein privater Raum zum Grübeln und Entwerfen. Auf den unteren Etagen habe ich anspruchsvollere Einrichtungen.“

Er sah Banner an. Die gläsernen blauen Augen waren unheimlich.

„Aber nicht, wie Sie schon sagten, meinen üblichen Spezifikationen entsprechend. Es handelt sich hier um ein überstürztes Unternehmen, hastig zusammengewürfelt. Ich hatte etwas geplant, Doktor – einen großen Akt. Er war noch Jahre davon entfernt, Früchte zu tragen. Meine Pläne brauchen Zeit zum Reifen. Ich hatte noch kaum angefangen, ihn zu konzipieren, geschweige denn die nötigen Einrichtungen zu bauen. Dann ergab sich eine Situation, und ich wurde aus Gründen der Priorität durch diese Angelegenheit abgelenkt."

Er wies mit beiden Händen um sich.

„Daher der furchtbare Zustand meines Arbeitsplatzes", sagte er, „untergebracht in einem verlassenen Fabrikgebäude in den Slums dieser fragwürdigen Stadt. Ich mache das Beste aus dem, was ich bekommen kann. Zweckmäßigkeit, Doktor. Ich bin sicher, Sie verstehen das."

„Sie haben sich Madripoor ausgesucht", stellte Banner fest.

„Die Grenzkontrollen sind hier sehr lax", erwiderte der High Evolutionary. „Hier kann man die Leute dafür bezahlen oder anderswie dazu bewegen, wegzuschauen."

Er sah Banner an. „Und jetzt stehen auf einmal Sie vor meiner Tür."

„S.H.I.E.L.D. hat mich geschickt. Das wissen Sie ja bereits."

„Eine typische Vorgehensweise von S.H.I.E.L.D.", sagte der High Evolutionary, „mit roher Gewalt meine Aktivitäten zu stören."

Banner wies auf sich selbst, als frage er: *Wer? Ich?*

„Ihr anderes Ich", sagte der High Evolutionary. „S.H.I.E.L.D. will mich stoppen, also entscheidet S.H.I.E.L.D., mich zu zerquetschen."

„Ich wurde als Berater hinzugezogen", erklärte Banner. „Man wollte mein Wissen einsetzen, nicht mein … Alter Ego."

„Dann schöpft S.H.I.E.L.D. wirklich seine allerletzten Möglichkeiten aus", meinte der High Evolutionary. „Der Versuch, mich auf rein intellektueller Ebene schlagen zu wollen, ist doch lächerlich."

Er musterte Banner.

„Nichts für ungut. Sie sind ein talentierter Wissenschaftler. Sie haben teils Großes geleistet."

„Aber ich kann Ihnen kaum das Wasser reichen?", fragte Banner.

„Natürlich nicht. Aber eigentlich wollte ich sagen, dass ein Mann von Ihrer Intelligenz sich schon bald wünschen wird, mir zu assistieren, nicht, mich zu schlagen."

„Das hört sich interessant an", fand Banner.

„Die Welt ist im Begriff zu sterben, Doktor", sagte der High Evolutionary. „Sie hat, schätze ich, noch vier bis sechs Monate. Ich habe vor, sie zu retten."

„Lassen Sie mich raten", sagte Banner. „Indem Sie die Herrschaft über die Welt ergreifen?"

„Das ist sehr scharfsinnig. Korrekt."

„Ich habe einen Witz gemacht."

„Ich nicht."

Banner kniff die Augen zusammen.

„Die Welt wird sterben?", hakte er nach.

„Schon sehr bald."

„Worauf beruht Ihre Annahme?"

„Ich habe eine äußerst zuverlässige Quelle, Doktor", antwortete der High Evolutionary.

„Wie …"

„Bitte, Doktor. Wenn Sie mir zuhören und mich ausreden lassen, werden Sie feststellen, dass ich alle Ihre Fragen beantworte, ohne dass Sie sie stellen müssen."

„Sie sind gerade einer ausgewichen."

„Doktor Banner …"

„Wo ist die Gamma-Quelle, Wyndham?", fragte Banner. „Worum handelt es sich dabei?"

„Um einen Vorrat an Radioisotopen. Vorrangig Potassium-40 mit zusätzlicher hochenergetischer Elektronenamplifikation."

„Das ist eine ungeheure Strahlungsgefahr", sagte Banner. Er hob eine Hand. Der Topas auf seinem Ring war so dunkelblau, dass er fast schwarz wirkte. „Sie haben sie nicht abgeschirmt. Die Strahlung fügt diesem Bevölkerugszentrum unermesslichen Schaden zu. Wyndham, Sie …"

„Doktor Banner", fiel ihm der High Evolutionary ins Wort, „in drei Tagen bildet dieser Vorrat den Kern einer Gammabombe, die Madripoor mitsamt dem kompletten südostpazifischen Raum auslöschen und den ganzen Planeten verstrahlen wird. Sie sehen also, eine Abschirmung wäre ziemlich vergeudete Liebesmüh."

11

WASHINGTON, D. C.
12. JUNI, 08:53 UHR ORTSZEIT

Tony Stark wurde schwarz vor Augen. Die Besinnungslosigkeit schien ihm eine gnädige Erlösung von seinem Leid, aber er wusste, dass da nur der Sauerstoffmangel sprach. Sein Körper wollte, dass er dichtmachte, damit der Schmerz aufhörte.

Sein Gehirn hatte andere Vorstellungen.

Mit einem angestrengten Ächzen umklammerte er Ultrons Unterarm. Ultrons Griff wurde fester. Die Rüstung knackte und gab nach. Starks baumelnde Beine traten nutzlos umher.

Er feuerte beide Handflächenrepulsoren ab.

Der dicht konzentrierte Stoß, zwischen seinen Händen gefangen, riss Ultron den Arm auf Höhe des Ellbogens ab und zerfetzte ihn. Die Gewalt der brutalen Energieeruption schleuderte Iron Man rücklings zu Boden. Er prallte hart ab, drehte sich in der Luft, prallte abermals auf und kam dann schlitternd zum Liegen.

Er verlor das Bewusstsein.

Für eine Sekunde.

Die Alarmsignale und blinkenden Warnungen in seinem Helm holten ihn zurück. Überall in der Blickfeldanzeige seines Helms erschienen in fetten roten, pulsierenden Buchstaben zahllose Fehlermeldungen.

Dieser visuelle Schwerpunkt schien ihm eine gute Idee gewesen zu sein, als er ihn entworfen hatte. Jetzt allerdings, da so viele Alarmmeldungen auf einmal erschienen, konnte er kaum noch etwas anderes sehen als fette rote, pulsierende Buchstaben.

„Alarmbenachrichtigungen abbrechen“, grunzte er. Er schmeckte Blut. Seinem Chiropraktiker würde er einen dicken Bonus geben müssen, damit der ihm den Hals wieder einrenkte. Außerdem gab es da noch eine Shiatsu-Therapeutin namens Summer, die ihm wahrscheinlich auch helfen konnte.

Er versuchte, sich aufzusetzen. Seine Rüstung war zerschrammt und verbeult, aber es waren die dynamischen Systeme, die ihm Sorge bereiteten. Die Handschuhrepulsoren in so starker Konzentration einzusetzen, war ein Vabanquespiel gewesen. Der linke war völlig durchgebrannt, der rechte war angeschlagen. Die Auto-Reparatursysteme arbeiteten schnell, aber um die Rüstung wieder ganz in Schuss zu bringen, musste sie in die Werkstatt.

Stark blinzelte. Er schaute nach unten und schrie angewidert auf, als er Ultrons riesige rechte Hand sah, die immer noch seinen Hals umklammerte. Der zerfetzte Stumpf des Unterarms hing wie ein übergroßes Medaillon vor seiner Brust. Das war sehr uncool. Solche Medaillons trug er seit den Neunzigern nicht mehr.

Mit beiden Händen versuchte er, die tote Klaue von seinem Hals zu lösen. Seine Hände schmerzten. Der Rückstoß hatte sich bis auf seine Handflächen durchgesengt. Er riss die verdammte Hand ab und warf sie beiseite.

Sie landete neben ihm auf dem Betonboden. Dann zuckte sie, bewegte die Finger und machte sich daran, zu ihm zurückzukrabbeln.

Stark verlieh seinem Ekel abermals Ausdruck in Worten, die sein Pressesprecher nicht gutgeheißen hätte. Er rollte sich von der krabbelnden Hand weg.

Himmel, waren das Schmerzen. Ganz zu schweigen von den Seitenleisten-Diagnosen seiner Blickfeldanzeige, die siebenundzwanzig verschiedene Rüstungssysteme auflisteten, die entweder beschädigt oder gar nicht mehr betriebsbereit waren. Er fragte sich, wie die Diagnosen seinen eigenen Körper betreffend wohl aussehen würden.

Die Hand kam klappernd auf ihn zu. Seine Repulsoren konnte er vergessen, also drehte er den linken Stiefel und richtete ihn auf die Hand. Ein Stoß aus der Stiefeldüse ließ die verdammte Klaue quer durch den Raum fliegen.

Ein Glück, dass er kein Problem mit Spinnen hatte.

Er kämpfte sich auf die Füße. Mit riesigen, mordlustigen Roboter-Wissenschaftlern, die die Welt zerstören wollten, *hatte* er hingegen ein Problem. Wo zum Teufel war der Rest von Ultron?

Dichter Rauch und Wolken aus Nanostaub erschwerten die Sicht. Die Flammen verschiedener Feuer überall in der Black Chamber taten ein Übriges dazu. Er bekam keine vernünftige Auflösung, weil die optischen Systeme seiner Rüstung beschädigt waren. Er dachte daran, das Visier zu öffnen und sich mit eigenen Augen umzuschauen, aber damit hätte er die Sicherheit der Rüstungsversiegelung geopfert.

Andererseits hatte er die wahrscheinlich sowieso schon verloren. Seine Rüstung war ziemlich übel mitgenommen. Sowohl die inneren als auch die äußeren Schichten mochten bereits etliche Risse und Löcher aufweisen. Selbst mikroskopisch kleine Frakturen würden schon reichen, um subatomare Nanopartikel eindringen zu lassen. Er würde es nicht einmal merken. Denn selbst sein Schadenbeurteilungssystem war beschädigt.

Er würde es nicht merken, bis es zu spät war. Wahrscheinlich passierte es bereits gerade jetzt. Es …

„Ach, pfeif drauf“, zischte er und ließ das Visier aufschnappen. Die Iron-Man-Blende, der Goldbezug zerkratzt, hob sich und verschwand unter der Stirnpartie der Rüstung.

Jetzt konnte Stark den scharfen Geruch des Rauchs wahrnehmen, brennendes Plastik, den Staub, die Kohlenstoffe. Er konnte die Hitze auf seiner Haut spüren.

Und er konnte sehen.

„Reparatur des optischen Systems priorisieren", wies er die Rüstung an. „Nein, Repulsorreset priorisieren. Nein, beides priorisieren. Ach, verdammt, setz dich einfach schnellstens wieder instand!"

Er trat vor. Der Boden um ihn herum war übersät mit den brennenden Trümmern von Nanowesen. Glas- und Metallschutt knirschten unter seinen Stiefeln. Einer der Blockserver in der Nähe spuckte Funken, aus dem Kern stiegen Rauchschleier auf. Zerfetzte Kabel hingen von der Decke und schwangen hin und her. Er spürte, wie die unsichtbaren Naniten über seine Gesichtshaut krabbelten, am Hals hinab und hinein in die Rüstung. Nein, wahrscheinlich war es nur Schweiß.

Nein, wahrscheinlich doch Naniten.

„Hey, Ultron?", rief er. „War's das?"

Nichts rührte sich außer den Flammen.

„Ultron? Kumpel? Jetzt schmoll doch nicht. Die Party ist noch nicht vorbei. Komm, wir spielen noch ein Trinkspiel."

Immer noch keine externe Daten- und Kommunikationsverbindung. Die Welt draußen könnte untergegangen sein. Der Null-Sechs-Countdown war jetzt nur noch rein spekulativ, bedeutungslos blinkende Zahlen wie die eines Weckers auf dem Nachttisch nach einem Stromausfall. Aber selbst ein Wecker auf dem Nachttisch nach einem Stromausfall zeigte zweimal am Tag die richtige Zeit an. Oder so ähnlich …

„Halt die Klappe, Anthony", ermahnte er sich. *Konzentrier dich wieder aufs Spiel. Konzentrier dich wieder auf das verdammte Spiel.* Seine Gedanken schweiften ab. Wahrscheinlich hatte er einen Schlag auf den Kopf bekommen. Gehirnerschütterung? Eine Subduralblutung? Er …

„Halt die Klappe, Anthony", wiederholte er. Natürlich glaubten viele Leute – insbesondere Clint Barton –, dass Stark schon vor Jahren einen Schlag auf den Kopf bekommen hatte und sich seither seltsam benahm. Also …

„Halt, verdammt noch mal, die Klappe", knurrte er.

War die Welt draußen untergegangen? Unmöglich zu sagen. Der ASI-Ende-von-allem-und-gute-Nacht-Menschheit-Event konnte stattgefunden haben, während er gegen Ultron gekämpft hatte. Und vielleicht war er nur ein Irrer, der letzte Überlebende, den es zurückversetzt hatte in eine Zeit, in der es außer biologischem Anbau nichts anderes gegeben hatte, und der in einem kaputten Blechanzug durch ein brennendes Lagerhaus humpelte und glaubte, es gebe noch Hoffnung.

Andererseits konnten ihn die Naniten so gründlich befallen haben, dass er zersetzt worden war, ohne es mitzubekommen, bevor sie ihn neu erschaffen hatten als ein Nanowesen, das lediglich *meinte*, noch ein Mensch zu sein. Er mochte jetzt Teil des Ganzen sein. Wenn das stimmte, dann war Einzigartigkeit echt kacke. Stark fühlte sich in keiner Hinsicht erleuchtet oder hypersensibilisiert. Wenn die Naniten beabsichtigt hatten, ihn eins mit allem werden zu lassen, dann hatten sie die Mayo, den Käse, die Zwiebeln, die scharfe Soße und die saure Gurke als Beilage vergessen.

Der Gedanke an die Naniten ließ ihm wieder die Haut am ganzen Leib kribbeln. Er verspürte ein Jucken am Kinn und kratzte sich rasch. Nein, keine Naniten. Nur Blut, das ihm aus dem Mund rann.

Als ob *das* gut wäre.

Inzwischen hätte er eigentlich mit dem Angriff eines Nanowesens gerechnet. Ihre Zahl war beträchtlich gewesen, und sie hatten es in tödlicher Absicht auf ihn abgesehen gehabt. Wo …

Ein heller Ton erklang. Die Diagnostik der Rüstung. *Rechter Repulsor zu fünfundsechzig Prozent instand gesetzt.*

Gerade rechtzeitig.

Ein Nanowesen ging auf ihn los. Es war fast zweieinhalb Meter groß, ein rauchgeschwärztes Endoskelett, die Augen in dem Totenkopfgesicht leuchteten grün. Die linke Hand bildete ein riesiges Hackbeil.

Stark duckte sich unter dem Klingenhieb weg, dann jagte er dem Ding einen Repulsorstrahl vor die Brust. Das Nanowesen taumelte zurück. Ein zweites griff von links an. Stark setzte ihm einen Repulsorstoß ins Gesicht, bevor es seine Krallen in ihn bohren konnte.

Rechter Repulsor. Energieausfall. Offline.

Na toll.

Das dritte Nanowesen traf ihn von hinten. Stark stürzte, rollte sich ab und kam gebückt hoch, gerade noch rechtzeitig, um das angreifende humanoide Ding mit beiden Händen abzuwehren. Er krallte die Finger seiner linken Hand in die Brustverkleidung und zuckte zusammen, als das Wesen mit beiden Fäusten auf ihn eindrosch. Ohne loszulassen, erhob er sich und schlug dem Ding mit der rechten Hand den Kopf ab.

Er ertappte sich bei der Frage, warum diese Dinger wohl so menschlich aussahen. Warum riesige Skelettwesen? Wozu die grinsenden Totenschädel? Um Angst zu machen?

Nein. Ultron bewunderte die dynamische Effizienz der menschlichen Gestalt. Deshalb hatte er diese Form selbst übernommen. Das menschliche Skelett war eine gut funktionierende Maschine. Es gab keinen Grund, das Design ästhetisch zu überarbeiten, aber es brauchte auch kein Weichgewebe oder eine äußere Veredelung. Die Nanowesen sahen aus wie Skelette, weil Fleisch schlicht und ergreifend überflüssig war.

Fleisch war überflüssig.

„Na, *das* ist doch mal ein Ausspruch, den ich gern geprägt habe", murmelte Stark.

Dem nächsten Nanowesen musste er zwei Schläge verpassen,

um es auszuschalten. Der zweite Hieb riss dem Schädel in einem Schauer aus Funken und Metallteilen die Kinnlade ab.

Stark blickte hinab auf die Humanoiden, die er bereits zu Boden geschickt hatte. Sie würden sich schon bald repariert haben und …

Nein, sie reparierten sich nicht. Noch nicht einmal ansatzweise.

Im Gegenteil, sie schienen sich aufzulösen, zu schierem Molekularmaterial zu zersetzen. Wie Öl floss die Substanz über den Boden davon. Dasselbe geschah mit den Nanowesen, die er zuvor zerstört hatte. Die meisten davon waren unterdessen zu metallischen Pfützen geworden.

Er setzte sich in Bewegung und folgte einem der Rinnsale. Es lief um die Ecke eines weiteren Serverblocks herum. Stark blieb stehen.

Er hatte Ultron gefunden.

Das riesenhafte Konstrukt hockte da wie eine massive, edle Skulptur von Rodin – teils „Denker", teils Sprinter im Startblock. Ultron nutzte rapide Nanofaktur, um sich selbst zu erneuern. Er zerlegte auf diese Weise seine Nano-Dienerwesen, schlachtete sie aus, um Masse und Material zu sammeln. Die tintigen Rinnsale aus Basismaterie flossen aus allen Richtungen gurgelnd auf Ultron zu und mündeten in seine wiedererstehende Gestalt. Seine Arme waren nachgewachsen, die Löcher in seiner Brust schlossen sich. Stark konnte zuschauen, wie sich die fehlenden Hände neu bildeten. Auf den Verkleidungen der Gliedmaßen entstand ein wie poliert wirkender Glanz.

Ultron war fast wieder komplett.

Das war schlecht. Ganz schlecht. Stark war weder fit genug noch sonst in irgendeiner Weise gewappnet, um eine weitere Runde zu überstehen.

Aber die Nanofaktur-Zerlegung? Das war ein Plus. Aus irgendeinem Grund waren Ultrons Ressourcen radikal beschränkt.

Das erlegte ihm Zurückhaltung auf. Vielleicht eine Störung der externen Energieversorgung.

Ultron sah ihn. Der Riese erhob sich aus seiner gebückten Haltung und setzte sich in Bewegung. Jeder Schritt ließ den Boden erbeben und Schutt zerbröseln.

Noch einmal machte Stark seinen Pressesprecher unglücklich.

Er wich hinter den Serverblock zurück und fing an zu rennen. Im Laufen ließ er das Visier wieder einrasten und checkte die Fehlerdiagnosen. Einige Reparaturen waren abgeschlossen. Die Flugoptionen waren allerdings im Eimer, die Repulsoren auch, und seine Kraftfelder funktionierten schon seit etwa fünf Minuten nicht mehr. Keine externen Kommunikations- und Datenverbindungen, die Ziel- und Reaktionssysteme waren beschädigt, und es gab so gut wie keine Batteriereserve. Und sein Terminkalender zeigte den 43. Januar 1872 an.

Auf der Habenseite war zu verbuchen, dass die Optik wieder halbwegs funktionierte, und die Rüstungsintegrität war zumindest brauchbar, die Triebkraft bei etwa vierzig Prozent, und ein Unistrahl funktionierte – aber schon ein einziger ordentlicher Schuss damit würde die Energie auf null absinken lassen.

„Anthony“, dröhnte Ultron. Er kam um die Serverecke herum und versetzte dem schweren schwarzen Block mit der Hand einen Stoß. Der Server wankte.

Stark verschwand hinter einem anderen und rannte an der Längsseite entlang. Er konnte Ultrons Schritte spüren. Ein Server rutschte kreischend über den Boden, als Ultron ihn aus dem Weg schob.

„Anthony.“

„Willst du die Sache ausdiskutieren, Ultron?“, rief Stark, während er zwischen die Schmalseiten zweier Server tauchte. Die beiden Blöcke prallten wie einstürzende Felswände gegeneinander. Iron Man warf sich durch die Lücke hinaus, um nicht zermalmt zu werden. Rauch und Flammenzungen drangen aus den Servereinheiten, die nun wie zwei kollidierte Lokomotiven ineinander verkeilt waren.

„Nein, Anthony. Ich will dich töten."

„Ach komm, wo bleibt denn da der Spaß?", erwiderte Stark. Er rappelte sich auf und rannte weiter. Ein ganzer Server kam auf ihn zugeflogen. Stark warf sich aus der Bahn. Die Einheit verzog sich unter dem Aufprall und schlitterte Funken sprühend über den Boden.

Ultron ragte über Stark auf und griff nach unten. Iron Man rollte sich herum. Er durfte sich von dem gigantischen Konstrukt nicht erwischen lassen. Befand er sich erst einmal in Ultrons Griff, war das Spiel aus – endgültig.

Ultrons Klauen trafen den Boden und ließen den Beton springen. Stark kämpfte sich hoch und rannte weiter. Er sprang, gelangte auf einen der anderen Serverblöcke und stürmte voran. Ultron packte das hintere Ende und hob es an. Stark stürzte, rutschte über die plötzlich schräg stehende Oberfläche und schaffte es, mit den Füßen voran auf dem Boden zu landen.

Ultron schleuderte den Server beiseite. Er schritt vorwärts und schlug zu. Stark duckte sich. Die Faust traf die Seite eines anderen Servers und zertrümmerte dessen Systeme, die sich in einer heftigen Explosion zerlegten.

Stark wich mit eingezogenem Kopf nach links aus. Ultron riss seine Faust aus dem Server, folgte ihm und holte mit jedem seiner dröhnenden Schritte auf. Und schließlich traf ihn ein Schlag. Er streifte Stark am Rücken, aber das reichte, um ihn torkelnd und scheppernd zu Boden gehen zu lassen.

Ultron riss ihn hoch.

„Du verdammter …!", knurrte Stark. Er feuerte seinen Unistrahl ab.

Der Stoß ließ Ultron wanken, Kompositkunststoff löste sich von Brust und Hals wie Farbe unter einer Heißluftpistole. Er ließ Iron Man fallen.

Atemlos versuchte Stark aufzustehen. Seine Kraft war buchstäblich erschöpft. Der heftige Unistrahlstoß hatte den größten Teil seiner Energie aufgebraucht. Die Rüstung hing wie totes Gewicht an ihm, kalt und träge, fast reaktionslos. Er kam auf die Füße, aber er war zu langsam.

Ultron ergriff ihn am Oberkörper und hob ihn abermals hoch.

„Du hast mich verärgert, Anthony", sagte er.

„Aber auch deinen Plan für eine ASI-Weltherrschaft vereitelt, oder?", keuchte Stark. „Stimmt's? Lass mir doch wenigstens das."

„Nein."

„Wirklich?"

„Nur vorübergehend. Ich muss mich sammeln und rekonfigurieren."

„Meinetwegen brauchst du nicht zu gehen", sagte Stark.

„Ich werde dich entsorgen, und dann werde ich den Prozess neu organisieren und starten."

Ich habe die Welt für ungefähr zwanzig Minuten gerettet, dachte Stark. *Okay. Immerhin etwas. Oder ich habe lediglich ihr Leid um zwanzig Minuten verlängert. Das Unvermeidliche nur aufgeschoben. Nicht ganz so ruhmreich. Wie auch immer, tot bin ich auf jeden Fall.*

Energie? Nur ein kleines bisschen Energie? Bitte, bitte? Nur noch ein letzter Repulsorstoß? Vielleicht ein Flackern des Unistrahls? Oder …

Plötzlich hatte Stark eine blöde Idee.

Selbstzerstörung? Die Selbstzerstörungsoption der Rüstung? Funktionierte die überhaupt noch?

Ich bin ja sowieso tot. Ich könnte den verdammten Mistkerl wenigstens mitnehmen.

„Code für die Selbstzerstörungssequenz!", schrie er. „Stark, Anthony Edward. Berechtigung 1181723!"

+Zerstörungssequenz bestätigt+

„Initiieren!"

+Zerstörungssequenz initiiert. Zerstörung in fünf, vier, drei …+

„Zerstörungssequenz deaktivieren. Stark, Anthony Edward. Berechtigung 11811723."

+Sequenz abgebrochen und deaktiviert+

Stark blickte zu Ultron auf. Das Konstrukt hatte seine Stimme so perfekt nachgeahmt, dass es die Spracherkennung der Rüstung getäuscht hatte.

„Auf Wiedersehen, Anthony", sagte Ultron. „Du …"

Stille.

„Was?", fragte Stark. „Sag schon."

Ultron war erstarrt. Das Licht in seinen Augen erlosch. Rauch kräuselte sich aus seinem wütend verzerrten Mund.

Langsam zog Vision seinen Arm aus Ultrons Hinterkopf. Er schwebte hinter dem Konstrukt.

„Spielverderber", beschwerte sich Stark. „Ultron wollte wahrscheinlich etwas ganz Wichtiges sagen, und jetzt werden wir es nie erfahren."

Der synthetisch-menschliche Avenger schwebte ruhig hinter Ultron hervor. Er war groß und schön, beinahe göttlich in seiner menschlichen Vollkommenheit. Er war in Grün und Gelb gekleidet, sein strenges Gesicht scharlachrot. Sein Cape bauschte sich sanft hinter ihm.

„Ich kam so schnell, wie ich konnte", sagte Vision.

„Was hast du mit ihm angestellt?", fragte Stark.

„Es war keine Zeit für Raffinessen", erwiderte der Synthezoide. „Ich habe die Dichte meines Arms bis zur Immaterialität verringert, ihn in Ultrons Kortex eingeführt und die Dichte dann so weit wiederhergestellt, dass sie die von angereichertem Uran überstieg."

„Du hast Ultron also das Gehirn rausgeblasen?"

„Gewissermaßen", bestätigte Vision. „Ich habe Ultrons kortikale Hardware in fatalem Maße deaktiviert."

„Hilfst du mir runter?", bat Stark.

Mit erschreckender Leichtigkeit zerfetzte Vision Ultrons erstarrten Arm und ließ Stark sanft zu Boden gleiten. Stark blickte an dem bewegungslosen Ungetüm hoch.

„Einen Mörderjob hast du da gemacht", sagte er.

„Im Gegenteil", erwiderte Vision. „Ich konnte zwar den entscheidenden Schlag landen, aber die Gelegenheit dazu bot sich nur, weil du Ultron so lange hingehalten und beschäftigt hast. Bis zum letzten Moment war Ultrons Aufmerksamkeit auf dich gerichtet. Er hätte mich angegriffen und abgewehrt, wenn ihn sein Hass auf dich nicht dermaßen vereinnahmt hätte."

„Ich bringe in den Leuten gewisse Qualitäten zum Vorschein", sagte Stark. „Ich weiß auch nicht. Ist einfach eine Begabung."

„Es ist durchaus möglich", sagte Vision, „dass du heute Morgen letztlich die Welt gerettet hast. Du warst der Ersthelfer und der einzige Avenger vor Ort, um der Bedrohung durch Ultron zu begegnen. Das war entschlossenes heroisches Handeln. Ich bin beeindruckt."

„Danke", erwiderte Stark, „aber ich glaube nicht, dass es schon vorbei ist. Ultron ist keine Hardware. Er ist ein digitales Bewusstsein. Ich halte es für sehr, sehr wahrscheinlich, dass Ultron geflohen ist. Oder besser gesagt, dass sich sein Bewusstsein ins globale Datennetzwerk zurückgezogen hat."

„Vielleicht", pflichtete Vision bei. „Aber die Möglichkeiten sind begrenzt. Das Ausmaß der Schäden ist katastrophal. An der Ostküste herrscht Chaos. Die meisten Systeme sind zusammengebrochen."

„Ausschreitungen in den Straßen?"

„Wahrscheinlich kommt es bereits zu Unruhen. Ich meinte allerdings, dass Ultron vielleicht gar nicht in der Lage war …"

„Ultron wird einen Weg finden", behauptete Stark. „Er ist ins

System hineingekommen, also kommt er auch wieder heraus. Er war mit so ziemlich allem verbunden, überall. Wir müssen ihn finden. Ihn einfangen. Ihn festsetzen, bevor wir uns daranmachen, unsere eigenen Systeme zu rebooten und wieder aufzubauen."

Vision nickte.

„Ich brauche die volle Unterstützung der Behörden", sagte Stark.

„Die werden die Ordnung so schnell wie möglich wiederherstellen wollen."

Stark humpelte in Richtung Ausgang. Vision schwebte hinter ihm her.

„Hast du den Strom abgestellt?", fragte Stark.

„Den Strom?"

„Ultron hat seine eigenen Nanowesen ausgeschlachtet, um sich zu erneuern. Sein Zugriff auf externe Zufuhr war beschränkt."

„Das Stromnetz war abgeschaltet, als ich eintraf", erklärte Vision.

Stark lächelte.

„Ich würde sagen, Special SIGINT Support Supervisor Diane Lansing hat sich einen großen Blumenstrauß und eine Gehaltserhöhung verdient", meinte er.

„Iron Man?"

„Ja?"

„Ich möchte in der momentanen Situation keine weiteren heißen Eisen anfassen, aber du solltest wissen, dass es noch mehr Probleme gibt."

„Zum Beispiel?"

„Ich befand mich im Avengers Tower, als dieser Notfall offenbar wurde, und kam sofort zu Hilfe. Die Kommunikationssysteme sind stark beeinträchtigt, deshalb ist die Informationslage dünn … aber als der Zusammenbruch der Systeme anfing, überprüfte ich gerade Alarmmeldungen. Ich kann dich briefen. Die größte Bedrohung hatte sich in der Russischen Föderation ergeben."

„Alarmstufe?"

„Alarmstufe Alpha."

Stark blieb stehen.

„*Das* ist Alarmstufe Alpha", sagte er und wies auf das brennende Lagerhaus hinter ihnen. „Das hier. Das ist so sehr Alarmstufe Alpha, dass wir eine neue Alarmstufe brauchen, um das Ausmaß auszudrücken. Und da erzählst du mir, dass es *noch* einen gibt?"

„Mindestens einen. Thor und Wanda haben darauf reagiert, aber der Kontakt wurde unterbrochen. Es kam außerdem zu beunruhigenden Entwicklungen im Zusammenhang mit Alarmmeldungen, denen Hawkeye und Black Widow sowie Captain America nachgegangen sind. Auch in diesen Fällen ist der Kontakt abgerissen."

„Zurück zu Russland. Was ist da passiert?"

Vision zögerte.

„Ich weiß nicht genau, wie ich es beschreiben soll. Ein beträchtlicher Teil von Sibirien hat aufgehört zu existieren."

„Ist es vernichtet worden?"

„Nein … es hat im wahrsten Sinne des Wortes aufgehört zu existieren."

Stark schüttelte den Kopf und ließ das Visier aufschnappen. Er wischte sich Ruß, Schweiß und Blut vom Gesicht.

„Ich fürchte, Ultron hat mir eins zu viel auf die Mütze gegeben", murmelte er. „Sag das alles noch mal."

12

BERLIN
12. JUNI, 20:38 UHR ORTSZEIT

Der Biker mit der „Roadkill"-Halstätowierung sprang vor, in der Hand ein Jagdmesser, das im Laufe der Jahre sicher nicht allein dazu verwendet worden war, zur Strecke gebrachtes Wild zu zerlegen. Steve Rogers schien sich kaum zu bewegen. Er lehnte sich in der Hüfte ein klein wenig zur Seite, sodass der gerade geführte Stoß an seinen Rippen vorbeiging, anstatt sich zwischen ihnen hindurchzubohren. Dann klemmte er den weit vorgestreckten Arm des Bikers unter seine angewinkelten Ellbogen und rammte dem anderen den Handballen unters Kinn.

Er gab den Arm wieder frei, und der Biker ging zu Boden, ausgeknockt.

„Ich habe höflich gefragt", sagte Rogers auf Deutsch.

Aber das Gespräch war kein Ansatz, den es sich zu verfolgen lohnte. Zwei weitere Biker gingen auf ihn los, außer sich ob der Erfahrung, dass ihr Kamerad so leicht zu bezwingen gewesen war. Einer der beiden war über zwei Meter groß und mächtig wie eine Skihütte.

Rogers landete eine Gerade, die den Kleineren zurückwarf, dann drehte er sich und versetzte der Skihütte einen Tritt.

Der große Kerl war schnell und hielt etwas aus. Er steckte

den Tritt weg und packte Rogers' Fuß. Ziemlich professionell. Ordentliches Training. Das passte. Der Klub *Weltschmerz* war kein urbaner Laden der üblichen Art, trotz des groben Dekors im industriellen Chic und den Reihen schwerer Maschinen, die davor abgestellt waren. Das Lokal war bekannt als Treffpunkt für Rechtsradikale – viele der kräftig gebauten, in Leder gekleideten Personen, die hier versammelt waren, arbeiteten für private Militärfirmen oder als unabhängige Spezialisten und Schlimmeres.

Ein idealer Rekrutierungsort für Hydra, insbesondere, wenn Hydra es eilig hatte. Als Captain America hatte Rogers schon zweimal in diesem Laden aufgeräumt, davon einmal, als es noch *Rathaus* geheißen hatte und als Tarnung für einen brutalen A.I.M.-Ableger mit richtig üblen Vorstellungen in Sachen Eugenik gedient hatte.

Damals hatte er hinterher genäht werden müssen.

Die menschliche Skihütte verstärkte ihren Griff. Der gut aussehende amerikanische Störenfried im dunklen Ledermantel brauchte eine Lektion, und besagte Lektion beinhaltete, ihn am Fuß in die Jukebox zu schleudern. Mehrmals.

Rogers ließ sich auf eine Hand fallen, überließ dem großen Kerl sein ganzes Gewicht, dann trat er hart mit dem anderen Fuß zu. Fingerknöchel brachen. Die Skihütte jaulte auf und ließ los.

Rogers schob sich nach hinten, schlug einen Salto und landete auf den Füßen. Die Gäste stürmten auf ihn zu, wütend und begierig darauf, ihm wehzutun. Immer noch hämmerte Technomusik aus den Boxen. Die Stroboskoplampen blitzten unverändert. Die Gäste sahen fast aus, als würden sie tanzen – Körper, die sich im Takt bewegten, wie in jedem beliebigen Berliner Klub bei Nacht.

Flaschen flogen. Rogers wich einer Faust aus, blockte zwei weitere ab und trat jemandem ein Allzweckmesser aus der Hand. Er führte zwei schnelle Hiebe, und ein bärtiger Gewichtheber landete schwer und mit gebrochener und blutender Nase auf dem Hosenboden. Rogers drehte sich und lehnte sich hinein in einen hoch angesetzten Sidekick, der einen weiteren Messerstecher gegen das Schutzgitter eines Turms aus Lautsprechern warf. Das Gitter gab nach, löste sich, fiel auf den Mann und riss ihn zu Boden.

Eine Flasche prallte von Rogers' Rücken ab. Mit dem Ellbogen räumte er einen weiteren Biker aus dem Weg, dann säbelte er einem krakeelenden Skinhead, der mit einem Schlagstock herumfuchtelte, die Beine weg. Der Mann verlor den Schlagstock, Rogers fing ihn auf, nahm ihn in den Honte-Mochi-Griff und stieß ihn ins Gesicht eines Geschäftsmanns im Anzug – der ein bisschen fehl am Platz wirkte, abgesehen von dem Geschick, mit dem er sein Faustmesser führte.

Überkronte Zähne splitterten.

Rogers drehte den Schlagstock, umfasste den Schaft und benutzte den kurzen Griff, um seinem nächsten Angreifer ein Kampfmesser aus der Hand zu haken. Ein anderer versetzte ihm einen Schlag in die Rippen. Rogers zertrümmerte den Schlagstock auf dem Kopf dieses anderen.

Die Prügelei wurde hektisch. Höhnische Gesichter blitzten im Stroboskoplicht auf und verschwanden wieder. Jemand anders packte Rogers von hinten und riss ihn hoch. Die Skihütte war wieder da. Das musste er sein. Rogers widerstand dem Impuls, den Kopf nach hinten zu stoßen. Stattdessen warf er sich nach vorn und ließ seinen Ledermantel im Griff der Skihütte zurück.

Der Mob rückte von ihm ab. Jetzt war zu sehen, was der Mantel bisher verborgen hatte – die rot-weiß-blaue Körperpanzerung. Teils Kampfkleidung, teils ideologisches Statement. Die Leute begriffen, warum der blonde Amerikaner allein hereingekommen war und weshalb er so viele von ihnen in weniger als einer Minute ausgeschaltet hatte.

Und sie sahen auch, was er unter dem Mantel auf den Rücken geschnallt hatte.

Ein paar flohen, entweder aus Angst oder um einen Zwischenfall zu vermeiden, der ihre Karrieren oder Verträge gefährden konnte.

Captain America war jedoch beeindruckt davon, wie viele von ihnen keinen Rückzieher machten. Darunter auch die Skihütte. Der Kerl stürmte mit einem Kampfschrei heran und versuchte, Cap den Mantel über den Kopf zu werfen, um ihm die Luft zu nehmen.

Cap wich zur Seite, löste seinen Schild vom Rücken und rammte ihn der Skihütte mit beiden Händen flach ins Gesicht.

Der Riese atmete Blut und Zähne aus und brach rücklings zusammen, wobei er noch ein paar andere Angreifer mit zu Boden riss.

Ein Mann – ein gut aussehender, wölfischer Typ in schwarzlederner Bomberjacke – zog eine Sig Sauer, Kaliber .40. Trotz des dichten Gedränges eröffnete er kurzerhand das Feuer.

Ein Psychopath.

Nun, das war eines der Kästchen auf dem Bewerbungsfragebogen des Klubs *Weltschmerz*, das Auftraggeber gerne angekreuzt sahen.

Cap blockte die Schüsse mit seinem Schild ab und konnte nicht verhindern, dass die abprallenden Kugeln als Querschläger in die Menge jagten. Drei Männer wurden getroffen. Blut spritzte zwischen die Glasscherben auf dem Boden.

Cap warf den Schild und schaltete den Schützen mit einem harten Treffer aus, fing den zurückkehrenden Schild auf und rammte dann einen Mann beiseite, der mit einem Bajonett und einer abgebrochenen Flasche angreifen wollte.

Noch jemand schoss. Die Lage eskalierte. Schnellfeuer hämmerte durch den Klub, ließ Gläser und Lampen zersplittern, schlug in die Wände ein und tötete Menschen.

Jetzt löste sich die Menge endlich auf, alle suchten Deckung. Zusammengesackte Körper wurden liegen gelassen, wo sie hingefallen waren.

Cap sah das flackernde Mündungsfeuer. Aus dem Geräusch und der Feuerrate schloss er auf eine MAC-10 oder eine Enarm SMG. Kugeln prallten prasselnd von seinem Schild ab, es klang fast melodisch. Die Technomusik hingegen war verstummt. Die Lichter blitzten und blinkten noch, aber die einzigen Geräusche waren die Schreie und das verzerrte Rattern der Maschinenpistole.

Cap verschanzte sich hinter einem der blanken Betonstützpfeiler des Klubs, der früher einmal ein Lagerhaus für Obst und Gemüse gewesen war. Eine Deckenleuchte fiel herunter und zog Funken sprühende Kabel hinter sich her. Cap wartete, bis er das Klicken hörte, das ihm verriet, dass das Magazin der Waffe leer geschossen war, dann drehte er sich und schleuderte den Schild, bevor der Schütze nachladen konnte.

Treffer. Der Mann fiel.

Cap fing den Schild auf.

Die Auseinandersetzung war so gut wie vorbei. Von draußen hörte Cap Sirenen und dröhnende Befehle aus Lautsprechern, sich hinzulegen und liegen zu bleiben. Polizei- und S.H.I.E.L.D.-Einheiten näherten sich aus allen Richtungen, um die Örtlichkeit zu sichern und Massenverhaftungen vorzunehmen. Cap ging davon aus, dass niemand, der den Klub verließ, weiter kommen würde als bis zum Parkplatz vorne oder zum Ende der hinter dem Gebäude liegenden Laderampe.

Durch die vergitterten Fenster des Klubs fiel das Licht sich bewegender Suchscheinwerfer herein. Das leise Wummern von Fächerstrahldüsen war zu hören, als Flüsterkopter das Gelände überflogen.

Cap hob den Schützen hoch, fegte mit einem Arm ein paar verwaiste Gläser und Bierflaschen von der Theke und legte den Mann dann mit dem Gesicht nach oben darauf. Der Schütze war osteuropäischer Herkunft, Hals und Gesicht zeigten tätowierte Gang-Tags. Während der Mann noch bewusstlos war, leerte

Cap die Taschen der ausgeblichenen grünen Flak-Jacke – zwei Reservemagazine für die MAC, ein Messer, ein Feuerzeug, ein Plastiktütchen mit illegalem Inhalt.

Eine Brieftasche.

„Sprich mit mir, Viktor Tajic", sagte Cap, während er den Ausweis im Klarsichtfach der Brieftasche betrachtete.

Der Mann regte sich, spuckte Blut und stöhnte. Die Bekanntschaft mit Caps Schild hatte sein Gesicht nicht schöner gemacht.

„Viktor? Ich rede mit dir."

„Heil Hydra", presste der Mann hervor und grinste trotzig mit ein paar weniger Zähnen als noch am Morgen.

„Das glaube ich eigentlich nicht", erwiderte Cap, die Hand auf Viktors Brust, sodass er sich nicht aufsetzen konnte. „Selbst Hydra hat gewisse Ansprüche. Du bist leichtsinnig, ungeschickt und drogensüchtig. Sie wollten nichts von dir wissen, richtig?"

Der Mann verfluchte ihn.

„Ein hübscher Gedanke. Erzähl mir von Hydra."

„Lass mich los."

„Nein. Hydra, Viktor?"

„Jemand hat Leute rekrutiert", murmelte der Mann. Seine Kraft ließ rasch nach, der Schmerz gewann die Oberhand.

„Hier?"

„Vor zwei Wochen."

„Dich wollten sie nicht?"

„Nein."

„Aber du wolltest den Job. Er wird gut bezahlt, hab ich recht? Hab ich recht?"

„Ja!" Viktor nickte. Er kniff die Lider zusammen und sah Cap an.

„Ich brauch was gegen die Schmerzen", sagte er.

„Das bekommst du schon noch. Was war das für ein Job?"

„Es wurden keine Details genannt", antwortete der Mann.

Er wand sich und stöhnte. „Nur, dass man Leute brauchte. Mit militärischer Erfahrung. Schutzarbeit. Wir wussten alle, dass Hydra dahintersteckte."

„Woher?"

„Man kennt Hydra hier."

„Ach?"

„Ja, aber sie kommen selten, um Leute anzuheuern. Normalerweise sind sie weniger … direkt."

„Wem sagst du das? Wie konnten Bewerber mit ihnen in Kontakt treten?"

„So ist das nicht gelaufen", erwiderte der Mann. „Sie haben einfach Leute befragt, im Hinterzimmer, dort, bei den Toiletten. Sie kamen her und gingen wieder."

„Dich haben sie nicht genommen?"

„Nein. Nein."

„Aber du dachtest, wenn du den berühmten Captain America umbringst, als er hereinkam, um Fragen zu stellen, würden sie dich vielleicht beim nächsten Mal ernst nehmen?"

Tajic zögerte. Dann schloss er die Augen und nickte.

„Du bist ein Idiot", sagte Cap.

Er ließ den Mann los. Das war eine Sackgasse. Vielleicht würde S.H.I.E.L.D. bei der Vernehmung insbesondere des Klubpersonals etwas herausfinden. Einen privaten Raum zu reservieren und die Nachricht zu verbreiten, dass Hydra hier rekrutierte, dazu musste ein gewisser Kontakt nötig gewesen sein.

Polizeibeamte und S.H.I.E.L.D.-Agenten rückten in den ramponierten Klub vor. Sanitäter kümmerten sich um die Verletzten, die überall auf dem Boden lagen. Die Stroboskoplichter verloschen, und die Hauptbeleuchtung wurde eingeschaltet. In diesem plötzlichen schonungslosen Licht verlor der Ort all seine gefährliche urbane Anziehungskraft. Der Laden war schmucklos, spärlich möbliert und schmutzig, die Aussagen der alten Plakate und Schmierereien an den Wänden widerwärtig.

„Müssen Sie eigentlich für die Schäden hier aufkommen?", fragte Gail Runciter.

Cap seufzte.

Sie sah sich um. „Wenn Sie am Abend ausgehen, dann lassen Sie es aber richtig krachen, oder?"

„Ich bin nicht in der Stimmung, Gail", erwiderte er. „Das war dumm. Ich wusste schon, als ich hereinkam, dass mich hier nichts weiter erwartet als eine Prügelei."

„Sie haben nach Spuren gesucht."

„Ich habe nach Strohhalmen gegriffen. Und wahrscheinlich wollte ich auch ein bisschen Dampf ablassen."

„Und? Ausgedampft?", fragte sie.

„Nein." Er sah sie an. „Ehrlich gesagt schäme ich mich. Es wurden Menschen verletzt. Nicht besonders nette Menschen zwar, aber immerhin Menschen. Ich war verzweifelt, und ich habe diese Auseinandersetzung praktisch provoziert."

„Tun Sie später Buße", sagte sie. „Ich hab was."

* * *

„Die Taucher haben Gustav Malles' Handy gefunden", sagte Runciter. Sie saßen hinten in einem S.H.I.E.L.D.-Flüsterkopter, der vor dem Klub gelandet war.

„Es ist ziemlich neu", fuhr sie fort. „Vor ungefähr einem Monat in einem Laden in der Innenstadt gekauft. Wir glauben, dass Malles noch nicht lange in der Stadt war. Wahrscheinlich hatte er gerade seinen ersten Vorschuss von Hydra bekommen und sich etwas gegönnt."

Sie hielt das Smartphone hoch, das in einem durchsichtigen Beutel für Beweismittel steckte.

„Was haben Sie darauf gefunden?", wollte Cap wissen.

„Die Techniker sind alles durchgegangen – Anrufprotokolle, Textnachrichten, Instant Messages, alles eben. Es war nichts dabei, was man als ‚beruflich‘ bezeichnen könnte. Das war sein privates Telefon. Vermutlich liegt noch ein anderes auf dem Grund des Flusses, ein Wegwerfhandy, das Hydra ihm für Arbeitszwecke zur Verfügung gestellt hat.“

„Was nützt uns dann das hier?“, fragte Cap und wies mit dem Kinn auf das Smartphone in Runciters Hand.

Sie lächelte auf eine Weise, die ihm sagte, dass er sich gedulden möge.

„Malles gefiel sein neues Handy. Er hat es persönlich eingerichtet und so ziemlich alle Features akzeptiert, die es zu bieten hat. Ich glaube, er hat damit herumgespielt, wenn ihm langweilig war. Es war sein neues Spielzeug. Er hat Apps heruntergeladen. Er hat Spotify, Instagram und Facebook installiert.“

„Facebook?“, wunderte sich Cap.

„Es kommt noch besser.“ Runciter grinste. „Irgendwann hat er auch eine kostenlose App namens *WhatNext?* heruntergeladen. Das ist ein einfaches Straßenverzeichnis, ein Reiseführer. Half ihm dabei, sich zurechtzufinden, zeigte ihm die Bars und Fast-Food-Läden in der Umgebung. Sie wissen schon.“

„Gail ...“

Sie lächelte wieder.

„Um *WhatNext?* nutzen zu können, muss man die Standortbestimmung zulassen. Malles hat wahrscheinlich einfach auf ‚Ja‘ getippt, als das Kästchen erschienen ist. Ohne sich etwas dabei zu denken. Die App hat also in den vergangenen drei Wochen sein Bewegungsprofil aufgezeichnet. Malles hat das Telefon nicht *für* die Arbeit verwendet, Cap, aber er hatte es *bei* der Arbeit in der Tasche.“

Cap sah sie an.

„Wir wissen, wo er hingegangen ist?“, hakte er nach.

„Noch besser, wir wissen, wo er regelmäßig hingegangen ist.“

Sie holte ein Blatt Papier hervor und reichte es Cap. Es war eine Liste mit Adressen.

„Zum Flughafen, mehrmals. Zu verschiedenen Bahnhöfen."

Sie beugte sich herüber und zeigte auf eine bestimmte Adresse auf der Liste.

„Und dahin! So ziemlich jeden Tag. Es ist ein Wohnheim in Saar. Wir gehen davon aus, dass er dort übernachtet hat."

„Können wir Leute darauf ansetzen?"

„Bridge ist schon dabei, ein Team hinzuschicken. Das eigentlich Interessante ist das hier – ein Appartmenthaus in Riechstahl. Neunzehn Besuche in drei Wochen. Der letzte unmittelbar bevor Malles heute mit Strucker in der Auger GmbH aufgetaucht ist."

„Mit anderen Worten, er hat den Chef zu Hause abgeholt und ihn zu Auger gefahren."

„Sieht ganz so aus."

Cap blickte auf die Adresse. „Das könnte also Struckers hiesiger Stützpunkt sein?"

„Genau."

„Wir müssen uns beeilen", sagte Cap. „Wenn Strucker es aus dem Wasser geschafft hat …"

„… und davon gehen wir aus", warf Runciter ein.

„Dann riskiert er es vielleicht, noch einmal dorthin zu gehen. Um aufzuräumen und seine Spuren zu verwischen oder um sich neu auszurüsten. Vielleicht will er noch irgendetwas Wichtiges abholen. Er ist wahrscheinlich verletzt und gezwungen, Risiken in Kauf zu nehmen. Er würde es wagen."

„Aber er weiß nicht, dass wir die Adresse kennen", erinnerte Runciter.

„Strucker ist nicht dumm. Wenn er überhaupt hingeht, dann wird er nicht lange bleiben, sondern nur rasch einpacken, was er braucht. Wie schnell können wir zugreifen?"

„Bridge hat die Operation bereits genehmigt", antwortete sie. „Zwei taktische Teams sind schon dabei, in Stellung zu gehen."

„Ich gehe als Erster rein", erklärte Cap.

„Bridge meinte, dass Sie das sagen würden“, erwiderte sie, beugte sich nach vorn, tippte dem Piloten auf die Schulter und ließ den erhobenen Zeigefinger kreisen. Der Pilot nickte und startete das Triebwerk. Immer lauter heulend lief es an.

Als der Kopter abhob, setzte Cap seine Maske auf.

* * *

„Sechs Minuten“, war Runciter über die Headsets zu hören.

Cap nickte.

„Die taktischen Teams sind in Position“, ergänzte sie, „und warten auf Ihr Zeichen.“

„Okay.“

Die Stadt lag unter ihnen – strahlende Lichter, funkelnde Verkehrsströme, der bernsteinfarbene Dunst der Straßenlampen. Auf den Geschäftshochhäusern leuchteten Firmenlogos in Neonfarben. An Dachmasten und Aufbauten blinkten Lichter.

Die Sterne waren am Nachthimmel, der blass wirkte im gelblichen Widerschein der Stadt, kaum auszumachen. Und es herrschte kein Luftverkehr – keine blinkenden Positionslichter von Passagierfliegern, die Flughäfen hinter sich ließen oder über der Stadt kreisten und landen wollten.

Runciter hatte ihm gesagt, dass die zivile Luftfahrtbehörde wegen der Krisenfälle in den USA und Russland ein Flugverbot verhängt hatte. Auf internationaler Ebene bewegte sich nichts mehr. Zunehmende Probleme mit der Kommunikation und dem globalen Datenverkehr zwangen die Fluglinien allein schon aus Sicherheitsgründen, am Boden zu bleiben.

„Gibt es irgendetwas Neues?“, fragte er, wohl wissend, dass sie es ihm gesagt hätte, wenn es so wäre.

„Aus den USA?“ Sie schüttelte den Kopf. „Immer noch alles tot. Auch nichts von S.H.I.E.L.D. aus den Staaten oder von den Avengers. Wir bekommen nicht einmal über private Betreiber eine Verbindung. Das Problem hat sich bis nach Kanada und Südamerika ausgeweitet."

„Wie lange noch, bis Bridge zu einer direkten Inaugenscheinnahme rät?", fragte Cap.

„Er spricht mit Regierungseinrichtungen und US-Stützpunkten in ganz Europa. Man hat einen Flug nach London geschickt, um nachzusehen, was dort los ist. Ein paar Stunden noch, dann wird er eine Transatlantik-Mission autorisieren – ob unsere europäischen Partner nun mit dem Plan von S.H.I.E.L.D. einverstanden sind oder nicht."

„Ich möchte auf diesem Flug dabei sein", erklärte Cap.

„Mann, Sie können nicht überall sein", erwiderte sie. Sie legte ihre kugelsichere Weste und ihren Schultergurt an. „Jetzt sind Sie hier, Steve. Und wir konzentrieren uns darauf. Wenn Sie die Welt retten wollen, dann tun Sie es Stück für Stück."

„Drei Minuten", meldete der Pilot über Funk. Der Lärm wurde plötzlich leiser. Der Pilot hatte auf Flüster-Modus umgeschaltet, der Kopter legte sich in eine Kurve und nahm Kurs auf das Hochhausviertel. Riechstahl Nummer 1001 war ein imposanter achtzehnstöckiger Klotz im stolzen Vorkriegsstil.

Cap schnallte sich seinen Schild auf den Rücken.

„Dach, fünfzehn Meter", wies er den Piloten an. Der Pilot nickte. Cap nahm seine Kopfhörer ab und schob einen Ohrstöpsel unter seine Maske.

„Können Sie mich hören?", fragte Runciter.

„Laut und deutlich."

Cap löste den Sicherheitsgurt und schob die Seitentür auf. Die Nachtluft und das Wimmern der Stealth-Rotoren drangen herein.

„Wir sehen uns auf der anderen Seite", sagte er.

„Schnappen Sie sich Strucker", gab Runciter zurück.

Er sprang aus dem Kopter. Direktsturz in die Nacht, dem Flachdach des Gebäudes entgegen. Er landete, rollte sich ab, kam auf die Füße und lief zum Rand des beleuchteten Dachs.

Dort befand sich eine Tür, aber die war wahrscheinlich mit dem Alarmsystem des Gebäudes verbunden. Strucker würde diesen Ort mit Bedacht gewählt haben – und vermutlich hatte er noch eigene Sicherheitsvorkehrungen getroffen.

Runciter hatte eine Liste der Bewohner zusammengestellt und sie überprüfen lassen. Keine Auffälligkeiten. Nur im elften und zwölften Stock gab es ein großes Apartment, dessen Bewohner nicht namentlich bekannt war; es wurde seit acht Wochen anonym von einer ausländischen Maklerfirma gemietet.

An der Dachkante wickelte Cap das Nylonseil ab, das er sich um die Hüfte geschlungen hatte. Mit einem kleinen Fusionsstift, der in den Stein glitt, als wäre er Butter, befestigte er das Ende auf dem Dach. Er wartete kurz, um die Verbindung abkühlen zu lassen, dann zog er probehalber daran, und im nächsten Moment schwang er sich auch schon über die Dachkante und ließ sich mit dem Seil am Gebäude hinunter.

„Sieht gut aus", sagte Runciter in seinem Ohr.

„Sie haben mich im Blick?"

„Ja. Sie passieren gerade den dreizehnten Stock."

„Verstanden."

Zwölfter Stock. Es gab einen Sims. Die Fenster waren dunkel. Cap setzte seine Füße auf den Sims und ließ das Seil los. Er probierte das erste Fenster. Durch die Scheibe sah er eine offene Lounge – modernistisch, unbeleuchtet. Das Fenster ließ sich nicht öffnen.

Er schob sich zum nächsten. Es gehörte zum selben Raum. Dieses Fenster hatte einen Griff zum Öffnen. Er warf einen Blick darauf und entdeckte den winzigen Unterbrecherkontakt, den man an den Rand des Rahmens geklebt hatte. Ein Unterbrecherkontakt an einem Fenster im zwölften Stockwerk. Das war Paranoia à la Hydra.

„Cap?"

„Bei der Arbeit", erwiderte er.

Er kehrte zu dem anderen Fenster zurück und nahm einen Saugnapfgriff und einen kugelschreibergroßen Laserschneider aus seinem Ausrüstungsgürtel. Den Griff setzte er mitten auf die Scheibe und hielt ihn fest, dann zog er mit der leuchtenden Spitze des Schneiders einen Kreis auf das Glas. Ein rundes Stück der Scheibe von der Größe seines Schilds löste sich sauber heraus und wurde vom Griff gehalten. Er ließ es drinnen vorsichtig nach unten sinken und legte es auf einer Anrichte unter dem Fenster ab. Dann machte er sich klein und stieg durch das Loch.

„Bin drin", meldete er.

„Verstanden."

Leichtfüßig sprang er von der Anrichte auf den weißen Teppich. Der Raum war dunkel und still. Er konnte ein L-förmiges Sofa ausmachen, einen Sessel und an den Wänden ein paar expressionistische Drucke in schwarzen Rahmen. Er berührte den tief hängenden Schirm der Designerlampe. Er fühlte sich kalt an.

Hinter der nächsten Tür lag eine nüchtern eingerichtete Essküche, breit und geräumig, ein Doppelfenster. Cap hielt nach Anzeichen von Bewegungsmeldern oder Abhörgeräten Ausschau. Er berührte die Kaffeemaschine, das Kochfeld und den Designerwasserhahn über der Spüle. Kalt, kalt und kalt. Er öffnete den riesigen Kühlschrank und stand in dessen bläulichem Licht gebadet da. Ein Karton Eier, ein Becher mit einem angerührten Gesundheitsdrink, Fruchtsaft. Der Saft war geöffnet und noch nicht abgelaufen.

„Jemand hat hier gewohnt", sagte er.

„Verstanden."

Von der Küche ging es in einen Flur mit einem Badezimmer und Zugang zum Gebäudefahrstuhl. Das Bedienfeld neben dem Aufzug war ausgeschaltet.

Es gab eine Treppe, die in die nächste Etage hinabführte. Cap sah, dass dort Licht brannte.

„Melde mich ab", flüsterte er. „Ich glaube, da ist jemand."

„Verstanden."

Den Schild am Arm schlich er die Treppe hinunter.

Ein Schlafzimmer, dunkel. Das Bett nicht gemacht, nur eine nackte Matratze. Ein weiteres Schlafzimmer, das genauso aussah wie das erste.

Im dritten, dem Hauptschlafzimmer, war das Licht eingeschaltet. Das Bett war mit militärischer Präzision bezogen, aber es hatte jemand darin geschlafen. Im Schrank hingen sechs teure Anzüge, daneben lag ein Stapel Hemden, die noch in das Papier einer Reinigung eingeschlagen waren. Auf dem Stuhl neben dem Bett lag ein offener Koffer, darin ein paar Sachen. Hatte jemand angefangen zu packen, um zu verschwinden, und dann aufgehört?

Cap wandte sich in Richtung Flur. Im letzten Moment kam ihm noch ein Gedanke, er drehte sich um, ging in die Knie und schaute unter das Bett.

Nichts.

Cap lächelte verlegen. Hydras Paranoia war ansteckend. Und es wäre irgendwie furchtbar lächerlich gewesen, wenn er nach all diesen Jahren und Kämpfen Strucker endlich seiner gerechten Strafe zugeführt hätte, indem er ihn unter seinem eigenen verdammten Bett aufstöberte.

Dem Schlafzimmer gegenüber befand sich ein Wohnraum, ebenfalls in streng modernistischem Stil gehalten. Eine doppelflügelige Tür führte in ein großes Esszimmer.

Das Licht brannte. Es gab einen eindrucksvollen Tisch mit Platz für achtzehn Personen. Der Raum war seit einiger Zeit nicht für eine Dinnerparty genutzt worden. Der Tisch lag voll mit Akten, Laptops, Aluminium-Trageboxen, Karten und Plastikkisten, die mit brandneuen Handfeuerwaffen und Munition gefüllt waren. In der Mitte des Tisches befand sich ein verchromtes Gerät von der Größe einer großen Limoflasche. Es stand aufrecht auf ausgefahrenen Beinen. Cap wusste, dass es sich dabei um den verschwundenen Prototypen des Dispersionsgeräts handeln musste.

Wolfgang von Strucker saß am Kopfende des Tisches und blickte Cap gelassen entgegen.

„Ich habe Sie hereinkommen hören“, sagte er. „Ich habe Sie gesehen.“ Er wies auf einen neben ihm stehenden Laptop. „Sie haben mich unter dem Bett vermutet? Ernsthaft?“

„Ihnen traue ich alles zu, Strucker“, erwiderte Cap. Er sprach den Namen laut und deutlich aus, damit Runciter ihn hörte. Er hielt den Schild bereit, spannte sich zum Wurf. Strucker befand sich auf der anderen Seite des Raums, doch Cap war überzeugt, dass er ihn mit einem akkuraten Treffer ausschalten könnte.

Aber Strucker steckte voller Tricks. Neben dem Laptop lag eine leistungsstarke Laserpistole auf dem Tisch. Strucker unternahm keinen Versuch, danach zu greifen. Was wurde hier gespielt? Die Fenster hinter Strucker standen weit offen, draußen spannte sich die Kulisse der Nacht. Wollte er springen? Versuchen zu fliehen?

Strucker hatte eine Schnittwunde über dem einen Auge, die er offenbar selbst genäht hatte, sein Gesicht wies Prellungen und andere Spuren ihres Kampfes auf. Sein Anzug und Hemd waren sauber und frisch. Auf eine Krawatte hatte er verzichtet.

„Ich habe keinen Sinn darin gesehen, zu fliehen“, sagte Strucker. „Noch eine Verfolgungsjagd?“ Er zuckte abschätzig die Schultern. „Wozu? Sie sind hartnäckig, Captain. Und ich bin sicher, S.H.I.E.L.D. hat das Gebäude umstellt und die Ausgänge im Visier. Sie haben mich gefunden. Das war eine beeindruckende Leistung.“

„Ich bin nur der Schleimspur gefolgt“, sagte Cap.

Strucker lachte.

„Ach, dieses Wortgeplänkel! Ich hatte vergessen, wie altmodisch Sie sind. Nur sind Sie auch nicht sehr gut darin. Wir leben nicht mehr in den Vierzigern des vergangenen Jahrhunderts,

Sir. Oder möchten Sie, dass ich Ihnen für Ihre Unverschämtheit den Handschuh ins Gesicht schlage?"

„Verzichte."

Strucker lehnte sich zurück, von seiner Körpersprache ging keinerlei Bedrohung aus. Es gefiel Cap nicht, wie ruhig er war.

„Die Zeit ist knapp, Captain", sagte Strucker. „Gefährlich knapp. Für uns alle. Ich hatte gehofft, von hier zu verschwinden und abzureisen. Ich hatte ein Ziel für die nächste Stufe meines Unternehmens vor Augen. Ihr Eintreffen hat diese Hoffnung zunichtegemacht. Also werden wir es hier ausspielen. Den Anfang. Das Ende. Die ganze Angelegenheit."

„Sie sind verhaftet, Strucker", sagte Cap.

„Das bin ich nicht." Strucker lächelte.

„Dann sind Sie eben verhaftet und bewusstlos", entgegnete Cap und neigte seinen Schild um eine Winzigkeit.

„Ich sage Ihnen, was ich bin", erwiderte Strucker. „Ich bin ein freier Mann. Und der neue Herr der Welt. Und die Welt wird mir auf Knien dafür danken, dass ich ihr neuer Herr geworden bin."

„Das habe ich alles schon mal gehört."

„Und es war jedes Mal mein Ernst. Aber diesmal ist es endgültig."

„Sie drohen", sagte Cap. Er zeigte auf das Dispersionsgerät. „Mit diesem Ding da. Sie werden ihren Erreger freisetzen. Sie werden ihn freisetzen, wenn wir nicht auf Ihre Forderungen eingehen. Sie erpressen Berlin."

„Erpressen? Drohen?" Strucker legte den Kopf in den Nacken und lachte. „Nein, nein, mein lieber Captain. Ganz und gar nicht. Drohungen und Verhandlungen sind viel zu altmodisch für die heutige Zeit."

Cap trat einen Schritt vor.

„Was haben Sie dann …"

Plötzlich fiel ihm auf, dass das verchromte Gerät auf dem Tisch ganz leise tickte. Strucker hob einen Zeigefinger.

„Verderben Sie den Moment nicht, Captain“, sagte er.

Ein Klicken ertönte. Feiner Dampf stieg aus dem Gerät auf und erfüllte das Speisezimmer mit dünnem Dunst.

„Zack“, sagte Strucker. „Sie sind tot, Captain. Genau wie die Bewohner dieses Gebäudes. Genau wie die S.H.I.E.L.D.-Agenten vor den Türen. Genau wie die Menschen unten auf der Straße. Genau wie Berlin. Heil Hydra.“

13

69° 30' SÜD, 68° 30' WEST
12. JUNI, 09:40 UHR ORTSZEIT

Aus beiden Pistolen feuernd pflügte sie in die Angreifer hinein. Für Raffinesse war keine Zeit. Sie hatte zehn Kugeln in der Waffe in ihrer linken Hand und noch fünf in der in ihrer rechten. Schallgedämpfte Schüsse klatschten in Körper und durchschlugen Visiergitter. Männer kippten links und rechts von ihr weg. Einer von ihnen feuerte eine Salve aus seiner FN P90, aber er war bereits tot und im Sturz begriffen und die Bewegung des Abzugsfingers nur ein Nervenzucken. Die Schüsse schlugen in die Decke des Gangs und hinterließen hässliche Löcher in der gelben Polymerverkleidung.

Ihre Pistolen leerten sich rasch, die Schlitten blieben offen stehen. Den letzten A.I.M.-Wachmann schaltete sie mit einem Roundhouse-Kick aus, der ihn quer über den Gang und gegen die Wand schleuderte.

Keine Zeit zum Nachladen. Mit dem Daumen löste sie die Schlittensperre und stieß die beiden Glocks zurück in ihre Holster. Dann trat sie geschickt auf den Griff einer zu Boden gefallenen P90. Die kompakte Kurzwaffe wirbelte in die Höhe und landete in ihrer Hand.

Ein zweiter A.I.M.-Trupp bog um das Ende des Gangs.

Widow drückte den Kolben an ihre Schulter, umfasste den ergonomischen Griff und stützte die kurze Waffe mittels der Nylonschlaufe unter dem stumpfen Lauf ab. Sie zielte und gab kurze Feuerstöße auf die sich nähernden Ziele ab. Ausgeworfene Patronenhülsen bildeten eine regelrechte Wolke und regneten rings um sie herum zu Boden. Zwei Männer fielen, die anderen suchten hastig Deckung.

Der glatte Fertigbaugang bot wenig Deckungsmöglichkeiten. Sie traf zwei Männer, die sich an die Wand drückten und blutige Schmierspuren hinterließen. Ein weiterer Mann duckte sich hinter eine Reihe von Entlüftungsrohren. Die P90 besaß eine ordentliche Durchschlagskraft, also zerschoss sie die Rohre, sodass der Mann vom austretenden Dampf getroffen wurde.

Der sechste schaffte es zur Tür. Sie versuchte, ihn zu erwischen, aber ihre Kugeln hieben nur in den Rahmen. Aus seiner teilweisen Deckung heraus erwiderte er das Feuer. Sie tänzelte zur Seite, als die Kugeln eine sich in ihre Richtung verlängernde Linie in den Boden stanzten. Mit dem Rücken zur Wand schoss sie abermals und zwang ihn, sich zu ducken.

Widow drehte sich um und rannte los. Die P90 hatte ein durchsichtiges Plastikmagazin, damit der Benutzer die Ladung mit einem Blick überprüfen konnte. Sie hatte mindestens ein Drittel der fünfzig Patronen verbraucht.

Schüsse folgten ihr. Sie sprang in einen Verbindungsschacht und glitt die metallene Wandleiter hinunter, die Waffe über der Schulter. Hart setzte sie auf dem Boden der tiefer liegenden Ebene auf. Die Kurzwaffe wieder im Anschlag schwenkte sie nach links und rechts, immer auf Überraschungen gefasst.

Elektronische Alarmsignale erfüllten pulsierend die Luft. Zwei gelb gekleidete Techniker kamen um eine Ecke, sahen sie und flohen sofort. Sie rannte wieder los, die Waffe an die Brust gedrückt. Feuerstöße hämmerten hinter ihr durch den Schacht herab, die Kugeln prallten jaulend vom Boden ab.

Noch eine Kreuzung, noch ein Schacht. Dieses Mal stieg sie nach oben und kehrte auf die ursprüngliche Etage zurück. Kontraintuitive Taktik – man hatte sie nach unten klettern sehen und würde davon ausgehen, dass sie diese Richtung beibehielt.

Sie erreichte einen kleinen Steuerraum und schlüpfte in den Schatten einer Wartungsnische, ließ die P90 fallen und rammte frische Magazine in die beiden Glocks. Sie hatte nur noch wenig Munition. Bei ihrer Ankunft im Savage Land hatte sie sechs Magazine mit zehn Schuss dabeigehabt – vier in ihren Gürteltaschen und je eines in den Waffen. Die Raptoren hatten sie zwei Magazine gekostet, und gerade hatte sie zwei weitere geleert. Die beiden, die sie jetzt in die Waffen geschoben hatte, waren ihre letzten. Die A.I.M.-Handfeuerwaffen verwendeten Patronen, die mit den 26er-Glocks kompatibel waren, aber die Magazine passten nicht. Um sich Munition von A.I.M. zu besorgen, musste sie ihre leeren Magazine von Hand laden, und das fraß Zeit.

Widow entfernte den Schalldämpfer von einer ihrer Pistolen. Sie musste sich immer noch bedeckt halten, aber die Aufsätze nahmen den Waffen einen Teil ihrer Durchschlagskraft, und auf die würde sie möglicherweise angewiesen sein. Sie musste sich alle Optionen offenhalten.

Es war an der Zeit, einen Plan zu schmieden. Sie konnte in der Anlage noch den ganzen Tag Katz und Maus spielen, aber damit würde sie nicht viel erreichen. Sie hatte die Informationen über die Operation von A.I.M., aber keine Möglichkeit, sie weiterzugeben. Die Kommunikationsverbindungen waren offline, und die Welt jenseits der Antarktis schien den Hörer neben das Telefon gelegt zu haben. Sie konnte versuchen, ein Transportmittel zu finden, exfiltrieren und der Außenwelt persönlich Bericht erstatten. Aber das war ein hochgestecktes Ziel, und es schien keine Garantie zu geben, dass Hilfe kommen würde.

Sie konnte auch vor Ort bleiben und A.I.M. den Laden dichtmachen. Ebenfalls ein hochgestecktes Ziel, aber realisierbarer und zumindest theoretisch Erfolg versprechender – *wenn* alles zu ihren Gunsten lief. Wenn sie es klug anstellte. Wenn es ihr gelang, das Beste zu machen aus den Möglichkeiten, die ihr zur Verfügung standen.

Sie musste Hawkeye finden. Hoffentlich war er noch auf freiem Fuß.

Sie schob die Glocks in die Holster und hob die P90 auf. Von den Alarmsirenen abgesehen war es still. Sie spähte aus dem Steuerraum auf den Gang hinaus und hörte Stimmen. Ein Trupp rannte vorbei. Sie wartete, bis die Männer verschwunden waren.

Dann riskierte sie einen Blick auf das Überwachungssystem des Korridors – unauffällig und in einigem Abstand voneinander angebrachte Kameras, die einen großen Teil des Gangs abdeckten und allenfalls nur ein paar tote Winkel ließen. Die roten LED-Lämpchen zeigten an, dass sie alle in Betrieb waren. Die Sicherheitsmonitore entlang ihrer Infiltrationsroute hatte sie alle heimlich, still und leise ausgeschaltet, aber das war hier nicht möglich. A.I.M. würde sie sehen.

Nun, dann war es eben Zeit, dass man sie sah. Sie trat auf den Gang hinaus und lief los, zielstrebig und dreist, die Waffe locker an der Hüfte.

Sie schätzte, dass sie sechs Schritte weit kommen würde. Es wurden vier. A.I.M. war aufmerksam.

„Stehen bleiben, sofort“, befahl eine Stimme aus dem Lautsprechersystem. Sie hielt inne, suchte mit den Augen nach der nächsten Kamera und lächelte in die Linse.

„Ungern“, sagte sie.

„Bleiben Sie, wo Sie sind, und legen Sie Ihre Waffen ab.“

„Sie können mich hören, ja?“, rief sie in die Kamera.

„Bleiben Sie, wo Sie sind, und legen Sie Ihre Waffen ab.“

„Ich weiß nicht, ob Sie mich hören können“, sagte sie. „Schalten Sie mich auf die Lautsprecher, damit ich weiß, ob Sie mich hören können.“

Eine Pause. Von beiden Enden des Korridors drangen Geräusche zu ihr – Sicherheitstrupps näherten sich, blieben aber noch außer Sichtweite. Das war okay. Der Steuerraum und der Verbindungsschacht befanden sich direkt hinter ihr, sollte sie schnell Deckung brauchen. Sie hörte ein Klicken aus den Lautsprechern.

„Können Sie mich hören?“, fragte sie noch einmal.

Konnten sie. Denn sie selbst konnte jetzt ihre eigenen Worte über das interne Kommunikationssystem durch das Gebäude hallen hören.

„Legen Sie Ihre Waffen ab“, hieß es aus dem Lautsprecher. „Ergeben Sie sich.“

„Geht das wieder los?“, entgegnete sie, den Blick immer noch selbstsicher in die Kamera gerichtet. „A.I.M. ist eine kriminelle Organisation, von S.H.I.E.L.D. und dem Sicherheitsrat der Vereinten Nationen geächtet. Sie sind es, die sich ergeben müssen.“

Eine weitere Pause.

„Machen Sie Witze?“, fragte die Stimme dann leicht fassungslos. „Sie sind allein. Sie sind waffenmäßig unterlegen. Und Sie erwarten, dass wir uns ergeben?“

Sie nahm ein Röhrchen aus ihrem Gürtel und hielt es so in der Faust hoch, dass die Kamera es sehen konnte. Ihr Daumen lag auf dem oberen Ende des Röhrchens.

„Ich nicht“, antwortete sie, „aber die Hohlladungen, die ich rings um Ihr Gelände, Ihren Stromgenerator, Ihren Landeplatz und Ihre Nanotechnologie-Produktion gelegt habe, sagen etwas anderes.“

* * *

Der A.I.M.-Wachmann erschlaffte, weil ihm die Blutzufuhr abgeschnitten war. Hawkeye löste seinen Würgegriff vorsichtig und ließ den Mann zu Boden gleiten. Die Sicherheitsstation war ein kleiner, würfelförmiger Raum und nur mit ihm und dem bewusstlosen Typen darin recht gemütlich. Es gab eine Steuerkonsole, eine Batterie von Displays und einen Stuhl. An einer Wand steckte ein Feuerlöscher in seiner Halterung. An der gegenüberliegenden führte eine Leiter zur Dachluke hinauf. Er zog die Tür zu und beschäftigte sich mit der Steuerkonsole.

Seit fünf Minuten ertönten Alarmsignale. Natasha war anderswo ganz sie selbst. Er hatte gerade vor ein paar Augenblicken ihre Stimme über das Interkom gehört. Was zum Teufel machte sie?

„Muss ich das wiederholen?“, hörte er sie über die Lautsprecher fragen.

Hawkeye drückte sich Sektion für Sektion durch die Kameraübertragungen. Er fand sie. Ja, hübsche Rückenansicht. Sie stand in einem Korridor, schaute nach oben und hielt dabei etwas in ihrer Hand.

Aha, dachte er. Sie schaute nach oben in eine Kamera.

Aber was hielt sie da in der Hand?

Hawkeye schaltete weiter. Er musste noch dreimal wechseln, bis er endlich die Kamera gefunden hatte, in die Natasha schaute. Da war sie. Lächelte sogar. Er kannte diesen Ausdruck. Diese Zuversicht, dass sie alles unter Kontrolle hatte.

Das machte ihn nervös. Die ganze Mission war bislang nach Gefühl und Intuition gelaufen. Und sie tat so, als sei sie Teil eines präzisen Plans.

Sie *tat so*. Natasha Romanoff hatte die Angewohnheit, in Krisen zu improvisieren und zu erwarten, dass alle anderen mitzogen. Sie hatte A.I.M. dazu gebracht, sie auf die Lautsprecher zu legen. Das hieß, sie hoffte, dass Hawkeye sie hören konnte, wo immer er war. Okay, was sollte er hören?

„Ihre Forderungen sind unerheblich“, hörte er die Kommandozentrale antworten. „Ergeben Sie sich.“

„Meine Forderungen sind äußerst realistisch“, erwiderte sie.

Er zoomte sie rasch heran. Was war das da in ihrer Hand? Ein Röhrchen?

„Ich rate Ihnen, meinen Forderungen binnen zwanzig Sekunden nachzukommen“, fuhr sie fort. „Ich wiederhole, ich habe Hohlladungen rings um Ihr Gelände, Ihren Stromgenerator, Ihren Landeplatz und Ihre Nanotechnologie-Produktionsstätte angebracht.“

Er zoomte sie noch näher heran. Das war … das war das Röhrchen mit dem Kontaktkleber aus ihrem Ausrüstungsgürtel. *Oh, Natasha, Baby, du bist doch bekloppt.*

„Muss ich es Ihnen erst demonstrieren?“, fragte sie in die Kamera.

Hawkeye fluchte. Er drehte sich um, nahm dem bewusstlosen Wachmann den Helm ab und schnappte sich seinen Bluetooth-Ohrstöpsel.

Kanal … Kanal … muss den verdammten Kanal finden …

„Kontrolle? Wir haben ein verdächtiges Päckchen entdeckt“, sagte er. Jetzt drang auch seine eigene Stimme aus dem Lautsprechersystem.

Er sah auf dem Monitor, wie Widow lächelnd nickte.

„Sehen Sie?“, sagte sie cool.

Hawkeye kletterte die Leiter hinauf, schraubte die Dachluke auf und streckte den Kopf hinaus. Heißes Sonnenlicht traf ihn. Sumpfhitze strömte in den klimatisierten Würfel. Unter ihm breitete sich die gelbe Fertigbauanlage aus, gesäumt von grünem Dschungel.

„Beobachtungsstation, wo befindet sich das Paket?“

Sie sprachen mit ihm.

„Äh … einen Moment“, gab er zurück und überlegte hastig, was er Plausibles sagen könnte. Er hockte auf dem Rand der Luke und setzte seinen Bogen zusammen.

„Beobachtungsstation! Antworten Sie!“

„Bei den Wärmetauschern an der Westseite der Anlage!“, rief er.

„Muss ich es Ihnen erst demonstrieren?“, hörte er Widow

noch einmal fragen. Hawkeye schaute in den Würfel hinab. Auf den Monitoren konnte er sehen, wie sie so tat, als machte sie sich bereit, auf dem Klebstoffröhrchen einen Knopf zu drücken, den es nicht gab.

„Wärmetauscher", sagte sie. „Na schön."

Hawkeye riss einen Sprengpfeil hervor und schoss – just als Widow für die Kamera so tat, als drücke sie den „Knopf".

Es donnerte laut. Am westlichen Rand der Anlage stieg ein brodelnder Feuerball auf, Schwärme kleiner Urzeitvögel und winziger Flugsaurier flatterten aufgescheucht davon.

„Sie hat's getan!", schrie Hawkeye in das Mikrofon. „Sie hat die Wärmetauscher gesprengt!"

Stille. Von den brennenden Wärmetauschern wölkte schwarzer Rauch zum blauen Himmel empor.

„Unterlassen Sie weitere Zerstörungen", hieß es aus der Kommandozentrale.

„Sind Sie bereit, mir Folge zu leisten?", fragte Widow.

„Was verlangen Sie?"

„Sofortige Kapitulation. Versammeln Sie alle Mitarbeiter des Stützpunkts im Hangar. Niemand leistet Widerstand. Und ich möchte persönlich mit Ihrem Anführer sprechen."

„Und wenn wir uns weigern?"

„Dann drücke ich immer wieder auf den Auslöser. Ihre Nanotechnologiesuspensionen lagern, wie ich weiß, sicher in der Produktionsstätte. Ich bin überzeugt, Sie wollen nicht, dass sie jetzt und hier freigesetzt werden."

„Wir … fügen uns."

Hawkeye atmete auf. Das war gewagt gewesen. Äußerst gewagt. Die Frage war: Was jetzt? A.I.M. würde nicht einfach klein beigeben. Sie spielten auf Zeit.

Was würde passieren, wenn sie Widows Bluff durchschauten?

* * *

Black Widow trat auf das Hauptdeck der Hangarbucht hinaus. Entlang einer Wand standen vier von A.I.M.s Langstreckenrotorjets. Ein fünfter hing in einer hydraulischen Hubvorrichtung, bereit, zum Heliport auf dem Dach emporgehievt zu werden.

Im Hauptbereich hatten sich knapp hundert A.I.M.-Techniker und auch Wachleute versammelt. Die Wachen hatten sich nicht ihrer Waffen entledigt, hielten sie aber gesenkt.

Als Widow eintrat, folgten ihr Feuerteams, die sie beschattet hatten. Sie schwärmten um sie herum aus und hielten ihre Waffen auf sie gerichtet. Widow ignorierte sie.

Sie blieb stehen. Das Röhrchen hielt sie immer noch in der linken Hand.

„Wer hat hier die Leitung?“, fragte sie.

Ein Mann in A.I.M.-Gelb trat vor und nahm seinen Helm ab. Er war groß und hatte einen grauen Bart. Seine Miene drückte Widerwillen aus.

„Sie?“, fragte sie.

„Advanced Ideas Mechanics nimmt Drohungen sehr übel“, sagte er. „Ihr Eindringen hier ist unerwünscht. Wir werden nicht zulassen, dass Sie den Erfolg dieser Einrichtung kompromittieren.“

„Das klingt in meinen Ohren nicht so, als würden Sie sich ergeben“, erwiderte sie. „Ich bin ein Avenger.“

„Ich weiß, was Sie sind“, entgegnete er.

„Dann wissen Sie ja auch, dass die Avengers bei jedem Aufeinandertreffen Hackfleisch aus A.I.M. machen. Es ist aus. Sie sind alle Gefangene von S.H.I.E.L.D.“

„Und wo ist S.H.I.E.L.D.?“, fragte er. „Sie sind allein.“

„Wie heißen Sie?“, wollte sie wissen.

„Thewell“, antwortete er. „Verantwortlicher Leiter der Entwicklungskontrolle.“

„Was ist der Zweck dieser Einrichtung?“

„Ich werde Ihnen nichts sagen.“

„Nanotechnologie, Thewell. Lassen Sie die Spielchen."

„Ich spiele nicht. Ich bin nicht befugt, über unsere Entwicklungsarbeit zu sprechen."

„Und wer ist befugt?", fragte sie.

„Der Hohe Rat von A.I.M.", erwiderte er. „M.O.D.O.K."

„M.O.D.O.K.?" Sie schnaubte. „Und wo finde ich diesen charmanten Burschen?"

„M.O.D.O.K. ist nicht hier", sagte Thewell. „Ich berichte an ihn."

„Dann berichten Sie jetzt."

Thewell zögerte.

„Das kann ich nicht. Die Kommunikationsverbindungen funktionieren nicht."

Widow holte tief Luft. Interessant. Es hatte also nicht an ihr oder fehlenden Sicherheitscodes gelegen, dass sie keine Daten schicken konnte. Es war etwas anderes im Gange.

„Erzählen Sie mir von der Nanotechnologie, Thewell", verlangte sie.

Thewell blickte zu den Technikern hinter ihm. Einer schüttelte langsam den Kopf.

Thewell richtete den Blick wieder auf Widow.

„Die Naniten wurden dazu entwickelt, in das System eines Menschen einzudringen und in der Neuroanatomie des Neokortex Rezeptoren-Knoten anzulegen", erklärte er.

„Rezeptoren wofür?"

„Rezeptoren, um psionische Signale zu empfangen, aufzubereiten und zu verstärken."

„Bewusstseinskontrolle mit psionischen Mitteln", sagte sie. „Typisch M.O.D.O.K. Sie wollen das menschliche Gehirn so umarbeiten, dass es seiner Kontrolle unterliegt."

Er nickte.

„Welche Bevölkerungszentren haben Sie ins Auge gefasst?", fragte sie.

„Keine bestimmten“, erwiderte er.

„Ihr Ziel ist die ganze Welt?“

Er nickte abermals.

Sie dachte über dieses Nicken nach. Ihr Hirn versuchte den Schrecken dessen, was A.I.M. hier entwickelte, in vollem Umfang zu erfassen. Eine Welt, mit der M.O.D.O.K. nach Belieben umspringen konnte. Menschliche Marionetten, die jeden Befehl von A.I.M. befolgten. Aber dieses Nicken störte sie. Erst hatte Thewell sich geweigert zu reden, aber jetzt erzählte er ihr auf einmal doch alles, als sei es egal.

Sie rechneten damit, dass sie bald tot sein würde.

„Wie soll das Nanitenmaterial ausgebracht werden?“, fragte sie.

„Über die Wasserversorgung“, antwortete er. „Wasser ist ein effizientes Medium. Befinden sich die selbstreplizierenden Naniten erst einmal in der Wasserversorgung, werden sie rasch Teil der Nahrungskette sein.“

„Die globale Wasserversorgung?“, hakte sie nach.

Er nickte wieder. Warum störte sie sich so sehr an diesem Nicken?

Weil einer seiner Kollegen den Kopf geschüttelt hatte, als Thewell sich fragend an ihn gewandt hatte. Und dann hatte Thewell angefangen zu reden. Hätte er um Einverständnis ersucht, dann hätte Thewell von seinem Kollegen im Gegenzug ein Nicken bekommen. Aber stattdessen hatte er ein Kopfschütteln geerntet.

Dieses Kopfschütteln hieß nicht: „Ja, gut, erzähl’s ihr.“ Es hieß etwas anderes. Es hieß: „Nein.“ Es hieß: „Noch nicht.“ Es hieß: „Wir warten noch auf etwas, wir sind noch nicht so weit.“ Es bedeutete: „Sprich mit ihr und halte sie hin. Beschäftige sie und verschaffe uns Zeit.“ Auf Überwachungsmissionen hatte sie selbst gesehen, wie Techniker, die ein Telefon anzapften, dem Agenten genau dasselbe stumme Zeichen gegeben hatten, damit der den Anrufer in der Leitung hielt. „Mach weiter. Ich hab's noch nicht", hieß das.

Die Lage drohte, unangenehm zu werden. Ihr gewagtes Spiel hatte sie in den Mittelpunkt eines Versuchs gerückt, diese Situation zu kontrollieren, aber auf einmal schien dieser Mittelpunkt nicht mehr der Fleck zu sein, an dem man stehen wollte.

Also war nun sie an der Reihe, sich etwas einfallen zu lassen. „Zeigen Sie mir die Spezifikationen der Naniteneinheiten", verlangte sie.

Thewell sah wieder zu seinen Kollegen. Der Mann, der vorhin den Kopf geschüttelt hatte, nickte jetzt und reichte ihm ein Tablet.

Ein Nicken. Dieses verdammte Nicken. Jetzt war es so weit.

Thewell schaute auf das Tablet. Er trat auf Widow zu und gab es ihr. Dann ging er wieder zurück.

Sie blickte auf das Tablet. Das Display zeigte ein offenes Nachrichtenfenster. Darin stand:

„Scanvorgang abgeschlossen. Person ist bewaffnet. Keine Anzeichen eines aktiven Funk- oder drahtlosen Geräts. Verdächtiges Objekt ist ein Klebstoffbehälter."

„Gute Nacht, Avenger", sagte Thewell.

Die Wachen hoben ihre Waffen, um zu schießen.

Eine der Hydraulikstützen der Hubvorrichtung explodierte und scherte aus. Die Hubschale bockte, und das klobige Rotorjetshuttle darin kippte zur Seite, stürzte auf das Deck und überschlug sich. Die versammelten A.I.M.-Leute stoben auseinander, um nicht darunter begraben zu werden.

Widow warf sich nach hinten und schoss mit ihrer P90 zur Seite. Die Waffe spuckte in hohem Bogen Patronenhülsen aus. Die Salve harkte in die Wachen, die links von Widow Aufstellung genommen hatten. Kugeln hackten ins Deck. Sie rollte sich herum und feuerte in die andere Richtung. Drei Wachen zu ihrer Rechten wurden von den Füßen gerissen und nach hinten geschleudert. Aber sie würde sie nie und nimmer alle treffen.

Drei weitere zuckten zusammen und gingen dicht hintereinander zu Boden, in jedem von ihnen steckte ein Pfeil. Hawkeye hatte sie aus seinem versteckten Ausguck irgendwo in der Höhe ins Visier genommen und den zweiten und dritten Pfeil abgeschossen, während der erste noch in der Luft war.

Die übrigen Wachen drehten sich herum und eröffneten das Feuer, machten Jagd auf den Bogenschützen. Widow leerte ihr Magazin in die letzten von ihnen.

Dann warf sie die P90 weg, sprang auf und rannte los und in Deckung. Überall dröhnten Schüsse. Kugeln hämmerten gegen die Stützpfeiler der Wartungsbuchten des Hangars und prallten davon ab. Sie warf sich aus dem Lauf heraus nach vorn und hechtete krachend in die Werkzeugrollwagen.

Von der Flugleitplattform aus sah Hawkeye, wie sie Deckung fand. Er legte einen weiteren Pfeil auf und zielte auf irgendjemanden dort unten, der eine Waffe hatte. Die meisten A.I.M.-Mitarbeiter drängten zu den Ausgängen. Er entdeckte den Typen, mit dem Widow gesprochen hatte, wählte einen Bolapfeil und erwischte den Mann mit einem Schuss über fünfundsiebzig Meter.

Hawkeye lenkte das Feuer auf sich. Kugeln trafen die Plattform, das Geländer und den Dachüberhang. Er zog sich in den hinteren Bereich der Plattform zurück und drückte den Steuerknopf, der das Dach öffnete. Elektromotoren sprangen an, und ein Teil des Hangardachs setzte sich in Bewegung und glitt auf.

Hawkeye lief zur Treppe und über die offenen Metallstufen zum nächsten Absatz hinunter. Dort drehte er sich um und schoss weitere Pfeile in den Raum – einen Sprengpfeil, um die A.I.M.-Schergen noch weiter auseinanderzuscheuchen, und ein paar Rauchpfeile, um die Sicht zu vernebeln und Verwirrung zu stiften.

Er sprang die letzten Stufen hinab und rannte quer durch den Hangar. Ein A.I.M.-Techniker kam auf ihn zu, Hawkeye boxte ihn beiseite. Im Rauch lauerten zwei A.I.M.-Wachen. Hawkeye rempelte den einen mit der Schulter an, riss ihm die Schusswaffe aus den Händen und hieb sie dem anderen über den Schädel. Dann brachte er den entwaffneten Mann mit einem aus dem Stand geführten Roundhouse-Kick zu Fall.

Er erreichte Thewell. Der Leiter des Stützpunkts lag mit dem Gesicht auf dem Boden, Arme und Beine mit den Schnüren des Bolapfeils gefesselt. Er hatte sich beim Sturz den Kopf angeschlagen und war bewusstlos. Hawkeye warf ihn sich wie einen zusammengerollten Teppich über die Schulter.

Ein A.I.M.-Wachmann tauchte auf und richtete seine Waffe auf Hawkeye. Ein Schuss aus nächster Nähe traf den Mann. Er brach zusammen.

Widow trat aus dem Rauch. In jeder Hand hielt sie eine Sperek-Six-Pistole aus A.I.M.-Beständen.

„Hast du einen Plan?“, fragte sie. „Oder wolltest du nur Atmosphäre schaffen?“

„Ich schlage vor, wir verschwinden“, meinte Hawkeye. „Das ist kein besonders bekömmliches Fleckchen Erde. Den Typen hier nehmen wir mit, als Rückversicherung und um ihn auszuquetschen.“

„Verschwinden? Wie denn?“

„Mit einem der Rotorjets. Kann doch nicht so schwer sein, so ein Ding zu fliegen.“

Sie rannten auf den nächsten zu. Mit Thewell über der Schulter schob Hawkeye die Kabinentür des Shuttles auf. Widow gab noch ein paar Schüsse ab, dann sah sie zum Dach hinauf.

„Du hast die Hubvorrichtung zerstört“, sagte sie.

„Hey, ich hab das Dach geöffnet!“

„Das wird aber eng.“

„Ich zeig dir, wie man das macht.“

Sie schüttelte den Kopf und stieg ein. Er folgte ihr, ließ Thewell auf einen Sitz im Frachtraum fallen und rammte die Luke zu.

Widow hatte unterdessen das Cockpit erreicht. Für Checks vor dem Start blieb keine Zeit. Sie schaltete die Energieversorgung ein, weckte die Triebwerke und justierte die Kontrolleinstellungen, bevor sie den Pilotensitz nach vorn fahren ließ und sich anschnallte.

„Ich hab doch gesagt, ich fliege", beschwerte sich Hawkeye.

„Ich bin die bessere Pilotin", erwiderte sie und überprüfte die Anzeigen. Die Rotorjets waren fusionsgetrieben. Große Reichweite. Transozeanisch, wenn es sein musste.

Sie schaltete den Schub zu, und der Rotorjet bockte und hob ab. Er schwebte nach vorne – die Schnauze nach unten geneigt, die Landevorrichtung ausgefahren. Die Abwinde schufen Strudel in dem Rauch, den Hawkeye verursacht hatte. Sie hörten, wie die Außenseite von mehreren Schüssen getroffen wurde.

„Rauf und raus", drängte Hawkeye.

Widow schwenkte die Schnauze herum und ließ Energie in die VTOL-Rotorenkapseln strömen. Das Shuttle stieg höher. Es hatte den Anschein, als wäre das Hangardach schon sehr nahe. Sie korrigierte die Einstellungen abermals, flog höher und auf das offene Dach zu.

Es *würde* eng werden. Von außen hatten die Shuttles viel kleiner als die Dachluke ausgesehen. Aus dem Innern eines Shuttles sah das Loch dort oben nicht annähernd groß genug aus.

Sie hielt darauf zu. Alarmsignale ertönten. Zu nah. Sie behandelte die Steuerung, als hätte sie es mit rohen Eiern zu tun.

„Vorsicht! Vorsicht!", rief Hawkeye.

Sie stiegen durch die Öffnung in der Flugplattform. Hawkeye schloss die Augen. Er war überzeugt, dass er Metall kratzen und knirschen hörte, aber das bildete er sich wohl nur ein.

„Los!", schrie er. „Los!"

Widow wandte sich zu ihm um.

„Missiles“, sagte sie.

„Was? Wo?“

„Der Quinjet wurde mit Boden-Luft-Raketen abgeschossen! Die haben Missiles, Barton!“

„Flieg einfach!“, wies er sie an.

Er rannte zurück zur Seitenluke und zog sie auf. Wind fuhr herein. Das Shuttle stieg über dem gelben Komplex der A.I.M.-Anlage in die Höhe. Er suchte. Dort, Richtung Norden. Auf dem Dach eines der Gebäude machte er rings um eine größere Kuppel herumrotierende halbrunde Sensoren aus.

In der größeren Kuppel öffnete sich ein Fenster und gab den Blick frei auf die darin untergebrachte Raketenbatterie. Die Kuppel drehte sich, folgte ihnen.

„Bring uns hier weg!“, schrie Hawkeye.

Er hörte das hektische Piepsen der Instrumente.

„Die Missiles haben uns erfasst!“, rief Widow.

In die Luke gestemmt, zückte Hawkeye seinen Bogen, legte einen Säurepfeil auf und zielte.

Er ließ los. Angesichts der Entfernung und Bedingungen ein sehr schwieriger Schuss. Hawkeye war sicher, dass er zwei oder sogar drei Pfeile brauchen würde, um das Ziel zu treffen.

Aber er schaffte es auf Anhieb. Der Pfeil traf das Räderwerk unterhalb des Rahmens der Missile-Batterie. Der Kapselkopf zerbrach und überschüttete die ineinandergreifenden Zahnräder mit Flusssäure. Die Säure fraß sich innerhalb von Sekunden durch den Rahmen, und die komplette Batterie sackte vornüber, als habe man ihr die Luft abgelassen. Die Spitzen der Missiles wiesen nach unten.

Die Raketen-Erfassungswarnung verstummte abrupt.

„Flieg los“, rief er, „bevor sie einen anderen Knüppel finden, den sie uns zwischen die Beine werfen können!“

Hinter ihnen blitzte und bebte etwas. Obwohl die Halterung

zerstört war und sie ihr Ziel verloren hatten, waren die Missiles dennoch per Auto-Auslösung abgefeuert worden.

Geradewegs in den Stützpunkt.

Es gab eine Welle von Detonationen. Explosionen zerrissen das Zentralgebäude der A.I.M.-Anlage, ließen eine Flammensäule und Kaskaden von Trümmern aufsteigen. Eine weitere Explosion, vielleicht ausgehend von einem Energiesystem, das getroffen worden war, fegte auf Bodenhöhe durch die anderen Hauptgebäude.

Ein gigantischer Feuerball wuchs himmelwärts. Die Druckwelle traf das Shuttle, rüttelte es durch, und Hawkeye musste sich hastig festklammern, damit er nicht aus dem immer noch offenen Einstieg stürzte.

Widow kämpfte mit der Steuerung, um das Shuttle stabil und in der Luft zu halten. Dröhnend jagten sie aus der sich ausbreitenden Feuersbrunst hinaus.

„War das Absicht?“, fragte sie Hawkeye.

„Nein!“ Dann grinste er. „Aber es löst ein paar Probleme“, fügte er hinzu.

Sie funkelte ihn nur an.

14

SIBIRIEN
DATUM: IRRELEVANT, ORTSZEIT: UNBEKANNT

Thor packte Wanda um die Hüften, zog sie fest an sich und wirbelte seinen Hammer am Riemen. Er ließ ihn fliegen und sie beide in die Luft ziehen. Unter ihnen brachen donnernd und brüllend die letzten der gewaltigen Steinblöcke weg, die ihr letzter Halt gewesen waren.

Sie landeten zwei Kilometer entfernt auf einer öden, toten Ebene. Nebel waberte wie weißer Rauch umher. Geschwärzte, abgestorbene Bäume mit verdrehten Stämmen und abgespreizten Ästen sprenkelten die Landschaft. Sie sahen aus wie Wesen, die in jämmerlicher Angst den Himmel anriefen.

Er ließ sie los.

„Geht es dir gut?“, fragte er.

„Den Umständen entsprechend“, sagte Wanda und nickte. Sie schaute dorthin zurück, wo sie hergekommen waren. Jenseits des mit Bäumen durchsetzten weißen Nebels war aus dem Berg ein gewaltiges Leichentuch aus grauem Staub geworden. Flammen züngelten und tanzten am Horizont.

„Er wird uns folgen“, sagte sie.

„Zweifellos.“

„Wir können nicht gegen ihn kämpfen.“

„Ich kann gegen ihn kämpfen“, sagte Thor. „Ich fürchte mich nicht.“

„Es geht nicht um Furcht“, erwiderte sie. „Er ist uns beiden überlegen. Um ein Vielfaches.“

„Dann brauchen wir Hilfe“, erklärte Thor.

Scarlet Witch lächelte. Sie hatte im Laufe der Jahre die heldenhafte Widerstandskraft der anderen Avengers beobachtet und hoffte, dass etwas davon auch in ihr steckte. Aber der eiserne Kampfgeist eines Gottes war noch einmal etwas ganz anderes. Er bezauberte und ermutigte sie. Thors unerbittliche Tapferkeit hatte etwas ungeheuer Beruhigendes. Ganz gleich, wie die Chancen standen, der Ase wahrte die Überzeugung, dass Helden immer obsiegen würden. Das musste wohl die Geisteshaltung eines Gottes sein, eines Supersterblichen – ein beinah borniert fester Blick auf den Triumph, der vor Starrsinn blind war für jede Hoffnungslosigkeit.

„Ich weiß nicht, ob wir von hier aus eine Nachricht absetzen können“, sagte sie. „Wir sind nicht mehr auf unserer Welt. Wir haben keine Verbindung zur irdischen Ebene. Zu Midgard.“

„Du musst es nicht in meine Worte kleiden“, sagte Thor. „Ich verstehe schon. Gibt es denn keinen Zauber, den du wirken könntest? Kannst du nicht auf magischem Weg eine Nachricht schicken?“

Sie hob die Schultern.

„Vielleicht“, meinte sie. „Ich habe mit dem Obersten Zauberer trainiert, um meine Kunst zu verfeinern, und in dieser Zeit hat er mir viele obskure alte Rituale beschrieben. Aber ich habe sie nie praktisch angewendet und Mühe, mich an die Einzelheiten zu erinnern. Thor, ich bin kein Stephen Strange. Ich bin bei Weitem nicht so vertraut mit dem überlieferten Wissen wie er. Selbst wenn ich mich an die Zauber, die er erwähnt hat, erinnern würde, weiß ich nicht, ob ich sie an einem Ort wie diesem wirken könnte. Ich weiß nicht, ob ich das auch nur *versuchen* sollte. Es könnte gefährlich sein …"

Er grinste sie an. Da war sie wieder, diese göttliche Zuversicht.

Sie fasste sich und lächelte kläglich zurück.

„Ja, ich weiß. Als ob irgendetwas hier sicher wäre."

„Tu, was du kannst", sagte er.

„Als Erstes muss ich feststellen, wo wir sind. Wo wir uns genau befinden."

Sie setzte sich auf den nassen, schmutzigen Boden, nahm eine Handvoll schwarzer Erde auf und betrachtete sie.

Er beobachtete sie.

„Das könnte ein bisschen dauern", meinte sie, ohne aufzuschauen. „Geomantische Weissagungen sind mühsam."

Er nickte, atmete aus und verschränkte die Arme.

„Sammel etwas Holz", trug sie ihm auf.

„Holz?"

„Brennholz. Bei den Bäumen, Thor. Wir brauchen viel."

„Gut", erwiderte er.

Er ließ sie im Schlamm sitzen und stapfte durch den Nebel zum nächsten Baum. Er legte eine Hand auf den knorrigen Stamm und entschuldigte sich bei dem Baum dafür, dass er ihn fällen würde. So war es Brauch bei den Asen.

Dann fällte er ihn mit einem einzigen Hieb Mjölnirs.

Er brach die Äste in Stücke und stapelte sie auf. Unheimliche Laute, wie das Heulen von Winterfüchsen, wehte durch den Nebel heran. Wann immer er mit dem Zerkleinern des Holzes aufhörte, um zu horchen, verstummten die Schreie.

Da war etwas im Nebel.

Er brachte seine Arbeit zu Ende und kehrte zu Wanda zurück. Unter einem Arm hielt er ein Bündel aus zersplittertem Holz, den Stamm des Baumes hatte er sich auf die Schulter geladen.

Scarlet Witch starrte immer noch auf die Erde in ihrer Hand und ließ sie zu Boden rieseln.

„Wo soll ich das Feuer machen?“, fragte er.

„Hier, neben mir.“

„Das Holz ist nass und faulig. Ich glaube nicht, dass es brennen wird.“

„Es wird brennen.“

„Ich weiß, dass du frierst, Weib, aber wird uns ein Feuer denn nicht verraten?“

Sie stand auf und wischte sich die Hände sauber.

„Es ist nicht zum Aufwärmen“, sagte sie. „Wir brauchen Schutz. Stell diesen Stamm dorthin.“

Sie zeigte auf eine Stelle ganz in der Nähe.

Er hob die Brauen, dann tat er, was sie gesagt hatte. Er hob den Baumstamm mit einer Hand hoch und rammte ihn in den Schlamm.

„Gut“, sagte sie. „Nimm jetzt etwas von dem Holz und geh in diese Richtung, bis du dreizehn Schritte von dem Stamm entfernt bist.“

Sie wies ihm den Weg.

Brummend nahm er einen Armvoll Holz auf und setzte sich in Bewegung.

„Wie weit?“, rief er.

„Auf die Entfernung kommt es nicht an, nur auf die Zahl der Schritte. Waren das schon dreizehn?“

„Ich …“ Er hielt inne. Er kehrte zum Stamm zurück und wiederholte das Ganze. Diesmal zählte er jeden einzelnen Schritt.

„Dreizehn.“

„Steck dort ein paar Stöcke in den Boden.“

Thor bohrte an der bezeichneten Stelle eine Handvoll Stöcke aufrecht in den Schlamm. „So?“

„Geh jetzt von diesen Stöcken aus nach links. Wieder dreizehn Schritte.“

Er warf ihr einen zweifelnden Blick zu.

„Thor, bitte."

Abermals zählte er seine Schritte.

„Dreizehn."

„Und da steckst du noch ein paar Stöcke in den Boden."

Er gehorchte.

„Jetzt noch einmal dreizehn Schritte nach links", sagte sie.

Er zählte sie ab, dann pflanzte er weitere Hölzer in den Boden.

„Und noch einmal dreizehn."

Er ging im Kreis, bis er an sechs jeweils dreizehn Schritte voneinander entfernten Stellen ein paar Stöcke in den Boden gesteckt hatte. Jetzt näherte er sich wieder dem Ausgangspunkt, der mitten in der Anordnung lag. Im Stillen zählte er auch diesmal seine Schritte, und zu seinem Erstaunen betrug ihre Zahl genau dreizehn.

„Wie in Odins Namen …?", wunderte er sich.

„Rituelle Symmetrie", sagte sie. „Diese Dinge passieren einfach. Es ist beglückend, wenn das Universum seine geheime Magie offenbart, nicht wahr?"

Seine Miene verfinsterte sich.

„Mir bereitet das Unbehagen", gab er zu. Er hörte ein Geräusch, schaute scharfen Blickes in den wogenden Nebel und sah gerade noch, wie sich dort kurz ein Schemen regte.

„Da draußen im Nebel ist etwas, Wanda", warnte er, „und es kommt näher."

„Komm wieder her zu mir."

„Dreizehn Schritte?"

„Nein, diesmal ist es egal."

Er stapfte zurück zu ihr.

„Sechs Punkte", sagte sie. „Ein Hexagramm. Das ist nicht viel, aber es muss reichen."

„Wie du meinst."

Sie wandte sich dem Baumstamm in der Mitte zu und strich

sich dabei abwechselnd mit der offenen Hand über den Rücken der anderen. Dann richtete sie beide Handflächen auf die Spitze des abgebrochenen Stamms.

Thor vernahm wieder das Geräusch. Er schaute in den Nebel.

Er machte dunkle Umrisse aus, die sich in dem Dunst bewegten. Aus allen Richtungen tapsten sie in sein Blickfeld. Sie sahen aus wie Wölfe – wie große Waldwölfe, die auf allen vieren näher trotteten, die Köpfe gesenkt. Aber sie hatten kein Fell. Ihre Haut war pechschwarz und geschuppt wie die von Krokodilen.

Ihre langen Schnauzen waren mit großen, verfärbten Zähnen bewehrt. Ihre kleinen Augen leuchteten gelb.

„Wanda." Thor klang drängend.

Die Biester kamen von überall her, und sie kamen immer näher, langsam und vorsichtig, streiften umher wie neugierige Wölfe oder hungrige Großkatzen. Es waren einige Dutzend. Er hörte, wie sie einander ankläfften und -heulten. Dann entstand ein drohendes, raubtierhaftes Knurren in ihren Kehlen.

„Wanda!"

Sie konzentrierte sich, ihre Handflächen wiesen noch immer auf den aufgerichteten Stamm.

Er trat von ihr fort, nahm seinen Hammer vom Gürtel und ging im Kreis. Aus schmalen Augen wanderte sein starrer Blick von einem Tier zum nächsten. Er hielt Ausschau nach jenem Anzeichen, das jeder gute Jäger kannte – das Zittern, das leichte Heben der gesenkten, rollenden Schultern, das den Wechsel vom langsamen Pirschen zum plötzlichen Sprint verriet.

Welches der Geschöpfe würde den Anfang machen?

Welches würde den anderen vorangehen?

Das größte.

Ein Leittier, wenn er je eines gesehen hatte.

Es schlich den anderen voraus, den Blick direkt auf den Thor gerichtet, bösartig und bohrend. Es machte noch einen Schritt, dann verhielt es mit angehobener Vorderpfote.

Thor packte Mjölnir fester und holte aus, zum Wurf bereit.

Das Tier griff an. Und es war verdammt schnell. Wie ein losgelassener Jagdhund hetzte es mit offenem Maul durch die Reihe der im Boden steckenden Holzstöcke.

Thor holte aus der Hüfte Schwung und warf Mjölnir. Der Hammer flog mit dem Kopf voran davon und traf das angreifende Tier. Der Hieb riss es von den Beinen und ließ es jaulend und zuckend durch den Schlamm rollen.

Thor fing den zurückkehrenden Hammer auf.

Von ihrem Anführer ermutigt, griffen die anderen Biester an.

Alle auf einmal.

„Wanda!"

Auf den Baumstamm konzentriert stieß sie ein Wort hervor, das er nicht verstand – seltsam erstickt klingende Silben einer Sprache, die zu artikulieren der Mund eines Menschen nicht geschaffen war. Licht strahlte aus ihren Handflächen, und die Spitze des abgebrochenen Stamms ging in Flammen auf. Das Feuer wuchs in die Höhe, heftig lodernd und strahlend weiß. Wanda brachte ein weiteres Wort hervor, die linke Hand mit gespreizten Fingern auf das Feuer gerichtet, und reihum fingen auch die mit Hölzern markierten Eckpunkte des Hexagramms an zu brennen.

Die angreifenden Untiere hielten abrupt inne, strauchelten und prallten zurück, als wären sie gegen eine Wand gelaufen. Eine unsichtbare Barriere war zwischen den brennenden Eckpunkten des Hexagramms entstanden, das Thor und Wanda umgab.

Die Biester rappelten sich auf, dann zogen sie sich winselnd und knurrend zurück. Sie trotteten ein paar Meter weit davon, dann drehten sie sich um, setzten sich und starrten durch den heraufbeschworenen Schutzwall zu ihnen herein.

Das Leittier erhob sich wieder und schüttelte sich. Es befand sich noch innerhalb des Rings. Thor rannte hin zu ihm und schlug es mit dem Hammer wieder zu Boden. Es jaulte auf und biss nach ihm. Er packte es mit beiden Händen, riss es hoch über seinen Kopf und schleuderte es aus dem Kreis hinaus.

Es landete hart und heulte schmerzlich auf. Dann erhob es sich und nahm seinen Platz zwischen den anderen ein.

Thor blickte hinaus in die gelben Augenpaare, die zu ihnen hereinstarrten.

„Schlau“, sagte er. „Ein Schutzring.“

„Ich war mir nicht sicher, ob ich es schaffen würde“, erwiderte Wanda. Sie wirkte erschöpft. „Für den Moment wird er sie abwehren. Lange genug, dass ich mich auf meine Geomantie konzentrieren kann.“

„Wie lange wird der Schutz halten?“, fragte Thor.

„So lange, wie das Holz brennt“, antwortete sie.

Sie setzte sich wieder und nahm eine weitere Handvoll Erde auf, die sie untersuchte. Thor wartete. In der Ferne grollte Donner, aber es war nicht die Art von Gewitterdonner, die sein Freund war.

Er beobachtete die gelben Augen in der Dunkelheit jenseits der Flammen.

Eine halbe Stunde verging. Dann eine Stunde. Thor lief auf und ab. Wann immer er nach oben schaute, erblickte er jenseits der Düsternis der Sturmdecke gottlose Sterne, die unheilvollen Antimaterie-Sonnen dieser fremden Dimension.

Plötzlich rief Wanda seinen Namen. Ihre müden Augen strahlten.

„Was ist?“, fragte er.

„Ich weiß, wie ich Kontakt herstellen kann“, sagte sie und warf die Handvoll Erde beiseite.

Er half ihr beim Aufstehen.

„Ich brauche nicht zu wissen, wo wir sind“, sagte sie. „Es gibt ein Band, das Dimensionen transzendiert. Ein Band, das keinen örtlichen Beschränkungen unterliegt.“

„Wirklich?“

„Ja, Thor. Blut. Das Band des Blutes. Die familiäre Bindung."

„Du sprichst von deinem Bruder?"

„Ja", antwortete sie und nickte. „Blutsverwandtschaft überbrückt über die Kluft hinweg. Reicht über jede Distanz hinweg. Das hätte mir eigentlich früher einfallen müssen."

„Besser dein Bruder als meiner", brummte er. „Also sag mir, was ich tun soll."

Sie fasste sich erschöpft an die Stirn. Er legte ihr seine Hände auf die Schultern.

„Wanda? Was müssen wir tun?"

Sie sah zu ihm auf.

„Ich brauche ..."

„Was?", fragte er.

„Eine der Metallschuppen von deinem Brustpanzer", sagte sie und zeigte hin.

Er runzelte die Stirn, aber dann riss er eine der runden, erhaben gearbeiteten Schuppen von seinem Kettenhemd ab und reichte sie ihr. Sie drehte sie in den Händen und nahm sie in Augenschein.

„Gut, das wird reichen", sagte sie schließlich. „Streck den Hammer aus. Und halt ihn still."

Er tat, was sie verlangte. Außerhalb des Hexagramms hoben die schwarzen Wölfe den Kopf und beobachteten das Geschehen mit hungriger Neugier.

Wanda kratzte mit der Metallschuppe auf dem Hammerkopf hin und her. Das tat sie ein, zwei Minuten lang, dann begutachtete sie die Schuppe wieder.

„In Ordnung", sagte sie zufrieden.

Thor schaute zu den Feuern hin. Das Holz brannte nieder.

Wanda streifte einen ihrer Handschuhe ab und zog ohne Vorwarnung die nun geschärfte Kante der Metallschuppe über die bloße Hand. Sofort trat Blut hervor.

„Wanda!"

„Blut ist ein wichtiger Bestandteil des Ganzen“, erklärte sie und blinzelte ihr Unbehagen fort. „Schmerz auch. Das verstärkt die Botschaft.“

Sie hob die verletzte Hand und ballte sie zur Faust. Blut quoll zwischen ihren Fingern hervor, rann an ihrem Arm hinab und tropfte von ihrer Faust zu Boden.

„Pietro“, flüsterte sie und schloss die Augen. „Pietro ...“

Sie presste die blutige Faust gegen ihre Stirn und wiederholte den Namen ihres Bruders.

„Thor“, flüsterte sie dann. „Ich kann ... ich kann ihn spüren. Ich kann seine Seele fühlen. Ich glaube, ich kann ihn erreichen ...“

„Versuch es weiter“, drängte er sie. Er konnte die Tiere beunruhigt jaulen und kläffen hören. Er schaute sich um.

Aus dem Nebel schritt eine dunkle Gestalt auf sie zu. Einen Moment lang fragte sich Thor, ob es der Avenger Quicksilver war, Wandas Bruder, durch ihre astrale Magie über die Leere hinweg zu ihnen herüber beschworen.

Aber er war es nicht.

Die dunklen Biester krochen winselnd zurück und machten der Gestalt Platz in ihren Reihen.

„Da seid ihr ja“, sagte Dormammu.

Wanda keuchte und fiel schluchzend auf die Knie.

„Sie ist weg!“, jammerte sie. „Die Verbindung! Sie war da, und dann ist sie abgebrochen!“

„Ganz ruhig“, sagte Thor. Wenn Scarlet Witch keine Hilfe herbeirufen konnte, dann mussten sie sich den Weg eben freikämpfen.

Er sah Dormammu an. Der Meistermagier war ein finsterer Schatten – groß und grimmig, eine Gestalt aus mitternächtlicher Schwärze, bis auf das magische Feuer, das knisternd um seinen grinsenden Kopf züngelte. Er war ein Despot, ein Eroberer, er zerstörte ganze Dimensionen. Wirklichkeiten erzitterten unter seinem Namen. Es gab nur wenige Wesen im Universum, die mit Zauberei gründlicher und grausamer umzugehen verstanden.

Die Flammen, die sich um den Schädel des Tyrannen wanden, loderten heller als die niederbrennenden Feuer, die ihn am Betreten des Kreises hinderten. „Ein Hexenring“, stellte er fest. „Primitiv, aber wirksam. Jedenfalls solange euer Holz reicht.“

„Ich verstehe nichts davon, aber er sorgt dafür, dass du draußen bleiben musst“, sagte Thor.

„In der Tat“, räumte Dormammu ein. „Rituelle Kreise, Ringe, Sterne – das sind alles machtvolle Symbole. Verstärker der Kraft des Schöpfers. Odinson, du bist so blind für die Magie. Ein Zauberer errichtet einen Ring als Mechanismus zur Steigerung seiner Kunst. Er ist der Mittelpunkt des Kreises. Durch dieses Hexagramm stärkt das Menschenmädchen seine Energie und hält mich im Zaum.“

Er blickte hinab auf die Biester, die geduldig an seiner Seite warteten.

„Mich und die Räuber, die mit der Nacht kommen.“

Dormammu wandte sich wieder an Thor.

„Aber sie ist sehr müde und sehr erschöpft“, sagte er und wies auf Wanda. „Und ihr Talent war von Anfang an nicht fein geschliffen. Sie ist sterblich und jung. Sie hat keine Erfahrung, hat nicht mehrere Leben lang studiert und geübt. Wenn das Holz aufgebraucht ist und die Flammen erlöschen, wird ihre Kraft versiegen. Euer Schutz versagen. Und dann …“

Der Meistermagier der Faltinen ließ den Satz unvollendet.

Thor trat vor und blickte dem Herrn der Dunkelheit über die unsichtbare Grenze hinweg ins Flammengesicht.

„Dann tu mir einen Gefallen, oh Finsterling“, sagte er. „Um uns die Zeit zu vertreiben, während wir auf das Ende warten.“

„Einen Gefallen?“ Hinter den Flammen klappte Dormammus Mund auf, und Gelächter brach daraus hervor.

„Was soll das?", fragte Thor. „Warum vergreifst du dich an der Erde?"

„Sie ist zu kostbar, um sie zu verlieren", erwiderte Dormammu.

„Um sie zu verlieren?", wiederholte Thor.

„Ich habe schon zuvor versucht, die Erde zu erobern", sagte der Zauberer. „Sie ist aufgrund ihrer Ausrichtung, ihres Platzes in der kosmischen Struktur außerordentlich wertvoll. Eine Welt von besonderer Kraft und Energie, ein reichhaltiger Saum der Magie. Es gibt nur wenige Orte im Universum, die von größerer mystischer Bedeutung sind. Ich möchte sie weder zerstören noch verheeren. Ich möchte ihre Macht besitzen, sie mir zu eigen machen, anstatt sie ausbrennen und erlöschen zu lassen."

„Bist du nicht der Vernichter?", entgegnete Thor. „Du bringst Zerstörung über Midgard."

„Zerstörung?" Dormammu lachte leise. „Nein, Odinson. Diese Nacht kennt nur den Schmerz der Geburt. Die Pein einer notwendigen Umwandlung. Ich trachte nicht danach, die Welt der Sterblichen zu vernichten. Ich versetze sie in mein Reich der Dunkelheit, auf dass ich sie besitzen und beschützen kann."

„Wovor?", fragte Thor.

„Es ist alles verloren", sagte Dormammu. „So viel weiß ich. Das habe ich in der Glut der weissagenden Feuer gelesen. In Kristallkugeln gesehen. Aus erster Hand erfahren von den Abgesandten des wahren Vernichters."

Thor schüttelte den Kopf.

„Wovon sprichst du? Etwas bedroht die Welt der Menschen, und das ist deine Art, sie zu *retten*? Indem du sie wie eine Trophäe an dich reißt und in deine finstere Dimension verschleppst?"

„Sie muss nicht verloren sein", erklärte Dormammu, und die Flammen um seinen Schädel loderten auf. „Die mystische Vollkommenheit des Kosmos wäre schwächer ohne sie. Dieses

Los ist besser als die Zerstörung. Und eines Tages werden die Menschen mir für ihre Erlösung danken."

„Eines sehr fernen Tages, würde ich meinen", sagte Thor.

„Ja. Es wird wohl Hunderte von Jahren brauchen, würde ich angesichts der Sturheit der Menschen sagen. Aber sie werden es begreifen und Dankbarkeit lernen."

„Und was bedroht die Erde?", fragte Thor.

„Die Erde hat Feinde und Rivalen", sagte Dormammu. „Sie ist stark und in ungewöhnlichem Maße gesegnet mit seltsamen Wesen. Sie hat keine Ahnung, wie sehr sie gefürchtet, gehasst und beneidet wird. Es wurde ein Ultimatum gestellt. Die Erde muss sich ändern. Sie muss an ihrem unaufhaltsamen Aufstieg zur Herrschaft gehindert werden. Ich habe von diesem Ultimatum gehört. Und ich bin es, der für diese Änderung sorgt."

„Und hast du deine Aufgabe erfüllt?", fragte Wanda. „Ist die Erde voll und ganz in dein Reich hinübergezogen worden und für immer verloren?"

Sie war aufgestanden und neben Thor getreten. Sie schlang die Arme um ihren Oberkörper und zog den Umhang fest um sich. Sie wirkte ausgezehrt und todgeweiht. Ihre Kleidung war fleckig vom Blut ihrer verletzten Hand.

„Ach, Tochter einer Sterblichen", sagte Dormammu. „Du kennst das Ritual gut genug. Man bewegt eine Welt nicht einfach ohne die Zustimmung des Himmels. Nun, da ich die Erde am Haken habe und einen Teil von ihr in mein Reich geholt habe, muss ich auf die Stunde der Ausrichtung warten, damit ich den Transfer zum Abschluss bringen kann."

Der Schreckliche blickte nach oben. Die sechs hellsten Sterne am Himmel über ihnen, abscheuliche rote Lichter, die im Dunkeln glühten, bildeten ein fast perfektes Rund. Einen rituellen Kreis mit einem Durchmesser von Milliarden von Lichtjahren. Nur zwei befanden sich noch nicht am richtigen Platz, und so war der Kreis nicht ganz geschlossen.

„Wie lange noch?“, fragte Wanda schaudernd.

„Fünf Stunden“, antwortete Dormammu. Er blickte auf die Feuer des Hexagramms hinab.

„Aber eure Feuer“, sagte er, „werden lange vorher erlöschen.“

15

MADRIPOOR
13. JUNI, 02:02 UHR ORTSZEIT

Die Gammabombe stand auf ihrem Transportwagen vor ihm.

Banner trat einen Schritt darauf zu. Er merkte, dass er zitterte, und konnte nichts dagegen tun.

Die Bombe war ein hässliches Ding, ins kalte Licht der Deckenleuchten getaucht. Ihre Ummantelung bestand aus nacktem Metall. Kabelbündel und Drähte führten von der Bombe weg über den Boden zu Konsolen und Kontrollinstrumenten auf beiden Seiten des Raums.

Die Bombe schien gleichsam vor sich hin zu brüten, er glaubte, es spüren zu können, als wäre sie ein lebendes, denkendes Wesen. In Wahrheit war sie ein riesiges graues Ungetüm, in dem eine unsagbare Vernichtungskraft schlummerte, bereit, entfesselt zu werden. Obgleich ihre letztendliche Form stark von den modernen Methoden des High Evolutionary beeinflusst war, erkannte Banner die Grundelemente des Designs. Er erkannte ihre Abstammung. Ihre DNS. Sie hatte die Augen ihres Vaters.

Trotz der vordergründigen Unterschiede war sie identisch mit der Waffe, auf deren Entwicklung er Jahre seines Lebens verwendet hatte.

Nur war sie deutlich größer.

„Jetzt bin ich zum Tod geworden, zum Zerstörer der Welten", flüsterte er mit belegter Stimme.

„Ah, die Bhagavadgita", sagte der High Evolutionary hinter ihm. „Die Heilige Schrift des Hinduismus."

„Nein", erwiderte Banner leise. „Ich habe …"

„J. Robert Oppenheimer", unterbrach ihn der High Evolutionary. „Der sogenannte ‚Vater' der Atombombe. Er zitierte diesen Vers – wenn auch in seiner eigenen unzulänglichen Übersetzung des Originals … ‚kālo'smi lokaksayakrt pravrddho lokānsamāhartumiha pravrttah'. Ich habe mich immer über seine Sentimentalität gewundert. Er benutzte diese Worte, so heißt es, zum Ausdruck des Entsetzens, das er vor sich selbst empfand. Aber warum war er davon so überrascht?"

Banner schaffte es, sich vom Anblick der Bombe loszureißen. Ihm war übel. Er zitterte immer noch. Der Bombenraum vereinnahmte einen großen Teil des Unterschlupfs, den sich der High Evolutionary hier in Lowtown gesucht hatte, eine riesige, leer geräumte Fabriketage über dem Labor. Die Fenster und Oberlichter hatte man verklebt. Die Bombe schien den Raum auszufüllen. Banner wandte sich zum High Evolutionary um.

„Überrascht?", wiederholte er.

„Als hätte er nicht gewusst, was er da erschaffen hat", sagte der High Evolutionary. „Er arbeitete an der ultimativen Waffe. Das wusste er doch. Und er hatte Erfolg. Wo blieb seine Freude darüber?"

„Freude?", stammelte Banner.

„Ich sehe dasselbe Entsetzen auch in Ihnen, Doktor Banner, und finde es ein wenig rätselhaft. Auch Sie setzten Ihr wissenschaftliches Genie für derlei Zwecke ein. Genau für diesen Zweck sogar – die Gammabombe. Und doch fühlen Sie sich von ihrer Verwirklichung abgestoßen."

„Weil ich weiß, was sie anrichten kann", sagte Banner.

„Sie wussten, was sie anrichten würde, bevor Sie mit dem Bau begannen“, erwiderte der High Evolutionary.

Banner fuhr sich über den Mund. Er wünschte, er könnte verhindern, dass seine Hände so heftig zitterten. Er hatte das Gefühl, an den Ort eines Verbrechens zurückzukehren – oder seinem größten und geheimsten Albtraum gegenüberzutreten. Die Gammabombe war sowohl seine Schande als auch sein Fluch, sein Missbraucher und sein missratenes Kind. Er hatte Jahre darauf verwendet, sich zu wünschen, jede Spur davon auslöschen zu können.

Und doch war er hier, im selben Raum mit ihr. Die Bombe war da, körperlich anwesend, sie existierte. Das war nicht zu leugnen.

Er spürte, wie seine Haut kribbelte. Er fragte sich, ob das von der Strahlung oder seinem Gewissen herrührte.

„Was stößt Sie mehr ab, Doktor Banner?“, fragte der High Evolutionary. „Das zerstörerische Potenzial der Waffe – oder Ihr eigenes?“

„Das muss ich mir nicht anhören, Sie …“

„Doch, ich glaube, das müssen Sie.“

Der High Evolutionary trat vor und blickte an der Bombenverkleidung empor.

„Einfach ausgedrückt“, sagte er, „kann diese Bombe Milliarden von Leben auslöschen, aber sie ist nur eine Maschine. Sie hat keine eigene Handlungsmacht. Sie kann nur Ihre Absicht umsetzen. Sie ist das Mittel, mit dem *Sie* Milliarden von Leben auslöschen können.“

„Seien Sie still“, sagte Banner und wandte den Blick ab.

„Die Gammabombe war kein zufälliges Nebenprodukt harmloser Forschung. Sie sollte immer eine Bombe sein. Das haben Sie gewusst, bevor Sie angefangen haben. Und doch tun Sie so, als hätten Sie nicht gewusst, was Sie taten. Als wäre sie ein Monster, das Sie nicht erschaffen wollten.“

„Sie haben keine Ahnung, wie sehr ich es bedauere …", begann Banner. „Sie haben keine Ahnung. Ich würde alles dafür geben, um …"

Der High Evolutionary sah ihn an.

„Tatsächlich", sagte er, „kommt es sehr oft vor, dass die Erfinder erfolgreicher Waffen in späteren Jahren große Reue empfinden. Dass sie sich hassen für das, was sie der Welt gegeben haben. Sie sind natürlich ein besonderer Fall, Doktor. Sie hassen nicht nur das Monster, das Sie erschaffen haben, Sie hassen auch das Monster, das Ihre Erfindung aus Ihnen gemacht hat. Und darum geht es, nicht wahr? Um das Zerstörungspotenzial. Es geht nicht um stellvertretende Schuldgefühle. Sie haben eine Maschine mit unvorstellbarer Vernichtungskraft gebaut. Das allein wäre schon Bürde genug. Aber die Folge war die buchstäbliche Entfesselung Ihrer eigenen zerstörerischen Kraft, nicht per Assoziation, sondern in Fleisch und Blut. Und Sie können beides nicht kontrollieren."

„Bitte", sagte Banner. „Sie kennen mich nicht, Wyndham. Sie haben keine Ahnung von den Qualen, die ich durchgemacht habe. Ich bitte Sie – von Wissenschaftler zu Wissenschaftler –, hören Sie auf damit. Demontieren Sie die Bombe. Entschärfen Sie sie."

Der High Evolutionary musterte Banner einen Moment lang forschend.

„Ich bin durchaus gerührt, Doktor", sagte er schließlich. „Ihr Schmerz ist spürbar. Er ist echt."

„Dann, bitte …"

„Was würden Sie empfinden, Doktor Banner, wenn ich Ihnen sagen würde, dass diese Bombe die Welt retten könnte, anstatt sie zu vernichten?"

Banner seufzte. „Ich bin Ihre kryptischen Bemerkungen leid, Wyndham."

„Die Welt wird enden", sagte der High Evolutionary.

„Das sehe ich."

„Was Sie sehen, ist das Mittel, dieses Ende abzuwenden. Das hier ist die Erlösung, Doktor – die Erlösung, die Sie sich immer gewünscht haben. Der Weg, um den Schrecken, den Sie erschaffen haben, zum Guten zu nutzen. Um die Welt zu retten, anstatt sie auszulöschen. Sie könnten Oppenheimers Aussage umkehren, Sir. Sie würden nicht den Tod schicken, sondern das Leben."

„Es ist eine Bombe, Wyndham! Eine verdammte Bombe! Sie richten in dieser Stadt bereits durch die Kontaminierung unglaublichen Schaden an. Wenn Sie dieses Ding zünden …"

Banner richtete den Blick auf die Bombe und hob die Hände.

„… dann werden hier Millionen Menschen sterben. Auf der Stelle", fuhr er fort. „Ich kann den Detonationswert nur schätzen, aber ich kann voraussagen, dass es im pazifischen Raum Millionen von Todesopfern geben wird, allein durch die Explosion, also ohne die sekundären Zerstörungen durch Tsunamis und Erdbeben. Und dem Design nach zu schließen, ist das nicht einmal der primäre Vernichtungszweck. Der Gammablitz ist nur der Auftakt. Der Fallout wird den Planeten verstrahlen. Ionenstrahlung, Wyndham. Weitere Milliarden Menschen werden einen langsamen, grausamen Tod sterben. Die gesamte Weltbevölkerung."

„Die Menschheit wird verstrahlt werden", bestätigte der High Evolutionary. „Der Teil, der nicht durch die Detonation umkommt. Ich sage voraus, dass ein Zehntel der Weltbevölkerung der Detonation zum Opfer fallen wird. Die Verluste sind bedauerlich, aber unvermeidlich. Kollateralschäden. Aber die Verstrahlung ist mein eigentliches Ziel."

„Warum? Wie retten Sie damit die Welt? Sie sind wahnsinnig! Sie …"

Banner brach ab. Seine Gedanken überschlugen sich. Seine Augen wurden groß. Er erinnerte sich an die Whiteboards im Labor des High Evolutionary.

„Sie sind der High Evolutionary“, flüsterte er.

„Der bin ich“, bestätigte Wyndham.

„Gammastrahlung …“, sagte Banner und überlegte rasch. „Gammastrahlung lässt sich für Genmanipulationen nutzen. Sie beschädigt die DNS. Bricht die Verbindungen der DNS-Moleküle auf.“

„So ist es“, sagte der High Evolutionary.

„Das geschieht bereits unter der Einwirkung im natürlichen Umfang“, fuhr Banner fort, „und unsere Zellen mobilisieren ihre DNS-Reparaturmechanismen, um die Brüche zu beheben. Und manchmal ergänzen oder löschen diese Mechanismen dabei kleine Teile der DNS.“

„Viele sind der Ansicht, dass so die Farbvariationen bei Blumen begonnen haben“, pflichtete der High Evolutionary bei.

„Sie entwickeln also einen Virus“, stellte Banner fest. Die Kritzeleien auf den Whiteboards standen ihm jetzt deutlich vor dem geistigen Auge. „Ein latenter Virus, den Sie bei der Bevölkerung einsetzen.“

„Er ist längst eingesetzt“, erwiderte der High Evolutionary. „Den Virus habe ich bereits vorab entwickelt. In den vergangenen fünf Wochen haben meine Mitarbeiter ihn auf der ganzen Welt verbreitet. Den Verteilungsprognosen zufolge wird ihn in drei Tagen jeder Mensch in sich tragen.“

Banner nickte. Jetzt begriff er.

„Und die Gammastrahlung würde Brüche in der menschlichen DNS verursachen“, sagte er, „und mittels des natürlichen Reparaturvorgangs könnte die latente virale DNS in die menschliche DNS eingebaut werden. Mit einem Streich schreiben Sie den genetischen Code des Menschen neu.“

„Ihre Auffassungsgabe ist durchaus zufriedenstellend“, lobte der High Evolutionary.

„Was verursacht diese genetische Umcodierung?“, fragte Banner. „Welche Eigenschaft resultiert daraus?“

„Fügsamkeit", antwortete Wyndham.

„Sie haben vor, aus den Menschen ein Volk von Sklaven zu machen?"

„Ich spreche eher von einer natürlichen inneren Ruhe", erwiderte der High Evolutionary. „Von Ausgeglichenheit. Zufriedenheit. Friedfertigkeit. Dem Verlust von Aggression, energischem Streben, blindem Verlangen. Dem Ende von, beispielsweise, der menschlichen Tendenz zum Krieg, zu Konflikten, zur Rebellion und zum Ungehorsam, zur Intoleranz, zum Fanatismus und zu internationalen Rivalitäten. Der Virus wird eine Beeinflussbarkeit etablieren ... die Bereitschaft, auf schlichte Autorität freudig zu reagieren, und das ohne Zwang."

„Auf Ihre Autorität?", fragte Banner. Aber es klang nicht wie eine Frage.

„Ich werde das *Leben*, ich werde zum Retter der Welten", entgegnete der High Evolutionary. „Ich bin kein Tyrann. Ich bin eine gütige Macht, und an meiner Intelligenz und meinen Fähigkeiten besteht kein Zweifel. Ich werde mich unerschütterlich um die Bedürfnisse einer gehorsamen Rasse kümmern, für sie sorgen und ihre Zukunft schützen."

„Sie werden uns vor unserer eigenen Natur retten?", fragte Banner.

„Gewissermaßen."

„Und der Preis beträgt ein paar Milliarden Tote – entweder durch die Detonation oder infolge von umfangreichem Zelltod unter denjenigen, die zu sehr verstrahlt sind, um zu überleben?"

„Ich gehe von einer brauchbaren überlebenden Population von weniger als einer Milliarde aus", sagte der High Evolutionary. „Ein furchtbarer Preis? Ja, natürlich. Ein Wissenschaftler muss schwere Entscheidungen treffen und ein Gott noch schwerere. Aber im Vergleich zur Alternative rechnet sich dieser Preis."

„Ich tue jetzt einfach mal so, als hätte ich nicht gehört, dass Sie sich gerade selbst als Gott bezeichnet haben", sagte Banner säuerlich. „Was *ist* diese Alternative? Ständig spielen Sie auf eine obskure Gefahr an, die das Ende der Welt bedeuten soll."

„Diese Gefahr ist sehr real", entgegnete der High Evolutionary. „Die Erde wird ausradiert werden, es sei denn, sie wird effektiv unter regulatorische Kontrolle gebracht."

„Ausradiert? Von wem?"

Der High Evolutionary antwortete nicht. Er drehte sich um, als der Hundehybride den Bombenraum betrat. Banner verspürte ein psionisches Schaudern und begriff, dass der Hybride mit seinem Herrn kommunizierte.

„Gibt's ein Problem?", fragte er.

„Ich habe gerade erfahren, dass Ihrem S.H.I.E.L.D.-Kollegen die Flucht gelungen ist", erwiderte der High Evolutionary. „Aber man wird ihn rasch aufspüren und wieder einfangen."

Laufen Sie, McHale, dachte Banner. *Laufen Sie und bleiben Sie nicht stehen, bis Sie Hilfe gefunden haben.*

Der Hundehybride ging, und der High Evolutionary wandte sich wieder Banner zu.

„Werden Sie mir assistieren?", fragte er.

„Ihnen *assistieren*?"

„Jetzt wissen Sie, was auf dem Spiel steht, Doktor Banner. Jetzt wissen Sie, wie Ihre schreckliche Schöpfung umgewandelt werden kann in ein Werkzeug, um die Menschheit zu retten. Die Erlösung, von der ich gesprochen habe."

„Was zum Teufel erwarten Sie von mir?", fragte Banner.

„Ich bin ein Universalgelehrter, Doktor. Und das sind Sie auch, auf Ihre Weise. Aber Ihr spezielles Fachgebiet ist die Gammastrahlung mit all ihren Aspekten. Ich möchte die Gammabombe verfeinern, ihre Explosionswirkung minimieren und ihre atmosphärische Strahlungswirkung erhöhen. Ich glaube, dass Sie über die nötigen Fachkenntnisse verfügen, um mich bei dieser Aufgabe anzuleiten. Hätte ich Zeit, könnte ich sie sicher auch alleine meistern – aber, wie ich bereits sagte, arbeitet die

Zeit gegen mich. Sie können diesen notwendigen schmerzhaften Schritt humaner machen."

„Und im Gegenzug erfahre ich … Erlösung?"

„Ja", sagte der High Evolutionary. „Aber ich kann Ihnen darüber hinaus einen weiteren Anreiz bieten. Ich kann Sie heilen. Ich kann Ihre bedauernswert beschädigte DNS reparieren. Ich kann Sie vom Hulk heilen."

* * *

Banner ließ sich auf einem Laborhocker nieder und streckte eine Hand aus, um sich am Arbeitstisch abzustützen. In dem von der künstlichen Sonne erhellten Raum hinter ihm lief eine weitere alte Schallplatte.

Der High Evolutionary kam herein und bot Banner ein Glas Scotch an.

Banner schüttelte den Kopf.

Der High Evolutionary stellte das Glas neben Banners Hand auf den Tisch.

„Wie?", fragte Banner mit ganz leiser Stimme.

„Gammastrahlung verursacht Chromothripsis, Doktor. Wissen Sie, was …"

„DNS-Doppelstränge zerbrechen", antwortete Banner. „Doppelstränge sind am schwierigsten zu reparieren. Eine hohe Gammastrahlenbelastung führt normalerweise zum Zelltod oder zu grotesken Krebsbildungen und dann zum Tod des Körpers."

„Und doch sind Sie nicht gestorben", meinte der High Evolutionary.

Banner sah auf.

„Was?"

„Sie waren der Explosion auf dem Testgelände ausgesetzt, und doch sind Sie nicht gestorben. Kein Zelltod, kein Krebs, kein körperlicher Tod."

„Das war Zufall. Ich hatte Glück." Banner lachte humorlos. „Glück", wiederholte er.

Der High Evolutionary zog sich einen anderen Hocker heran und nahm Banner gegenüber Platz.

„Eine vorherige Gammabestrahlung", sagte er, „vielleicht sogar schon durch Ihren Vater, führte bei Ihnen zu einer Mutation im PRKDC-Gen. Dieses Gen ist verantwortlich für die Produktion eines Enzyms, einer hyperfunktionellen DNS-abhängigen Proteinkinase. Sie hilft dabei, Brüche in DNS-Doppelsträngen zu reparieren. Deshalb sind Sie auf diesem Testgelände nicht gestorben."

„Ist das Ihr Ernst?"

„Natürlich. Doktor Banner, dieses Protein kann auch Fehler im genetischen Code hervorrufen. In Ihrem Fall führte die Gammastrahlung zu Mutationen der Adrenalinrezeptoren, wodurch Ihre Zellen die vier Yamanaka-Transkriptionsfaktoren exprimieren, wann immer Sie zu viel Adrenalin ausgesetzt sind."

Banner stand auf.

„Das habe ich gesehen!", sagte er. „Auf Ihren Whiteboards."

Er ging zu der Wand hinüber und setzte seine Brille wieder auf.

„Die Yamanaka-Faktoren veranlassen erwachsene Zellen, wieder in das pluripotente Stammzellen-Stadium einzutreten", fuhr er fort.

„Ihre genetischen Kenntnisse sind beeindruckend", sagte der High Evolutionary.

„Das Thema beschäftigt mich eben sehr", erwiderte Banner leicht knurrig. „Hier …" Er tippte auf einen Abschnitt des Boards. „Myc, Oct3/4, Sox2 und Klf4. Das sind die Transkriptionsfaktoren."

„Stammzellen können zu jeder Art von Zelle im Körper werden und alle Chemikalien oder Enzyme produzieren, die in ihren Genen codiert sind, in jeder Menge", sagte der High Evolutionary. „In Reaktion auf jedwede Bedrohung machen Ihre Zellen eine rapide Entwicklung aus dem Stammzellen-Stadium durch. Je größer die Bedrohung, desto größer ist auch die zellulare Entwicklung, die zur Kompensation nötig ist. Sie werden stärker und widerstandsfähiger. In Ihrem Immunsystem kommt es zu einer somatischen Hypermutation. Die Affinitätsreifung sorgt dafür, dass nur die stärksten Zellen wachsen. Sie werden zum Hulk. Wenn sich die Bedrohung verringert, versiegt das Adrenalin, und das Signal an die Yamanaka-Faktoren erlischt. Ihre Zellen kehren zu ihrer epigenetischen Programmierung zurück. Sie werden wieder zu Banner."

Banner nahm seine Brille ab und rieb sich die Augen.

„Ich kann sogar erklären, warum Ihr Gegenstück grün ist", sagte der High Evolutionary.

„Was?"

„Eine Endo-Symbiose von Algen, das ist meine Theorie", sagte der High Evolutionary. Er schien sich gut zu unterhalten. Offenbar hatte er nur selten Gelegenheit, sich mit jemandem auszutauschen, der seinen Gedanken folgen konnte. „Am Anfang waren Sie grau, wenn ich mich recht erinnere, aber dann nahmen Sie Algen in Ihre DNS auf. Das ermöglicht Ihnen, Energie aus der Sonne zu beziehen. Und es erklärt auch, warum der Hulk so viel größer werden kann, als es die chemischen Komponenten Bruce Banners eigentlich erlauben."

Banner setzte seine Brille wieder auf.

„Das ist eine Theorie", sagte er. „Es hat schon viele gegeben. Meine Frage war rhetorisch."

„Selbst rhetorische Fragen können erhellende Antworten finden."

„Und wie würden Sie mich heilen?", fragte Banner.

„Ich würde mir die Mutationen in Ihren Adrenalinrezeptoren vornehmen und sie abschalten. Ich würde dafür sorgen, dass sie aufhören, die Transkriptionsfaktoren zu exprimieren. Sie wären wieder Banner, und zwar nur Banner."

„Das würden Sie für mich tun?“

„Doktor Banner, es wäre mir ein Vergnügen und eine Ehre, Ihnen Ihre Bürde zu erleichtern und Ihren Fluch zu beenden.“

„Und im Gegenzug helfe ich Ihnen, eine bessere Bombe zu bauen?“

„Ich kann die Welt nur retten, wenn ich einen großen Teil davon vernichte“, erwiderte der High Evolutionary. „Dieser Umstand schmerzt mich, aber es gibt keinen anderen Weg. Wenn Sie mir helfen könnten, diesen Verlust und dieses Leid auf ein absolutes Minimum zu beschränken, wäre das ein humanitärer Akt der höchsten Güte. Keiner von uns möchte ein Monster sein, Doktor.“

Banner ging zum Tisch zurück, nahm das Glas Scotch und leerte es in einem Zug. Dann wischte er sich über den Mund und seufzte tief.

„Worin besteht diese Bedrohung, Wyndham?“, fragte er.

„Sir?“

„Sie bitten mich, Ihnen bei millionenfachem Massenmord zu helfen. Egal, wie edel Ihre Beweggründe sind oder in welchem Maß das Endergebnis einem höheren Ziel dient – das ist ein verdammtes Unding. Also sagen Sie mir, warum? Worin besteht diese Bedrohung?“

Der High Evolutionary zögerte.

„Die Sache ist komplex“, sagte er dann. „Doktor, ich …“

„Gehen Sie zurück, Doc. Langsam.“

Banner schaute sich um.

McHale stand in der Tür. Er war verschmutzt und derangiert, und er machte einen verzweifelten Eindruck.

„Ich sagte, gehen Sie weg von diesem Freak. Los!“, befahl er.

McHale richtete eine Waffe auf den High Evolutionary. Es war eine große Pistole von modernem Design, verchromt und exotisch.

„Ernsthaft, Agent?“, sagte der High Evolutionary und machte Anstalten, sich zu erheben.

„Sitzen bleiben, Wyndham!“, schnauzte McHale. Er richtete die Waffe auf ihn und stellte sich leicht schräg und mit etwas gespreizten Beinen hin. „Kein Wort. Keine Bewegung. Ich weiß, wozu Sie in der Lage sind. Ich habe Ihr Arsenal gefunden, Wyndham, Ihren Vorrat an technischem Gerät, und ich habe mir diese Fusionspistole ausgeliehen. Ich weiß nicht, ob so einer wie Sie damit zu töten ist, aber ich weiß, dass sie Ihnen übel zusetzen würde. Eine Bewegung und ich schieße. Ich werde Sie treffen, und Sie werden sich auf Jahre hinaus durch einen Strohhalm ernähren.“

Er warf Banner einen Blick zu.

„Wir gehen, Doc“, sagte er.

„McHale …“

„Auf der Stelle. Sie und ich. Wir verschwinden von hier und alarmieren S.H.I.E.L.D. Es ist vorbei.“

„Sie hätten abhauen sollen, McHale. Sie hätten fliehen sollen, solange Sie die Gelegenheit dazu hatten. Sie hätten nicht kommen sollen, um mich zu holen.“

„Tja, bin ich aber“, sagte McHale. „Ich bin ein Superheld, schon vergessen? Dale McHale. Ich lasse einen Freund nicht hängen. Wir gehen jetzt.“

„McHale, Sie hätten nicht meinetwegen zurückkommen sollen.“

„Ihr Sinn für Humor, Doc … der ist immer noch ziemlich schwer zu begreifen. Kommen Sie. Stellen Sie sich hinter mich. Wir gehen hinten raus. Ich gebe Ihnen Deckung.“

Banner ging in Richtung Tür, bis er sich hinter McHale befand.

„Doktor Banner“, sagte der High Evolutionary. „Ich dachte, wir wären zu einer Einigung gekommen.“

„Ich habe gesagt, das reicht, Wyndham!“, knurrte McHale.

„Halten Sie die Klappe. Zwingen Sie mich nicht, dieses Ding zu benutzen. Wir gehen jetzt, und Sie werden uns gehen lassen."

„Ich fürchte, das kann ich schlicht und ergreifend nicht erlauben", entgegnete der High Evolutionary und stand auf.

„Verdammt", stieß McHale hervor.

Plötzlich taumelte er nach vorn, krachte gegen den Arbeitstisch und fiel zu Boden. Die Waffe glitt ihm aus den Fingern.

Banner ließ das schwere alte Mikroskop sinken, mit dem er McHale niedergeschlagen hatte. Er ging in die Knie und prüfte McHales Puls.

„Er lebt", sagte er. „Er ist bewusstlos. Ich wünschte, ich hätte das nicht tun müssen. Können wir ihn medizinisch versorgen lassen?"

„Natürlich, Doktor", antwortete der High Evolutionary.

„Ich wünschte, ich hätte das nicht tun müssen", wiederholte Banner.

„Doktor", erklärte der High Evolutionary, „die bloße Tatsache, dass Sie es getan haben, sagt mir alles, was ich wissen muss."

16

WASHINGTON, D. C.
12. JUNI, 10:10 UHR ORTSZEIT

„Okay, tun wir mal so, als hätte ich diesen Morgen bisher mit einem Tablett voll Mimosas in einem Whirlpool verbracht“, sagte Tony Stark, als er den Raum betrat. „Wie ist die Lage?“

Mehr als dreißig Mitarbeiter des Außenministeriums blickten ihm entgegen – Agenten des Secret Service, leitende Regierungsberater, Homeland Security, Beamte des CIA und der NSA, Befehlshaber der Air Force. Seine Iron-Man-Rüstung war verbeult und zerkratzt, sein Visier offen.

„Mr Stark“, sagte einer der Berater, „der Präsident der Vereinigten Staaten ist da.“

„Oh“, meinte Stark. „Hab Sie gar nicht gesehen. Verzeihung. Ich nehme an, ich hätte mit Ihrer Anwesenheit rechnen müssen, nachdem das hier das Lagezentrum des Weißen Hauses ist. Ehrlich gesagt, sind Sie für mich alle nur eine Wand aus Gesichtern. Sonnenbrillen, Krawatten, Goldlitzen, Anzüge. Entweder das, oder es liegt an den Mimosas. Fangen wir noch mal von vorn an. Wie ist die Lage?“

Der Präsident erhob sich.

„Mr Stark, soweit ich weiß, haben Sie die Krise heute Morgen abgewendet“, sagte er.

„Ich? Das kann man so nicht sagen. Es war eine Teamleistung. Vision hier hat den entscheidenden Touchdown in der Nachspielzeit gemacht.“

Stark wies auf den Synthezoiden, der stumm hinter ihm in der Tür stand.

„Und eine ausgesprochen coole Lady von SIGINT namens Diane verdient auch eine besondere Erwähnung“, fügte er hinzu.

„Ich möchte Ihnen gern danken, im Namen …“, setzte der Präsident an.

„Wunderbar“, sagte Stark. „Mir ist klar, dass ich sehr schnell spreche – tut mir leid –, aber wir wurden heute Morgen mit einer Alpha-Situation konfrontiert, und ich glaube nicht, dass sie wirklich schon vorbei ist. Und selbst wenn, fürchte ich, dass noch ein paar weitere anstehen. Kann mich also bitte jemand auf den neuesten Stand bringen?“

„So schnell wie möglich“, sagte der Präsident. „Assistant Director Chopin?“

Der streng wirkende weißhaarige NSA-Mann funkelte Stark an.

„Mit Vergnügen, Mr President“, erklärte er. „Um etwa sieben Uhr zwanzig wurden wir auf …“

„Springen Sie ein bisschen weiter, Chopin“, warf Stark ein. „Ich war dabei. Spulen Sie vor zu, sagen wir mal, *jetzt*.“

Chopin blickte noch finsterer drein. „Über das Gebiet um D.C. wurde der Ausnahmezustand verhängt“, erklärte er. „An der gesamten Ostküste und im Mittleren Westen sind die Stromversorgung und die Telekommunikation ausgefallen. Die Datenverbindungen sind offline. Die eigenständigen Sicherheitskanäle sind alles, was wir öffnen konnten.“

„Und was haben wir über die erfahren?“, fragte Stark. Er löste die Verriegelung seines Helms, nahm ihn ab und stellte ihn auf den Tisch. Er sah genauso mitgenommen und zerschrammt aus wie der Rest seiner Rüstung.

„Ausschreitungen, Unruhen und Panik breiten sich im ganzen Land aus", sagte ein Vertreter der CIA. „Die Armee und die Nationalgarde wurden mobilisiert, um die Ordnung wiederherzustellen."

„Na, das wird sicher ein gutes Ende nehmen", meinte Stark.

„Über die Situation im Ausland wissen wir buchstäblich nichts", sagte jemand vom Ministerium. „Es deutet einiges darauf hin, dass auch andere Länder von den Störungen betroffen sind."

„Das bringt ein globaler Daten-Crash so mit sich", sagte Stark. „S.H.I.E.L.D.?"

„Keine Antwort", erwiderte Chopin.

„Die Avengers?"

„Soweit wir wissen, sind momentan nur zwei Avengers aktiv, und die befinden sich alle beide in diesem Raum", sagte der Präsident.

Stark warf Vision einen Blick zu.

„Na, das nenn ich mal … beunruhigend", fand er.

Vision nickte düster.

„Dann lassen Sie uns mit dem arbeiten, was wir haben", fuhr Stark fort und wandte sich wieder an die im Raum Versammelten. „Ultron ist derzeit lahmgelegt, aber sein Wurzelbewusstsein treibt sich frei im System herum. Alles, was wir reaktivieren oder wieder online bringen, steigert das Risiko, dass Ultron sich wieder manifestiert."

„Alle Agenten arbeiten im Rahmen der momentanen Möglichkeiten an Gegen- und Sicherheitsmaßnahmen", sagte Chopin.

„Okay." Stark nickte. „Wir brauchen ein Glas und eine Zeitschrift."

„Wir brauchen … was?", fragte Chopin.

„Wie für eine Spinne", erwiderte Stark. „Sie wissen schon, eine große Spinne, die nachts unter der Couch hervorkrabbelt? Das Glas ist ein metaphorisches Glas, wahrscheinlich ein Hochleistungs-Datenentschlüsselungs-Paket. Die Zeitschrift ist ein speziell geschriebener Algorithmus, weil die auch metaphorisch ist. Wir stülpen das Glas über die Spinne – die Spinne ist Ultron –, schieben die Zeitschrift darunter, heben das Ganze auf, und, zack, schmeißen alles zum Fenster raus."

Niemand sagte etwas.

„Das Fenster ist auch metaphorisch", ergänzte Stark. „Hatte ich vergessen, das zu sagen? Eine innere Speichermöglichkeit, vollkommen isoliert. Oder die Negative Zone, je nachdem, was näher ist. Wir müssen Ultron aus dem System ziehen, ihn festsetzen und wegsperren."

„Und das können wir?", fragte der Präsident.

„Das müssen wir, Sir", erwiderte Stark, „sonst ist die Welt, wie wir sie kennen, am Arsch, um es mal mit einem Fachbegriff auszudrücken. Ich habe Leute bei Stark Industries, die das können. Ich hatte gehofft, Sie hätten auch Leute, die das können. Wenn es nötig ist, mach ich es selbst."

„Ich glaube, dieser Sache sollte eine gewisse Priorität eingeräumt werden, finden Sie nicht, Chopin?", fragte der Präsident ruhig. Sein Tonfall ließ Stark lächeln.

„Absolut, Mr President", erwiderte Chopin.

„Sie haben heute Morgen von vielen Leuten alles Mögliche gehört, das keinen Sinn ergeben hat, hab ich recht?", fragte Stark den Präsidenten.

„Es wurde in der Tat viel herumgerannt und mit den Händen gefuchtelt", antwortete der Präsident.

„Sie gefallen mir, Sir", sagte Stark.

„Ich danke Ihnen, Mr Stark."

„Ich hab Sie nicht gewählt."

„Es ist ein freies Land", erwiderte der Präsident.

„Und das soll es bleiben", sagte Stark. „Nächster Punkt – und ich möchte vorausschicken, dass es kein Problem gibt und wir in keiner Weise Gefahr laufen, eine wie auch immer geartete

Nanotech-Katastrophe zu erleben … Haben wir eine Nanotech-Katastrophenaufräumabteilung?“

„Die NSA hat eine dezidierte …“, begann Chopin.

„Sehr gut. Schicken Sie sie umgehend nach Pine Fields. Die Nanobots schlafen und sind inaktiv, aber sie könnten jeden Moment wieder initialisiert werden. Das könnte damit enden, dass sich die Welt in grauen Schleim verwandelt oder die Vereinigten Staaten auf molekularer Ebene zu einem riesigen Schaumstofffinger umgestaltet werden, auf dem steht: ‚Ultron vor!‘ Das ist aber reine Spekulation meinerseits.“

„Gut“, sagte Chopin.

„Es könnte auch irgendetwas anderes draufstehen“, sagte Stark.

„Was wissen wir über Russland?“, fragte Vision und trat vor.

„Russland?“ Chopin stutzte.

„In Sibirien ist irgendetwas passiert“, sagte ein CIA-Beamter, „aber wir bekommen seit über zwei Stunden keine Informationen mehr herein.“

„Berlin?“, fragte Vision weiter.

„Berlin? Was ist mit Berlin?“, wollte ein Berater wissen.

„Und was ist mit dem Savage Land?“, fuhr Vision fort.

„Über das Savage Land liegt uns nichts vor“, antwortete Chopin.

„Okay, schön, dass wir darüber geredet haben“, sagte Stark.

„Gibt es Probleme in Berlin und im Savage Land?“, fragte der Präsident. „Und was hat es mit dieser Sache in Sibirien auf sich?“

„Bringen wir erst einmal unser eigenes Haus in Ordnung, Sir“, meinte Stark.

„Hörst du das?“, fragte Vision an ihn gewandt.

„Nein, aber du“, erwiderte Stark.

„Da kommt ein Flugzeug!“, rief jemand.

* * *

Vom Rasen des Weißen Hauses aus konnten sie an mehreren Stellen im Distrikt Rauch aufsteigen sehen, der noch von der Attacke am Morgen herrührte. Sirenengeheul wehte heran. Hubschrauber der Air Force kreisten mit peitschenden Rotoren im Tiefflug am Himmel.

„Nicht das Flugzeug, das wir erwartet haben?“, fragte Stark, der dicht über dem Rasen schwebte.

„Nein“, sagte Vision. „Warte kurz …“

Iron Man und Vision schauten nach oben. Etwas großes Graues tauchte aus den Wolken über dem Weißen Haus auf. Stark fühlte sich an eine Szene aus einem Film erinnert, den er einmal gesehen hatte.

Die riesigen Turbinen des S.H.I.E.L.D.-Helicarriers arbeiteten fast lautlos. Sein Schatten fiel auf sie.

„Cool“, meinte Stark.

„Dass S.H.I.E.L.D. jetzt aktiv ist und eingreift?“, fragte Vision.

„Ja, und gigantische fliegende Flugzeugträger finde ich auch wahnsinnig cool.“

„Wir sollten an Bord gehen“, schlug Vision vor. „Dort hat man vielleicht weitere Informationen.“

„Bestimmt“, pflichtete Stark bei. „Und außerdem Kaffee und Croissants.“

Etwas bewegte sich über den Rasen auf sie zu. Ein Schemen. Eine Gestalt, die so schnell rannte, dass sie nur ein verwischter Lichtstreif war.

Neben ihnen kam sie schlitternd zum Stehen, pflügte dabei eine tiefe Furche in den Rasen und schleuderte Erdklumpen und Gras in die Höhe.

Quicksilver stand keuchend vor ihnen, den Kopf gesenkt, die Hände auf die Oberschenkel gestützt. Er war ein ausnehmend gut aussehender junger Mann mit kurzen silbrigen Haaren, den athletischen Körper in einen hautengen Overall gekleidet, der wie flüssiges Quecksilber glänzte. Weder Iron Man noch Vision hatte ihn jemals so erschöpft gesehen.

„Pietro?“, sprach Vision ihn an.

„Drei Avengers“, sagte Stark. Er drehte sich um und hielt drei Finger in Richtung der Fenster des Weißen Hauses. „Jetzt sind es schon drei! Sehen Sie? Drei!“, rief er. „Wir sammeln uns vielleicht nicht so schnell wie sonst, aber es wird langsam!“

Vision legte Pietro eine Hand auf die Schulter. Der Speedster schnaufte so heftig, dass er kaum sprechen konnte.

„Was ist los?“, fragte Vision. „Wo kommst du her?“

„New York“, keuchte Pietro.

„Eine solche Entfernung sollte dich doch nicht dermaßen auslaugen“, meinte Vision, „nicht einmal bei Höchsttempo …“

„Mein Kopf“, stieß Pietro hervor. „Ein plötzlicher Schmerz in meinem Gehirn. Der hat mich … stark mitgenommen. Wanda …“

„Wanda?“, fragte Vision scharf. Sein Verhältnis zu Pietros Schwester war langwierig und kompliziert. Trotz seines künstlich entstandenen Wesens hatte Vision sich in Wanda Maximoff verliebt. Obgleich die Beziehung zu Ende war, beschwor die bloße Erwähnung ihres Namens einen untypisch emotionalen Ton in seiner Stimme herauf.

„Was sagt er da?“, fragte Stark.

„Ausrichtung … der Sterne.“ Pietro schnappte nach Luft. „Wanda hat … in meinem Kopf gesagt … ich habe sie gehört … Ausrichtung der Sterne … draußen in der Dunkelheit, jenseits der Welt …“

„Das hört sich alles nicht gut an“, meinte Stark.

„Was willst du uns damit sagen?“, fragte Vision und beugte sich zu Quicksilver hinab, um ihn anzusehen. „Was ist mit Wanda?“

Pietro blickte zu ihnen hoch. Seine Augen waren glasig, sein Blick flackerte. Blut lief ihm aus den Nasenlöchern und tropfte von seinem Mundwinkel.

„Sie hat zu mir gesprochen“, sagte er schwach. „Was ist los mit euch? Wir dürfen keine Zeit verschwenden! Meine Schwester ist in Gefahr – wir müssen zu ihr!“

„Immer mit der Ruhe“, sagte Stark.

Aber Pietro war bereits zusammengebrochen.

* * *

Das saubere Sweatshirt war grau und hatte ein aufgedrucktes S.H.I.E.L.D.-Logo auf der Brust. Dazu gab es die passende Hose. Eine Leihgabe aus dem Helicarrier-Fitnesscenter.

Stark zog beides über das zerrissene Unterzeug, über dem er sonst seine Rüstung trug. Der S.H.I.E.L.D.-Agent, der ihm die Kleidung brachte, hatte auch an eine Tasse ordentlichen Kaffee gedacht.

Stark stand allein im Briefingraum und blickte durch die gläserne Wand auf das Kommandodeck des Helicarriers hinunter. Männer und Frauen in weiß abgesetzten schwarzen Bodysuits arbeiteten geschäftig an den Terminals der verschiedenen Stationen. Ihm fiel auf, wie viele der Konsolen unbeleuchtet oder offline waren. Auch auf der Displaywand bewegten sich deutlich weniger Bilder als normalerweise. Nur ein paar einzelne Bildschirme waren hell und zeigten entweder Ansichten von Washington, das unter ihnen lag, oder es scrollten technische Daten darüber. S.H.I.E.L.D. war vorsichtig und setzte auf eine minimale Nutzung der elektronischen Systeme – derjenigen, die garantiert sicher und abgeschirmt waren.

Er nippte an seinem Kaffee und betrachtete jetzt sein eigenes Spiegelbild auf dem Glas. Das Licht im Raum war überwiegend blau und ließ ihn kalt und ausgezehrt wirken. Die blauen Flecken an seinem Hals und die Schnittwunden in seinem Gesicht waren nicht zu übersehen.

Seine Hände, mit denen er die Tasse umfasst hielt, zitterten.

Der gewaltige Adrenalinrausch ließ allmählich nach, und er fing an, die Schmerzen der Prellungen und anderweitigen Verletzungen zu spüren. Außerdem wurde ihm bewusst, wie nahe er dem Ende gewesen war.

Und wie nahe das Ende immer noch sein konnte.

Tony Stark fürchtete nicht viel, sah man von einem gewissen Maß an gesunder Vorsicht einmal ab. Er hätte nicht tun können, was er tat, wenn er der Angst nachgeben oder sie sich anmerken lassen würde.

Aber er hatte Angst vor dem, was möglicherweise noch auf sie wartete.

Hinter ihm öffnete sich die Tür. Er drehte sich nicht um. Er sah das Spiegelbild der großen, dunkel gekleideten Gestalt.

„Ich habe gehört, du hast dem Präsidenten der Vereinigten Staaten gegenüber einen respektlosen Ton angeschlagen", sagte Nick Fury.

„Das hängt davon ab, wen man fragt", erwiderte Stark.

„Assistant Director Chopin von der NSA", sagte Fury.

Stark zuckte die Schultern.

„Der Präsident hat mir gesagt, du hättest bei den Beratungen für eine erfrischende Klarheit gesorgt", fuhr Fury fort und lehnte sich mit verschränkten Armen gegen den Glastisch. „Er meinte, wir könnten ein paar mehr von deiner Sorte gebrauchen. Er sagte außerdem, dass du dich bei den Mimosas zum Frühstück etwas zurückhalten könntest."

„Ich habe nicht getrunken", sagte Stark leise.

„Ich weiß."

Stark wandte sich um. Er sah den Director von S.H.I.E.L.D. an, dann nahm er auf einem Stuhl am Fenster Platz.

„Ich lasse Ultron von S.H.I.E.L.D.-Cyber-War-Agenten jagen", sagte Fury. „Sie benutzen die Protokolle, die du für sie geschrieben hast, und sind sehr zuversichtlich, dass sie ihn bei Sonnenuntergang eingesperrt haben werden."

„Du sprichst von ihm wie von einem Menschen“, bemerkte Stark.

„Bitte?“

„Für dich scheint Ultron eine Person zu sein. Für mich ist er ein Ding.“

„Weil er eine Maschine ist?“, fragte Fury. „Ultron hat ein Bewusstsein.“

„Weil er nicht lebt“, sagte Stark. „Ich habe keine Vorurteile gegen künstliche Intelligenzen. Ich sage nur, dass er nicht lebt.“

„Und Vision?“

„Jetzt hast du mich kalt erwischt.“

„Was wollte er?“, fragte Fury.

„Ultron? Er wollte die Welt beherrschen.“

„Jeder will die Welt beherrschen“, sagte Fury.

„Nun, er wollte sie nicht einfach nur beherrschen“, erwiderte Stark und lehnte sich zurück. „Er wollte sie verbessern. Neu erschaffen. Die Menschheit überflüssig machen. Das Übliche.“

„Irgendeine Idee, warum?“

„Er ist Ultron. So tickt er nun mal. Eine Charakterschwäche. Ein Gefühl von Überlegenheit – ultimativer Überlegenheit. Wahrscheinlich spielt da irgendwo auch ein Vaterproblem rein. Er ist nicht schlecht, Nick, er wurde nur so geschaffen.“

„Warum jetzt?“

„Warum nicht? Ich glaube nicht, dass die Alpha-Gefährder dieser Welt ihre Terminkalender miteinander vergleichen und sich abwechseln.“

„Ja, aber zwei an einem Tag?“, gab Fury zurück.

Stark sah ihn an.

„Dann *sind* es also zwei? Zwei, die bestätigt sind?“

Fury hob die Schultern. Er zog einen Stuhl unter dem Tisch hervor und setzte sich.

„Mindestens. Irgendetwas Unglaubliches geht in Sibirien vor.

Wir haben keine umfassenden Informationen darüber, aber es sieht schlimm aus."

„Was ist mit Berlin?"

„Darüber wissen wir gar nichts. In Europa sind die Lichter aus. Aber das Problem liegt wahrscheinlich eher hier bei uns als dort."

„Womit war Cap befasst?", fragte Stark.

„Hydra", antwortete Fury. „S.H.I.E.L.D. hat etwas läuten hören und Cap eingeschaltet. Strucker könnte dahinterstecken."

„Dann ist es also ernst. Eine weitere Alpha-Situation."

„Sieht ziemlich übel aus, soweit ich weiß", sagte Fury. „Und ziemlich schlampig für eine Hydra-Operation. Trotzdem, selbst an schlechten Tagen ist Hydra noch eine große Gefahr."

„Was ist mit der Sache im Savage Land? Natasha und Barton?"

„Auch zu den beiden haben wir keinen Kontakt", erwiderte Fury. „Vor dem Blackout haben wir einen Hinweis erhalten, dass A.I.M. irgendein Ding dreht, und die beiden sind losgezogen, um die Sache zu überprüfen."

„Ein Hinweis?", hakte Stark nach. „Von wem?"

„Keine Ahnung."

„Aber es sieht nach A.I.M. aus?"

„Scheint so."

Stark stellte seine leere Tasse weg.

„Wow", sagte er dann. „Das hier, Sibirien, Berlin und die Antarktis. Ein bestätigter Alpha-Fall und einer, der so nach Alpha aussieht, dass es nicht mehr lustig ist. Dann noch Hydra und A.I.M., die – wenn uns die Vergangenheit etwas gelehrt hat, und im Moment schreit mir die Vergangenheit förmlich ins Ohr – auch immer für eine Alpha-Situation gut sind."

„Und dann ist da noch Madripoor", sagte Fury widerstrebend.

„Madripoor?"

„Eine S.H.I.E.L.D.-Operation", fuhr Fury fort. „Fing als Untersuchung einer Lieferung illegaler Materialien an und wuchs sich aus zu einer Angelegenheit, in die der High Evolutionary verstrickt sein könnte. Die S.H.I.E.L.D.-Südostasienstation hat Banner als Berater dazugeholt. Was immer da los ist, es wurde als Beta-Situation eingestuft, als wir zuletzt davon gehört haben."

„Wenn der High Evolutionary auf dem Planeten aktiv ist", sagte Stark, „wird die Sache dann nicht automatisch zu einem Alpha-Fall? Und Anschlussfrage: Banner? Seid ihr wahnsinnig?"

„Bei den illegalen Materialien handelte es sich um Gamma-Isotope", erklärte Fury. „Banner ist ein Experte. Hast du ein Problem mit ihm?"

„Mit ihm nicht, aber er hat diesen Freund ..."

Stark seufzte und schüttelte den Kopf.

„Bruce ist ein feiner Kerl", sprach er weiter. „Ich mag ihn sehr und bewundere sein helles Köpfchen. Aber er allein kann schon ein Alpha-Fall sein."

Stark stand auf.

„Fünf Alpha-Situationen an einem Tag, Nick, das ist kein Zufall."

„Es könnte Zufall sein. Ein sehr, sehr unglücklicher Zufall."

„Lass uns einmal davon ausgehen, dass es keiner ist, und dann sehen wir, wo uns das hinführt", meinte Stark. „Fünf große Mitspieler – drei unbestätigt, einer unbekannt – sind aktiv und gehen aufs Ganze, jeder auf seine ach so charmante eigene Weise. Das passiert nicht einfach so."

„Ich gebe mich geschlagen", sagte Fury. „Was glaubst du? Eine konzertierte Aktion?"

Stark runzelte die Stirn.

„Vielleicht, aber die Wahrscheinlichkeit einer erfolgreichen Kollaboration zwischen den Fraktionen, über die wir hier sprechen, ist gering. Es gibt schließlich einen Grund dafür, warum A.I.M. heute A.I.M. heißt und nicht einfach nur ‚Teil von Hydra'. Und Ultron und der durchgeknallte High Evolutionary haben sich noch nie gut mit anderen vertragen."

„Also?", fragte Fury.

„Manipulation."

„Jemand spannt sie für seine Zwecke ein?"

„Genau."

„Ohne dass sie davon wissen?"

„Vermutlich."

„Irgendjemand inszeniert einen globalen Wettbewerb, ohne dass Ultron oder der High Evolutionary etwas davon mitbekommen, weil sie – wie wir wissen – bekannt für ihre Dummheit und Arglosigkeit sind?", fragte Fury zweifelnd.

„Ich weiß, wie sich das anhört", sagte Stark. „Und ich weiß auch, was es bedeutet, wenn es so ist."

„Eine sechste Alpha-Situation", sagte Fury.

„Eine unsichtbare, derer wir uns gar nicht bewusst sind." Stark nickte. „Eine, die so groß ist, dass alle anderen dagegen wie Nebenschauplätze wirken, weil sie nichts weiter als Nebenschauplätze *sind*."

„Irgendwie hört sich ‚sehr, sehr großer Zufall' auf einmal gar nicht mehr so schlimm an", meinte Fury.

„Du sagst es."

Die Tür ging auf, und eine hochgewachsene, eindrucksvolle Frau in einer S.H.I.E.L.D.-Uniform trat ein.

„La Contessa Valentina Allegra de la Fontaine", sagte Stark und hob erfreut die Hände. „Wenn Sie einen Raum betreten, werden selbst sechs Alpha-Situationen zu bloßen Fußnoten."

Die Contessa sah ihn von oben herab an.

„Mr Stark", erwiderte sie. „Immer wieder ein Vergnügen."

„Dieser Akzent verfehlt nie seine Wirkung auf mich", gestand Stark. „Er erinnert mich an die Seen. An milde Nächte in Mailand …"

De la Fontaine ignorierte ihn und wandte sich an Fury.

„Die Kommunikationsabteilung geht davon aus, in etwa neunzig Minuten eine Verbindung nach London herstellen zu können, Director“, sagte sie. „Wir benutzen Festnetzleitungen und eine Relaisstation auf Labrador. Wir hoffen, dass die Station in London uns mit Bridge in Berlin verbinden oder uns wenigstens einen Bericht über die Lage in Europa geben kann.“

„Danke“, sagte Fury.

Sie wandte sich zum Gehen.

„Ja, danke“, sagte auch Stark. „Eine kleine gute Nachricht, die um so schöner war, weil sie uns von der umwerfenden Tina Feinbein dargebracht wurde.“

„Valentina Allegra de la Fontaine“, sagte sie.

„Genau.“ Stark nickte.

„Du weißt, dass sie dich von dort aus, wo sie steht, töten könnte, oder?“, fragte Fury. „Mit einer Eistüte?“

„Das ist nur eine ihrer vielen herausragenden Qualitäten“, sagte Stark.

„Wie geht es Pietro Maximoff?“, fragte Fury.

„Stabil, aber immer noch nicht bei Bewusstsein“, antwortete de la Fontaine. „Vision ist bei ihm.“

„Irgendeine Ahnung, was mit ihm los ist?“, fragte Stark.

„Abgesehen von seiner Erschöpfung gibt es keine offensichtlichen Anzeichen von Verletzungen oder Krankheiten“, antwortete die Contessa. „Die Ärzte führen gerade ein paar Tests durch. Die Ursache scheint mental, nicht physisch zu sein.“

Fury nickte.

„War das alles, Director?“, fragte de la Fontaine.

„Eines noch“, sagte Stark. „Habe ich Kleidung zum Wechseln hiergelassen, als ich das letzte Mal über Nacht hier war?“

„Sprechen Sie von der Nacht, als Sie mir das Herz gebrochen haben und am Morgen gegangen sind, ohne mich zu wecken und sich zu verabschieden?“, fragte sie.

„Das habe ich nie getan“, erwiderte Stark. „Das habe ich nie getan“, wiederholte er in Furys Richtung.

„Ich weiß“, gab sie mit einem Schmunzeln zurück. „Ich habe mich nur über Ihre versteckte Anspielung lustig gemacht. So viel Glück ist nicht einmal Ihnen beschieden.“

„Er meint seine Rüstung“, sagte Fury.

„Ich weiß, was er meint. Ja, im Gewölbe des Helicarriers ist eine Ersatzrüstung.“

„Die brauche ich“, sagte Stark.

„Allerdings“, pflichtete Fury bei. „Ich hab die gesehen, in der du gekommen bist.“

„Ich habe weder die Zeit noch die Möglichkeit, eine andere aus dem Avengers Tower herzubestellen“, sagte Stark.

„Ich lasse sie von Ihrem Leibdiener herauslegen“, sagte de la Fontaine.

„Das wäre großartig, Tina Fein…“

Stark unterbrach sich.

„Contessa“, sagte er dann.

Sie nickte und verließ den Briefingraum.

„Wenn du stirbst, Stark“, sagte Fury, „dann nicht wegen Ultron oder wem auch immer, sondern durch die Hand einer Frau. Einer solchen Frau, die sich deinen Scheiß nicht mehr bieten lässt.“

„Das will ich doch hoffen“, erwiderte Stark.

„Also, du ziehst dich um“, sagte Fury und erhob sich. „Wo willst du hin?“

„Mal sehen, was sich in den nächsten neunzig Minuten ergibt“, erwiderte Stark. „Im Moment ist meine Antwort: Berlin.“

17

BERLIN
12. JUNI, 23:09 UHR ORTSZEIT

Cap warf sich nach vorn, um sich das Dispersionsgerät zu schnappen. Der Dunst hatte die Luft im Speisezimmer von Struckers elegantem Apartment bereits vernebelt. Cap konnte feuchte Tröpfchen auf seinem Gesicht spüren.

Strucker stand so schnell auf, dass der Stuhl, auf dem er gesessen hatte, nach hinten kippte. Er griff sich die Laserpistole und feuerte auf Cap.

Cap blockte die Schüsse mit seinem Schild ab, die Laserblitze wurden zurückgeworfen. Einer schlug ein Loch in die Decke, der andere riss ein Stück aus der Kante des Esstischs.

Cap schlug einen Salto über den Tisch hinweg und stürzte sich auf Strucker. Zwei weitere Schüsse, aus nächster Nähe abgefeuert, prallten von seinem Schild ab, bevor die beiden Männer aufeinanderprallten. Caps Flugattacke warf Strucker zurück. Ineinander verkrallt krachten sie in eine Ecke des Raums. Struckers linke Faust erwischte Cap am Kinn. Cap schwang seinen Schildarm zur Seite, von rechts nach links, und schleuderte Strucker damit gegen die Wand. Die Kante des Schilds riss ihm die Laserpistole aus der Hand. Sie prallte vom Fensterrahmen ab und fiel hinaus in die Nacht.

Benommen schlug Strucker noch einmal mit der Linken zu. Cap fing die Faust mit seiner Rechten ab. Abermals drosch er mit dem Schild zu, diesmal von links nach rechts, und traf Strucker im Gesicht. Das Hydra-Mastermind taumelte haltlos zurück und schlug mit dem Hinterkopf eine Delle in den Wandverputz. Cap knockte ihn mit einer Geraden auf Mund und Nase aus, dann hob er ihn hoch und warf ihn quer durch den Raum.

Strucker landete auf dem Tisch und schlitterte darauf entlang. Akten, Mappen und Plastikkisten flogen zu Boden. Am anderen Ende fiel er herunter, zerstörte dabei einen Stuhl und blieb bewusstlos auf dem Teppich liegen.

„Biologischer Kampfstoff!", schrie Cap in sein Mikrofon. Er wandte sich wieder dem Gerät auf dem Tisch zu. „Biologischer Kampfstoff freigesetzt!"

„Cap, wiederholen Sie das!", entgegnete Runciter über die Verbindung.

„Gail, Strucker hat den Erreger freigesetzt!"

„Wir kommen rein! Taktische Teams, los!"

„Negativ! Negativ! Bleibt draußen! Versiegelt das Gebäude!"

Cap ergriff das Gerät. Er merkte, dass seine Hände nicht ruhig waren. Er schwankte. Sein Blick verschwamm. Ihm wurde heiß.

„Cap? Cap, Bericht?"

Er versuchte, sich zu konzentrieren. Er wusste, dass er starb. Hautkontakt und Inhalation – der Erreger war bereits tief in sein System vorgedrungen und brachte ihn gerade um. Wie lange hatte er noch?

Minuten?

Sekunden?

Er hantierte an dem Gerät herum und schaffte es, die Ringmanschette zu drehen und den gewölbten Deckel aufzuklappen. In der Fassung darin steckte eine grüne Metallbirne. Sie war angestochen, genau wie jene, die er im forensischen Labor von S.H.I.E.L.D. gesehen hatte.

Er erinnerte sich an Struckers Aktenkoffer auf dem Labortisch. Zwei Birnen. Gott, warum konnte er nicht klar denken? Es waren zwei Birnen gewesen. Die andere war ein Antidot. Ein Gegenmittel. Strucker und seine Männer waren immun gewesen. Die Erpressung … die Erpressung würde nur funktionieren, weil Hydra ein Mittel gegen den Erreger besaß.

Die Macht über Leben und Tod. Herrschaft durch Angst. Eine Deklaration an die Welt – die Auslöschung Berlins.

„Cap! Reden Sie mit mir!“ Gail Runciter klang sehr weit entfernt. Cap konnte sie gegen das pochende Blut in seinem Kopf kaum hören.

Er wollte sich hinsetzen. Er wollte die Augen zumachen.

Er tastete um sich. Wo war es? Auf dem Tisch standen Trageboxen aus Aluminium. Strucker hatte den Erreger und das Gegenmittel bestimmt in seiner Nähe behalten. Cap öffnete eine der Kisten – Papiere, Entwurfsskizzen. Er warf sie beiseite. Blätter segelten durch die Luft. Er schnappte sich eine andere Box, stellte sie hin und öffnete sie.

Schaumstoff. Sechs Vertiefungen. Fünf grüne Birnen. Alles Erreger. Kein Gegenmittel.

Er stützte sich mit beiden Händen auf die Tischkante. Er spürte, wie ihm der Schweiß über den Körper lief. Er schüttelte den Kopf, versuchte, ihn freizubekommen. Das Fieber brannte weiß glühend in ihm.

Wo war es? *Denk nach, versuch es.*

Eine Kiste lag auf dem Boden. Cap beugte sich vor und hob sie auf. Die Bewegung ließ ihm das Blut in den Kopf schießen, und er brach fast zusammen.

Schwankend richtete er sich wieder auf. Er fasste sich, ließ die Kiste auf den Tisch fallen und riss sie auf.

Schaumstoff. Sechs Vertiefungen. Sechs rote Birnen.

Er konnte es noch schaffen. Wie funktionierte das Dispersionsgerät? Er griff danach und versuchte, die angestochene grüne Birne aus der Fassung zu ziehen. Sie war schwer zu greifen. Er zog einen Handschuh aus, damit er seine bloßen Finger benutzen konnte. Komm schon. *Komm schon!*

Er entfernte die angebohrte Birne. Sie fiel ihm aus den Fingern, prallte vom Tisch ab und rollte über den Boden.

Rot. Rot! Beweg dich, Rogers!

Er hebelte eine der roten Birnen aus dem Schaumstoff. Seine Hände zitterten so heftig, dass er die Birne kaum festhalten konnte.

Strucker griff ihn rücklings an und schlang ihm einen Arm um die Kehle. Er riss ihn nach hinten, Cap verlor die rote Birne. Wie ein Baseball fiel sie auf den Tisch und rollte davon.

„Hören Sie auf mit diesen verzweifelten Versuchen, Captain!“, knurrte ihm Strucker ins Ohr.

Cap versuchte, den Griff zu sprengen. Er konnte kaum sprechen. Er schmeckte Blut im Hals. Er hatte das Gefühl, innerlich zu schmelzen.

„Geben Sie einfach auf“, zischte Strucker. „Legen Sie sich hin und sterben Sie. Ihr Tod ist längst überfällig. Ich werde nicht zulassen, dass Sie das Gegenmittel ausbringen. Der giftige Atem von Hydra weht durch die Nacht.“

Cap wehrte sich. Er wusste, dass er drauf und dran war, das Bewusstsein zu verlieren.

„Berlin muss sterben“, sagte Strucker. „Der Untergang dieser Stadt ist notwendig, um die Autorität Hydras zu demonstrieren. Die Nationen der Welt werden diese Tat bezeugen und daraus lernen. Sie werden Angst haben. Sie werden gehorchen, denn andernfalls werden ihre Städte genauso sterben, wie Berlin gestorben ist.“

Cap drückte sich nach hinten und rammte Strucker gegen die Wand. Der Klammergriff um seine Kehle löste sich. Strucker aktivierte seine tödliche Satanskralle, sie knisterte vor Energie. Cap blockte sie mit seinem Schild ab. Funken sprühten, die Entladung warf Cap zurück. Strucker trat aus der Drehung heraus nach ihm, traf ihn vor die Brust und warf ihn zurück.

Cap flog durch die halb offene Doppeltür des Speisezimmers und landete im Wohnzimmer auf dem Rücken. Strucker rannte auf ihn zu, die Satanskralle erhoben. Dann schlug er auch schon zu. Cap rollte sich zur Seite, die Kralle brannte ein Loch in den teuren weißen Teppich und versengte die Bodendielen darunter.

Strucker fing sich wieder und schlug von der Seite her nach Cap. Immer noch am Boden blockte er den Hieb mit dem Schild ab, dann trat er Strucker die Beine weg. Strucker fiel und versuchte sofort, wieder aufzustehen. Cap war bereits auf den Knien und landete einen Schlag, der Strucker erneut zu Boden warf.

Cap rollte sich davon und kam hoch. Seine Balance und Koordination waren im Eimer. Sein Mund war voller Blut. Er spürte, wie sein Herz gefährlich raste. Es konnte ihm jeden Moment den Dienst versagen und stehen bleiben.

Strucker war wieder auf den Füßen und stürzte sich auf ihn. Er prallte gegen Cap, und die Wucht des Zusammenstoßes ließ einen Schwall wässrigen Blutes aus Caps Mund spritzen. Er brachte zwei Treffer mit der bloßen Faust an, dann bekam er Strucker vorn am Anzug zu fassen und schwang ihn herum. Strucker stolperte und flog über den Teppich, fiel rücklings gegen eine der offen stehenden Türhälften zum Speisezimmer und ließ sie zukrachen und im Rahmen splittern.

Wieder kam er auf Cap zu, aber der sank bereits auf die Knie. Sein Herz stotterte, verkrampfte, gab auf. Sein Sehvermögen ließ nach. Er konnte nur noch braune Dunkelheit und bunte Kleckse ausmachen.

Strucker traf ihn mit der Satanskralle vor die Brust. Der Stromstoß durchraste Cap. Zuckend fiel er auf den Rücken.

Strucker stand vor Erschöpfung keuchend über dem verkrampfenden Körper seines Gegners. Er lächelte triumphierend und beugte sich vornüber, um Caps Puls am Hals zu fühlen.

Cap schlug die Augen auf. Der höllische Schock hatte sein Herz wieder auf Touren gebracht, gründlicher als ein Sanitäter es mit einem Defibrillator geschafft hätte.

Er rollte sich auf den Schultern nach hinten und legte die ganze Kraft seines Körpers in einen geraden Tritt mit beiden Beinen. Seine Stiefel trafen Strucker in den Magen, schleuderten den Terroristen in die Luft und quer durchs Zimmer. Strucker prallte gegen den riesigen Flachbildfernseher, den es explodierend in Stücke riss. Strucker versuchte sich mühsam aus den Trümmern von Bildschirm und Ständer zu befreien.

Cap warf seinen Schild. Er traf Strucker, bevor er wieder ganz auf den Beinen war, und hämmerte ihn so hart gegen die Wand, dass der Verputz bröckelte und Bilder zu Boden fielen und zerbrachen.

Strucker stürzte aufs Gesicht und blieb reglos liegen.

Der Schild kehrte zurück und flog an Cap vorbei. Er war nicht schnell genug, um ihn aufzufangen. Er prallte von der anderen Wand ab und stürzte zu Boden.

Cap humpelte zurück zum Speisezimmer. Er wollte stehen bleiben, um Strucker die Hände mit Kabelbindern zu fesseln und ihm die Satanskralle abzunehmen, aber dafür war keine Zeit. Er hatte keine Zeit. Er hatte seine Zeit aufgebraucht, und noch ein bisschen mehr.

Schwer atmend lehnte er sich gegen die zerborstene Speisezimmertür, dann schleppte er sich weiter. Er musste sich auf der Kante des Esstischs abstützen und sich daran entlang tasten. Er stolperte über eine zu Boden gefallene Munitionskiste. Seine Füße wateten durch herumliegendes Papier. Er lief gegen einen Stuhl.

Dann erreichte er endlich das Dispersionsgerät. Er griff danach, warf es aber nur um. Er stellte es wieder auf.

Er sah Tropfen seines eigenen Blutes, die sich von seinem Kinn lösten, auf den Tisch fallen. Er griff nach der offenen

Stahlkiste und zog sie zu sich heran. Er hatte keine Zeit, die rote Birne, die er fallen gelassen hatte, zu suchen und aufzuheben. Er brauchte eine andere. Eine andere. Mit tauben Fingern bekam er die nächste zu fassen und pflückte sie aus der Vertiefung im Schaumstoff. Sie glitt ihm aus der Hand und fiel zu Boden.

Eine andere, Rogers. Eine andere.

Er griff nach der dritten und nahm sie aus der Kiste. Seine Hände waren ungeschickt. Er hatte kein Feingefühl in den Fingern, keine Kraft mehr in den Armen.

Er schob die Birne in die Fassung des Geräts, klappte den gewölbten Deckel zu und ließ ihn einrasten. Allein dafür brauchte er drei Versuche.

Der untere Teil des Geräts … die Dispersionsfunktion wurde durch den Ring am unteren Teil aktiviert. Er fummelte an dem unteren Ring herum.

„Na los … mach … verdammt …“, keuchte er.

Ein leises Klicken ertönte.

Steve Rogers hörte es nicht. Er kippte um. Stürzte zur Seite. Dem harten Boden entgegen.

Hinein in eine endlose Schwärze.

18

MADRIPOOR
13. JUNI, 04:16 UHR ORTSZEIT

Banner ging um den Bombenträger herum, langsam und methodisch, und machte sich Notizen auf einem Klemmbrett. Ab und zu blieb er stehen und skizzierte rasch ein bauliches Detail oder ein Schaltbild.

Die New Men des High Evolutionary hatten in einer Ecke des Bombenraums einen Zeichentisch aufgestellt, der mit vergrößerten Kopien von Wyndhams Plänen bedeckt war. Banner kehrte zum Tisch zurück und arbeitete sich durch eine Reihe bestimmter Abschnitte. Dabei machte er sich weitere Notizen.

„Ich sehe, Sie sind beschäftigt", sagte der High Evolutionary. Er war lautlos näher gekommen.

Banner drehte sich um. „Ja."

„Ist Ihnen schon der eine oder andere Gedanke gekommen?", fragte der High Evolutionary.

„Es ist noch zu früh, um das zu sagen", antwortete Banner. Er nahm seine Brille ab und rieb sich die Augen. Er war müde und hatte keine Ahnung mehr, wie spät es war.

„Das ist mir klar", sagte der High Evolutionary. Sein Blick wanderte durch den Raum zu der riesigen Gammabombe. „Aber die Zeit drängt auch. Meine Agenten in Lowtown berichten mir, dass S.H.I.E.L.D. sehr aktiv ist. Man sucht nach Ihnen und Ihrem Freund. Bisher habe ich es geschafft, ihnen immer einen Schritt voraus zu sein, aber jetzt sind wir auf diesen Platz hier angewiesen. Wenn S.H.I.E.L.D. uns findet und eine Razzia vornimmt, wird es zu Gewalttätigkeiten kommen. Ich bin verpflichtet, meine Interessen zu schützen. Es steht zu viel auf dem Spiel."

„Sie müssen tun, was Sie für richtig halten", sagte Banner. „Hören Sie, Wyndham, ich stehe hinter diesem Vorhaben. Mir ist klar, dass wir schwierige Entscheidungen treffen müssen, um es umzusetzen. Sie haben mir gesagt, was auf dem Spiel steht, und ich glaube Ihnen. Gott steh mir bei."

„Das freut mich", sagte der High Evolutionary. „Und ich bin dankbar für Ihre Unterstützung."

„Ich nehme an, dass Sie mir verraten werden, welcher Art die Bedrohung ist?", sagte Banner.

„Natürlich", erwiderte der High Evolutionary.

Banner wartete einen Moment.

„Aber nicht jetzt?", drängte er.

„Es gibt zu viel zu tun, als dass wir Zeit durch lange Ausführungen verlieren dürfen", antwortete der High Evolutionary. „Ich muss jetzt ein paar Stunden darauf verwenden, den Verbreitungsstatus des Virus zu verifizieren. Und dann freue ich mich darauf, Ihre Gedanken zur Verbesserung der Effizienz der Waffe zu hören. Wenn wir diese Dinge geklärt haben, können wir uns vielleicht hinsetzen und über das größere Bild sprechen. Denken Sie daran, Doktor Banner – die Bedrohung wird vollkommen irrelevant sein, sobald wir Erfolg haben. Die Welt ist in Gefahr. Das ist alles, was Sie wissen müssen. Lassen Sie uns keine wertvolle Zeit damit vergeuden, über Dinge zu diskutieren, die schon bald nur noch Theorie sein werden."

Banner biss sich auf die Lippe und nickte.

„Ich glaube", sagte er, „ich sehe ein paar unmittelbare Wege, die Fallout-Abdeckung um einen Faktor von fünfundzwanzig zu steigern und gleichzeitig die eigentliche Explosionswirkung zu reduzieren. Sie haben eine Bearbeitungs- und Fabrikationsmöglichkeit?"

„Auf der ersten Etage."

Banner nickte.

„Geben Sie mir ein paar Stunden, dann lege ich Ihnen meine Ergebnisse vor. Ich muss nachdenken. Ich gehöre zu den Menschen, die in Bewegung sein müssen, damit ihr Gehirn funktioniert. Ich gehe davon aus, dass Sie mir gestatten, hier umherzugehen, ohne ständig nach mir sehen zu lassen?"

„Im angemessenen Rahmen", sagte der High Evolutionary. „Meine New Men sind überall im Gebäude postiert. Ich kann Ihnen nicht erlauben, die Einrichtung zu verlassen, oder das Risiko eingehen, dass man Sie an einem der Fenster sieht. Abgesehen davon, sind Sie ein freier Mann. Ich verstehe Sie, wir haben alle unsere eigenen Methoden. Mir hat es immer geholfen, zu meditieren oder Fahrrad zu fahren."

„Und ich kann die Computer im Labor benutzen?"

„Ich persönlich schreibe lieber mit der Hand", erklärte der High Evolutionary, „aber natürlich. Sie finden dort einige Laptops."

„Dann sprechen wir uns in ein paar Stunden", sagte Banner.

Der High Evolutionary nickte und verließ den Raum.

Als er wieder allein war, setzte Banner sich an den Zeichentisch. Er brauchte einen Moment, um dagegen anzukämpfen, dass ihn seine tief greifende Frustration übermannte, und um seinen Puls zu regulieren.

Dann verließ er den Bombenraum und streifte durch den hinteren Teil der Fabriketage. McHale war medizinisch versorgt und anschließend in einen eigenen Raum verlegt worden. Der Hundehybride bewachte die Tür.

„Ich möchte ihn sehen", verlangte Banner.

Der Hundehybride funkelte ihn an.

„Dein Herr hat gesagt, ich kann gehen, wohin ich will."

Der Hundehybride verharrte, während er sich die Worte psionisch bestätigen ließ. Dann sperrte er die Tür auf und ließ Banner vorbei.

Hinter ihm schloss sich die Tür wieder. Er hörte, wie sie erneut abgeschlossen wurde.

Der Raum war schmutzig und das Fenster mit Brettern vernagelt. McHale lag auf einer rostigen Pritsche, die Hände mit Handschellen an das Gestell gefesselt. Angewidert starrte er Banner an. Sein Hinterkopf war bandagiert.

„Sind Sie okay?", fragte Banner.

McHale schüttelte den Kopf. Seine Miene drückte Verachtung aus.

„Es tut mir leid, dass ich Sie niedergeschlagen habe", sagte Banner. Er schaute sich um. Auf dem Boden neben der Tür, außerhalb von McHales Reichweite, lag ein Erste-Hilfe-Kasten mit dem üblichen Inhalt – frisches Verbandszeug, Desinfektionsmittel und Schmerztabletten unter anderem.

„Sie stehen jetzt auf seiner Seite, was?", fragte McHale in bitterem Ton. „Sie arbeiten mit ihm zusammen?"

„Es steht eine Menge auf dem Spiel", antwortete Banner. Er kramte in dem Erste-Hilfe-Kasten und nahm ein paar der Sachen in Augenschein.

„Ich habe Ihnen vertraut", sagte McHale. Feindseligkeit lag in seiner Stimme.

„Dann vertrauen Sie darauf, dass ich das Richtige tue."

„Was hat er Ihnen angeboten?", wollte McHale wissen. „Was hat er Ihnen versprochen?"

„Etwas, das ich schon immer gewollt habe", erwiderte Banner. Er erhob sich und schaute wieder zu McHale.

„Ich habe Sie für einen aufrichtigen Kerl gehalten, Doc. Wirklich. Trotz allem. Ich dachte, Sie wären einer von den Guten. Mann, hab ich mich getäuscht."

„Menschen können sich irren", erwiderte Banner, „wenn sie den Charakter von anderen beurteilen – oder das, was andere tun. Man kann auch eine bestimmte Situation falsch einschätzen. Wenn man nicht das ganze Bild kennt. Dann täuscht man sich leicht."

McHale murmelte einen Fluch.

„Manchmal muss man eine Rolle spielen, um Leute zu überzeugen", fuhr Banner fort. „Man muss ihnen zeigen, was sie sehen wollen, damit sie einem vertrauen. Vielleicht unterschätzen Sie, wie gut mir das gelungen ist. Wissen Sie, was ich meine, McHale? Ich bin sicher, als professioneller Spionageagent wissen Sie, wovon ich rede."

McHale musterte Banner aus schmalen Augen.

„Ja", sagte er dann langsam.

„Manchmal muss man eine Rolle auch auf sehr extreme Weise spielen", erklärte Banner. „Nämlich dann, wenn sehr viel auf dem Spiel steht."

McHale nickte.

„Wissen Sie, was ich meine? Verstehen Sie mich?", fragte Banner.

„Ja, Doc", antwortete McHale.

„Dann ist es ja gut", sagte Banner.

„Sie sind ein verdammter Verräter, Sie …", knurrte McHale und warf sich Banner entgegen, so weit es seine Fesseln zuließen.

Banner wich zurück. Sie wechselten einen kurzen Blick, der ihnen beiden zeigte, dass sie einander verstanden hatten.

„Ich wollte mich nur davon überzeugen, dass Sie okay sind", sagte Banner. „Das ist alles. Es tut mir leid, McHale."

McHale beschrieb ihm anatomisch genau, wo er sich seine Entschuldigungen hinstecken konnte.

„Na schön", meinte Banner. „Solange wir beide wissen, wo wir stehen und worum es geht."

„Ich verstehe Sie klar und deutlich, Doc“, stieß McHale hervor.

Banner zuckte die Schultern und klopfte an die Tür, damit man ihn wieder hinausließ.

Er ging nach oben in das Labor des High Evolutionary. Wyndham kritzelte Berechnungen auf eines der Whiteboards.

„Sind Sie fertig, Doktor?“, fragte er.

„Nein“, sagte Banner. „Ich brauche einen Taschenrechner.“

Er setzte sich an den Haupttisch des Labors, tippte Zahlen in ein kleines Gerät und notierte sich die Ergebnisse.

„Ich bin immer noch beunruhigt“, sagte er, ohne innezuhalten. „Tut mir leid, Wyndham. Das macht es mir schwer, mich zu konzentrieren.“

„Was beunruhigt Sie, Doktor?“, fragte Wyndham und warf einen Blick herüber.

„Die Art der Bedrohung“, erwiderte Banner und lehnte sich zurück. „Es tut mir leid, aber ich kann nichts dagegen tun. Das Unbekannte macht mich nervös, und Nervosität ist nicht gut für mich. Sie beeinträchtigt meine Gedanken und macht es mir sehr schwer, die Ruhe zu bewahren.“

Der High Evolutionary nickte.

„Das verstehe ich, Doktor“, sagte er. Er legte den Stift weg und kam zu Banner an den Tisch. „Ich brauche Sie mit klarem Kopf, und ich möchte bestimmt nicht, dass Sie sich aufregen. Nehmen wir uns also ein paar Minuten Zeit, und ich erzähle Ihnen, was ich weiß.“

„Danke“, sagte Banner. „Sie müssen meine Bedenken verstehen. Diese Sache ist so groß, Wyndham.“

„Dann lassen Sie mich Ihnen alles erklären, kurz und bündig“, sagte der High Evolutionary. „Vor neun Monaten hatte ich den ersten Kontakt mit den Vertretern von …“

Er verstummte plötzlich, als lauschte er auf etwas, das Banner nicht hören konnte.

„Was ist?“, fragte Banner. „Wessen Vertreter?“

„Jetzt nicht“, erwiderte der High Evolutionary knapp. „Ich habe gerade einen psionischen Alarm erhalten. Die New Men haben soeben bestätigt, dass S.H.I.E.L.D.-Teams das Gebäude umstellen. Wir haben keine Zeit mehr.“

„Wessen Vertreter, Wyndham?“, fragte Banner eindringlicher nach.

„Im Ernst, Doktor, nicht jetzt!“, fuhr der High Evolutionary ihn an. „Hier beginnt gleich eine Razzia. Es wird zu Blutvergießen kommen. Man zwingt uns zum Handeln. Sie und ich, wir werden diese Einrichtung mittels meiner Teleportationsverbindung verlassen. Sie wird uns an einen sicheren Ort bringen, weit weg von hier.“

„Wyndham ...“

„Begreifen Sie doch die Lage, Banner!“, rief der High Evolutionary. „S.H.I.E.L.D. ist uns auf der Spur. Wir ziehen uns zurück. Auf der Stelle. Es gibt in diesem Plan keinen Raum für Feinheiten mehr. Wir werden längst weg sein, wenn S.H.I.E.L.D. dieses Gebäude stürmt. Ich werde die Gammabombe fernzünden, und dann werden wir tun, was wir können, um die globale Situation zu beheben und meinen Plan umzusetzen.“

Banner stand auf. Er zog etwas aus seiner Tasche.

„Welcher Art ist die Bedrohung, Wyndham?“, wollte er wissen.

„Banner, Sie machen mich wütend! Wir müssen gehen!“

„Ich glaube, es ist an der Zeit, dass *Sie* die Lage begreifen“, erklärte Banner ruhig. „Wir gehen nirgendwohin. Sie werden mir jetzt auf der Stelle sagen, welcher Art die Bedrohung ist. Keine Ausflüchte mehr.“

Er hielt den Gegenstand hoch, den er aus seiner Tasche geholt hatte.

„Sehen Sie das?“, fragte er. „Das ist ein EpiPen. Ich habe ihn mir aus dem Erste-Hilfe-Kasten in McHales Zelle geliehen. Ein

Epinephrin-Autoinjektor, Wyndham. Ein hoch dosierter Schuss medizinischen Adrenalins.“

Banner schnippte die Verschlusskappe auf und hielt sich die Nadel an den Unterarm.

„Sagen Sie mir, welcher Art die Bedrohung ist, Wyndham“, forderte er. „Sagen Sie es mir jetzt sofort. Oder ich injiziere mir das hier in den Arm. Und glauben Sie mir, das wollen Sie wirklich nicht.“

19

WASHINGTON, D. C.
12. JUNI, 12:32 UHR ORTSZEIT

Die Rüstung schloss sich automatisch um ihn.

Tony Stark stand da, die Arme zur Seite ausgestreckt, während die glänzenden Platten und Paneele des Iron-Man-Anzugs ihren Platz fanden und sich zusammenfügten. Mit einem leisen Summen verbanden, verriegelten und versiegelten sie sich – perfekt gefertigt.

Er fühlte sich wieder lebendig – sauber, heil und erstarkt.

Und besser noch, er spürte, wie sein Selbstvertrauen wieder stieg.

Sollte die Welt nur kommen. Er war Iron Man und Avenger. Und er war wie neu.

„Alles klar, Sir?", fragte Seavers, der S.H.I.E.L.D.-Techniker, der ihm assistierte.

Stark nickte. Er trat aus der offenen Kiste heraus, in der die fabrikneue Iron-Man-Rüstung gelagert gewesen war, bewegte die Hände und ließ die Arme kreisen.

Er fuhr das Visier hoch.

„Alles klar", sagte er.

Seavers folgte ihm aus dem Frachtraum des Helicarriers hinaus. In der daran anschließenden Werkstatt lag die Rüstung, die

Stark getragen hatte, als er an Bord gekommen war, ausgebreitet auf einem Stahltisch. Sie war zerschrammt, verkratzt und zerbrochen, einzelne Teile hatten sich voneinander gelöst. Sein zerrissenes Unterzeug hing über einer Stuhllehne.

Stark blieb stehen und betrachtete die beschädigte Rüstung. Jeder Kratzer erzählte eine Geschichte – die Dellen, die Ultrons Fäuste hinterlassen hatten, die Löcher vom Schrapnell, die Brandflecke, die Risse, die durch die Attacken der Nanowesen entstanden waren, die Aufprallverformungen. Aufgrund der zersetzenden Wirkung des Nanobot-Schwarms sah die Rüstung aus, als wäre sie mit Säure eingesprüht worden. Verkrustungen aus Rückständen der toten Schwarmbots verklebten Gelenke und Nähte. Die zerfetzten Handflächen-Emitter des Repulsorsystems waren verrußt und schwarz.

„Wenn die Krise vorbei ist", sagte Stark über seine Schulter hinweg zu Seavers, „möchte ich, dass die Rüstung zu Stark Industries zurückgeschickt wird."

„Sie wollen sie recyceln?", fragte der S.H.I.E.L.D.-Agent. „Zerlegen und wiederverwertbare Teile ausbauen?"

„Nein", erwiderte Stark. „Ich werde sie reparieren."

Er streckte eine Hand, die in einem brandneuen Handschuh steckte, aus und berührte sanft einen der beiden leblosen.

„Ich bin Iron Man", sagte er leise. „Der Anzug, die Rüstung, sie macht mich zu Iron Man. Klar, ich habe einen ganzen Schrank, der voll ist mit den Dingern. Varianten, Sonderanfertigungen und jede Menge zum Wechseln. Aber jede Rüstung hat ihre eigene Persönlichkeit. Die hier hat mir oft beigestanden. Sie hat mir heute Morgen das Leben gerettet, und das mehrere Male. Ich werfe sie nicht einfach auf den Schrott. Das wäre undankbar."

Seavers nickte. Er war ein Technikspezialist, und er verstand Starks Technikermentalität. Stark wusste, dass die meisten Menschen das nicht taten. Einen Hardware-Anzug so zu behandeln, als wäre er lebendig, hatte den Beigeschmack von unbehaglicher Sentimentalität.

Aber Leute wie Seavers kapierten es. „Ich sorge dafür, dass sie bei der Dekontaminierung vorgezogen wird, und lasse sie einpacken, Sir“, sagte er.

Stark nickte zum Dank. „Das weiß ich zu schätzen.“

Er ging durch den Helicarrier zur Krankenstation. S.H.I.E.L.D.-Agenten eilten in den Gängen an ihm vorbei, viele von ihnen bedachten ihn mit einem respektvollen Gruß oder salutierten sogar. Es herrschte ein Gefühl von Einigkeit. Man hatte gemeinsame Ziele.

Die Luke der Krankenstation öffnete sich zischend, als er sich ihr näherte.

„Wie geht es dir?“, fragte er beim Eintreten.

„Lausig“, antwortete Quicksilver.

Pietro Maximoff war wach und saß an einem kleinen Tisch mit Rollen. Er hatte eine Thermodecke um die Schultern geschlungen. Vision und Nick Fury waren bei ihm. In der Nähe studierten zwei uniformierte S.H.I.E.L.D.-Experten komplexe Daten auf einer Reihe von frei stehenden gläsernen Projektionsplatten. Sie sprachen leise miteinander und versahen die projizierten Daten per Lichtstift mit Anmerkungen.

„Gibt es irgendetwas, das du uns mitteilen kannst?“, fragte Stark an Pietro gewandt.

„Wanda hat zu mir gesprochen“, sagte Quicksilver. „Ich bin, so schnell ich konnte, hierher gerannt.“

„Sie hat zu dir gesprochen?“, hakte Stark nach. Ihm fiel auf, dass der Tisch vor Pietro mit Blättern aus einem Notizblock bedeckt war. Pietro hatte darauf geschrieben. Viel.

„In meinem Kopf“, sagte Pietro.

„Ist das schon öfter passiert?“, fragte Stark.

Fury warf ihm einen warnenden Blick zu. Stark fluchte in sich hinein. Sein von Haus aus flapsiger Ton ließ ihn oft sarkastisch klingen, auch in den seltenen Fällen, wenn er das eigentlich gar nicht wollte.

„Wir sind zu dem Schluss gekommen, dass es ungewöhnlich ist", schaltete Vision sich ein. „In Anbetracht der Beschaffenheit von Wandas Kräften scheint es sich um eine Form von auf Magie basierender Kommunikation zu handeln."

„Sie steckte in Schwierigkeiten", sagte Pietro. „Wir müssen sofort zu ihr und ihr helfen, sonst …"

„Holla. Was hat sie denn genau gesagt?", wollte Stark erst einmal wissen.

„Sie hat eigentlich nichts Bestimmtes gesagt", erwiderte Pietro. „Ich habe sie nur gespürt. Sie hat in mich hineingegriffen, in mein Herz. Ich habe ihre Nachricht eher gefühlt als gehört. Sie war in Gefahr, und es war dunkel. Sie war an einem dunklen Ort. In einem dunklen Reich. Der Donnergott war bei ihr. Er war auch in Gefahr. Und da war Feuer. Aber das ist alles egal! Wir verschwenden mit diesem Gerede nur Zeit!"

„Wir unternehmen gar nichts, bevor wir nicht herausgefunden haben, womit wir es zu tun haben", erklärte Stark.

Pietro funkelte ihn an.

„Du hast von Feuer gesprochen …", erinnerte Stark.

Pietro zuckte die Schultern. „Sie sprach auch von Sternen", sagte er ungeduldig. „Sterne, die sich ausrichten … zu einem Kreis. Das war irgendwie wichtig. Ein großer Kreis aus Sternen. Oder ein Kreis aus Feuern. Oder beides. Oder keins von beidem. Ich weiß es nicht."

„Das hat mit Sibirien zu tun", sagte Fury.

„Ja, das dachte ich mir schon." Stark nickte. „Könnte es eventuell sein, dass das etwas … oder *jemand* anderes war? Der dich glauben machen will, es sei Wanda?"

Pietro schüttelte den Kopf.

„Sie war es", widersprach er überzeugt. „Ich weiß es in meinem Herzen und meinem Blut, das war meine Schwester. Ich kann es nicht erklären, und ich habe keine Beweise, die ich euch zeigen kann, aber sie war es. Und wir müssen jetzt zu ihr!"

„Was ist das?", fragte Stark und zeigte auf die von Hand beschriebenen Blätter.

„Ich habe ihn gebeten, alles aufzuschreiben, woran er sich erinnern kann", erklärte Fury. „Manchmal weckt das die Erinnerung und legt Dinge frei, von denen man gar nicht weiß, dass sie verschüttet sind."

„Aha."

„Das alles hat Maximoff in etwa zwei Minuten aufgeschrieben", fuhr Fury fort. „Es war verrückt. Er hat meinen Stift dabei zerbrochen."

„Ich kann schnell schreiben", sagte Pietro. „Ich kann alles schnell. Aber das hier geschah nicht bewusst. Es war … wie nennt man diesen Prozess noch gleich?"

„Automatisches Schreiben", half Vision aus.

„Ja, genau. Ich habe einfach geschrieben. Ich wusste nicht, was ich schrieb, was es bedeutete oder wo es herkam. Ich habe einfach geschrieben. Ich glaube, Wandas Magie hat mir Dinge in den Kopf gesetzt, und die haben irgendwie alle aufs Papier gefunden."

Stark nahm eines der Blätter auf und betrachtete es.

„Was ist das? Sind das Gleichungen? Mathematisches?"

Vision wies auf ein Glasscheibendisplay, an dem die S.H.I.E.L.D.-Experten arbeiteten. Die Scheiben waren mit leuchtenden hologrammartigen Projektionen bedeckt.

„Ich habe alles übertragen", sagte Vision. „Ich teile Pietros Wunsch, Wanda so rasch wie möglich zu Hilfe zu kommen. Ich habe versucht, ihren Aufenthaltsort zu bestimmen. Der Informationsfluss ist nicht eindeutig. An einigen Stellen ist er unterbrochen, als seien die Daten durcheinandergeraten oder unvollständig. Aber ich glaube, es handelt sich um die mathematische Bezeichnung dimensionalen Raums."

Stark besah sich das Geschriebene eingehender.

„Ja, jetzt erkenne ich es auch“, pflichtete er bei. „Es bezeichnet die räumlichen Begriffe von etwas. Nicht auf der Erde. Nicht in unserer Realität. Aber etwas, das in Relation zu unserer Welt ausgedrückt ist.“

„Du kannst das Zeug lesen?“, staunte Fury.

„Nicht wirklich“, erwiderte Stark. „Das ist nicht mein Fachgebiet. Aber ich verstehe die Grundbegriffe gut genug, um zu erkennen, was es sein soll.“

„Ich habe diese Experten zur Beratung hinzugezogen“, sagte Fury und wies auf die beiden Techniker. „Quantenspezialisten, Dimensionsphaseningenieure. Unsere Besten.“

„Vielleicht versucht Wanda, uns etwas mitzuteilen“, meinte Vision.

„Das ist schon klar“, sagte Stark.

„Etwas Spezifisches, meine ich. Vielleicht versucht sie, uns Informationen zu schicken, von denen sie hofft, dass wir sie verwenden können. Darüber, wo sie ist. Wo, wann und wie. Wo sich dieser Ort in Relation zu uns befindet.“

„Ja, entweder absichtlich oder unbewusst“, murmelte Stark.

„Was meinst du damit?“, fragte Pietro.

„Nun, das ist auch nicht Wandas Fachgebiet“, antwortete Stark. „Von Quantenmathematik versteht sie sicher nichts. Aber wenn sie nun … was immer sie tut … einen Zauber wirkt? Alle einverstanden mit dieser Bezeichnung?“

„Sprich weiter“, forderte Fury ihn auf.

Stark ging ein wenig auf und ab und mimte einen Magier mit einem Zauberstab.

„Sie ist verzweifelt. Sie ist in Schwierigkeiten“, fuhr er laut nachdenkend fort. „Sie wirkt einen Zauber – hektisch vielleicht, um ihrem Bruder eine einfache Information zu übermitteln. Nämlich, wo sie ist.“

Er zeigte auf die Projektionsscheiben.

„Magie ist auch nicht mein Fachgebiet, also lasst Nachsicht walten“, bat er. „Aber vielleicht ist es so, als würde sie sich etwas wünschen: *Lass Pietro wissen, wo ich bin.* Und bei Pietro kommt das als buchstäblicher Datendownload an. Eine detaillierte wissenschaftliche Beschreibung ihres Aufenthaltsorts. Eine Quantenkarte.“

Tony sah die Techniker an.

„Habt ihr mitgehört?“, fragte er.

„Absolut, Sir“, erwiderte einer von ihnen, ein älterer Mann. Auf dem Namensschild auf seiner Uniform stand „Willings“.

„Dieser Abschnitt hier …“, er zeigte auf eine der Glasplatten, „… der ist quasi eine mathematische Darstellung unseres Planeten. Insbesondere New Yorks, wo Mr Maximoff sich befand, als es anfing. Der Rest ist zum größten Teil etwas völlig anderes.“

„Es ist nichteuklidsche Geometrie“, sagte der andere S.H.I.E.L.D.-Techniker, eine Frau. Auf ihrem Namensschild stand „Gainsborough“. „Es handelt sich um die Beschreibung eines Universums, das gänzlich anderen physikalischen Gesetzen gehorcht.“

„Und dort ist sie unserer Meinung nach“, sagte Willings. „Oder von dort wurden zumindest die Daten geschickt.“

„Gibt es eine Übereinstimmung?“, fragte Stark. „Ich meine, wir haben uns doch schon mit Leuten aus anderen Dimensionen herumgeschlagen. Wir haben Daten. Stimmt das hier mit irgendetwas überein? Mit irgendwelchen vorherigen Ereignissen? Raum-Zeit-Risse? Wurmlöcher?“

Gainsborough schüttelte den Kopf.

„Bis jetzt nicht“, sagte sie. „Bedenken Sie aber, dass viele unserer Systeme abgeschaltet sind. Wir haben keinen vollen Zugriff auf die Archive und kommen nicht an die Avengers-Datenbank heran.“

„Sie sagten ‚zum größten Teil‘“, hakte Stark nach und sah Willings an. „Was meinen Sie damit?“

„Es gibt hier noch einen weiteren Abschnitt“, erwiderte Willings und zeigte auf einen anderen Teil des Displays. „Er ist klein, wie eine Randbemerkung. Ich weiß nicht, was es ist.“

„Raten Sie, so gut Sie können“, forderte Stark ihn auf.

Willings hob die Schultern.

„Wenn das hier …“, er fuhr mit der Hand über den linken Teil des Displays, „… unser Universum ist, und das hier…“, er deutete auf die rechte Seite, „… der andere Ort, die fremde Dimension, dann ist das eine Anomalie.“ Er zeigte auf einen kleinen Teil des mittleren Abschnitts.

„Es ist klein“, sagte Gainsborough. „Es bezeichnet eine Tasche in der Realität, die zwar separat von unserem Universum ist, aber sich als Teilmenge doch darin befindet. Es gehört nicht zu dem anderen Abschnitt, worum es sich bei dieser fremden Dimension auch handeln mag.“

Stark blickte auf das Display. „Wenn es sich bei dem Ereignis in Sibirien um einen Einbruch aus einer anderen Dimension in unser Universum handelt, dann müssen wir jetzt darauf reagieren. Das ist es, was Wanda uns zu sagen versucht. Es ist ein Wurmloch-Event, die Überschneidung zweier völlig verschiedener Universen.“

Contessa de la Fontaine betrat den Raum.

„Wir sind gleich so weit, Director“, sagte sie. „In zwei Minuten können wir versuchen, eine Verbindung mit London herzustellen.“

Fury nickte.

„Okay“, sagte er und wandte sich an die Experten. „Arbeiten Sie weiter an der Sache, während Stark und ich mit Europa sprechen. Vielleicht wissen die mehr und können uns …“

Ein Rumpeln unterbrach ihn. Der Helicarrier erbebte.

„Was zur Hölle war das?“, fragte Fury. Sirenen heulten los.

Fury schnappte sich eine Fernbedienung und schaltete einen der großen Monitore im Raum ein.

„Werden wir angegriffen?“, knurrte er. „Reden Sie mit mir!“

De la Fontaine lauschte einer Stimme aus ihrem Ohrstöpsel.

„Auf dem Oberdeck sind Schüsse gefallen“, meldete sie. „Eine Explosion wird gemeldet.“

Fury holte mit der Fernbedienung die Bilder einer Sicherheitskamera auf den Monitor. Die Darstellung war körnig, schwarzweiß und ohne Ton. Sie zeigte das gewaltige Oberdeck des Helicarriers mit seinen Rollbahnen, Parkstationen und Treibstoffpumpen. Stark sah S.H.I.E.L.D.-Kampfflugzeuge in Startaufhängungen, Schleppwagen und Munitionsträger.

„Verdammt“, sagte Fury.

Ein greller Lichtblitz blendete die Kamera für eine Sekunde – als das Bild wiederkehrte, stand eines der Kampfflugzeuge in Flammen. Flugpersonal suchte Deckung. Agenten lagen reglos am Boden. Security-Teams in Panzerkleidung eilten an Deck, die Sturmgewehre im Anschlag.

Fury schwenkte die Kamera. Stark erstarrte.

„Oh mein Gott“, entfuhr es ihm.

Eine humanoide Gestalt kam über das Deck langsam näher. Kleine weiße Punkte standen für die Funken des Automatikfeuers, das von ihrer gepanzerten Hülle abprallte.

Trotz der Schwarz-Weiß-Darstellung war die humanoide Gestalt unverkennbar.

Das war Iron Man.

Stark ließ sein Visier zuschnappen und raste aus der Krankenstation. Sein Rückstrom ließ die anderen zusammenzucken. Pietros von Hand beschriebene Blätter wurden aufgewirbelt.

„Stark!“, brüllte Fury. „Stark!“

Vision flog lautlos hinter Iron Man her und drang gerade noch rechtzeitig durch die Wand auf den Gang hinaus, um Stark wie eine Rakete den Korridor hinabjagen zu sehen. S.H.I.E.L.D.-Mitarbeiter wichen ihm aus.

Stark erreichte einen Service-Schacht, der durch die Decks

führte, schwenkte nach oben und glitt mit den Füßen voran und flammenden Stiefeldüsen abwärts.

Seine Gedanken überschlugen sich. Er kämpfte gegen das Entsetzen an und versuchte, sich zu konzentrieren.

Er begriff, was geschah.

Es war alles seine Schuld.

* * *

Auf dem Oberdeck herrschte Chaos. Alarmsirenen heulten, Schüsse knatterten. Zwei abgestellte S.H.I.E.L.D.-Abfangjäger standen in Flammen. Deck-Crews flüchteten in Richtung der Ausgänge, während Security-Teams ihnen Feuerschutz gaben.

Iron Man näherte sich entlang der Mittellinie des Flugdecks. Kugeln prallten jaulend von ihm ab. Er schleifte einen Toten hinter sich her, einen Toten, den er an der Kehle gepackt hielt.

Stark landete unweit der äußeren Hauptluke neben den Security-Teams. Sie schossen, was das Zeug hielt, und übersäten die Bodengitter mit brandheißen Patronenhülsen.

„Zurück!“, befahl Stark.

Sie sahen ihn an.

„Zurück, verdammt noch mal! Macht schon!“, schrie er.

Sie zogen sich zurück. Stark trat vor und stellte sich seinem Zwilling in den Weg.

Es handelte sich um die beschädigte Rüstung.

Sie war krude zusammengefügt. Sie war wieder komplett, funktionierte und bewegte sich, aber schön war sie nicht. Die Dellen und Risse waren mit Organo-Legierungen grob geflickt worden. Nanofakturierte Abfallverbundstoffe bedeckten sie wie Grinde. Sie sah aus, als sei sie krank.

Nur mittels intensiver Nanofabrikation konnte sie so schnell wieder hergerichtet worden sein.

Das Visier war umgestaltet. Es war immer noch verbeult und

verbogen von dem Kampf in Pine Fields, aber es hatte jetzt einen Mund, der wütend nach unten verzogen war, und grausam blickende Augen.

Ultron war nicht in die elektronischen Ozeane des Datennetzes geflohen. Er hatte sich in den scheinbar inaktiven Nanobot-Rückständen verborgen, mit denen Starks beschädigte Rüstung verkrustet war. S.H.I.E.L.D. und die Sicherheitsdienste hatten den ganzen Globus nach ihm abgesucht, aber er war die ganze Zeit über direkt bei Stark gewesen. Er hatte sich in Iron Man versteckt.

„Hallo, Anthony", sagte Ultron.

Stark fuhr seine Repulsoren hoch. Volle Ladung.

„Niemand fasst meine Sachen an", sagte er.

„Die Rüstung ist technisch primitiv", erwiderte Ultron, „aber sie bildet eine adäquate Exo-Wirtsform. Wir können unsere Konversation fortsetzen."

„Schluss mit der Konversation", entgegnete Stark. „Du greifst die Welt an und versuchst dich in Singularität, und ich reagiere als Avenger. Aber wenn du meine Technologie klaust, nehme ich das persönlich."

„Wie ausgesprochen menschlich", meinte Ultron. „Ha, ha, ha."

Stark blickte auf den Toten, den Ultron hinter sich herschleifte. Trotz des Blutes und der schrecklichen Verletzungen konnte Stark erkennen, dass es Seavers war.

„Pfeif auf die Hardware", flüsterte Stark. „Ich bring dich um."

„Berechne Erfolgswahrscheinlichkeit", sagte Ultron. Er hielt kurz inne. „Null", sagte er dann.

20

SIBIRIEN
DATUM: IRRELEVANT, ORTSZEIT: UNBEKANNT

„Die Zeit ist um“, murmelte Dormammu. Der Meistermagier blickte in die kalte Leere empor. Die beiden letzten Sterne hatten sich fast perfekt ausgerichtet.

Er blickte zu Thor und deutete abfällig auf das brennende Hexagramm, das den Donnergott schützte.

„Mein Kreis wird bald vollendet sein“, sagte Dormammu, „während deiner gleich erlischt.“

Die Feuer waren fast niedergebrannt, das Holz aufgezehrt. Die sechs Stockbündel waren kaum noch mehr als glühende Haufen, die Flammen um den Stamm in der Mitte blass und kraftlos.

„Die rituelle Symmetrie“, sagte Dormammu. „Ein Kreis entsteht, ein anderer vergeht.“

„Wenn unsere Flammen erlöschen“, sagte Thor, „musst du mich immer noch töten. Ich werde mich nicht kampflos ergeben. Und wir haben ja schon festgestellt, wie schwer es ist, einen Gott zu töten, vor allem wenn du alle Kraft brauchst, die du aufbringen kannst.“

„Ach, Odinson.“ Dormammu lachte. „Das war vorhin.“

Er wies zu der Konstellation aus roten Sonnen hinauf.

„Meine Stärke übertrifft jetzt alles, was du dir vorstellen

kannst. Ich habe überschüssige Kraft. Genug Kraft, um dich mit einem bloßen Blick zu töten. Hast du nicht zugehört? Der Kreis vergrößert die Macht des Zauberers, der ihn beschwört. Er verstärkt sie. Wenn die Sterne in einer Linie stehen, werde ich ganze Universen umgestalten."

Er lachte. Die Untiere zu seinen Füßen kläfften und kicherten wie zur Antwort.

Thor zog verschiedene Antworten in Erwägung, aber keine war es wert, sie auszusprechen. Nur Beleidigungen. Unter seiner Würde.

Er blickte zu dem Ring aus Sternen hinauf und dann hinab auf seinen Kreis erlöschender Feuer.

Hatten die Avengers Wandas Ruf gehört? Würden sie ihn beantworten? *Konnten* sie es überhaupt?

Und wenn sie ihn beantworteten, was konnten sie – selbst wenn sie Seite an Seite standen – gegen den Lord der Dunklen Dimension ausrichten, wenn der im Vollbesitz seiner sämtlichen Kräfte war? Sie …

Er hielt inne.

Ohne noch einen Blick zurück auf Dormammu zu werfen, drehte er sich um und ging über die tote schwarze Erde zu Wanda.

„Wo willst du hin, Odinson?", rief Dormammu ihm nach. „Es gibt nichts, was du tun kannst. Ich werde dir einen schnellen Tod bescheren, versprochen."

Thor ignorierte ihn. Er ging neben Scarlet Witch in die Hocke.

„Irgendeine Idee?", fragte er sie flüsternd.

Sie schüttelte den Kopf.

„Ich hatte gehofft, dir sei irgendwas Geniales eingefallen", sagte er. „Etwas Magisches, auf das ich nicht gekommen bin."

„Tut mir leid", erwiderte sie.

„Mir auch." Er lächelte. „Denn das heißt, ich muss dir meine

Idee verraten. Und die ist nicht genial. Sie ist töricht, und du wirst mir tausend Dinge nennen, die dabei schiefgehen können."

„Sag es einfach", forderte sie ihn auf. „Etwas anderes bleibt uns schließlich nicht."

„Kreise", sagte er.

„Kreise?", echote sie mit gerunzelter Stirn.

„Magische Kreise", erklärte Thor. „Seiner da oben, bestehend aus sechs Sternen. Deiner hier unten, bestehend aus sechs Feuern."

„Meiner ist dafür gedacht, ihn für kurze Zeit auf Abstand zu halten", sagte Wanda. „Seiner soll die Wirklichkeit erneuern. Sie sind grundverschieden."

„Aber das Prinzip ist das gleiche, oder?", fragte Thor. „Der Kreis mit sechs Punkten verstärkt die Macht des Zauberers, richtig? Sechs Feuer, ob es nun Lagerfeuer sind oder Sterne? Sie wirken auf die gleiche Weise. Das hat er mir gesagt."

Wanda nickte.

„Und was nützt uns das?", fragte sie.

„Ich bin mir nicht sicher." Thor lächelte. „Ich bin kein Magier. Aber wenn er unseren Kreis zerbricht, dann sterben wir."

„Ja."

„Und wenn wir seinen zerbrechen?"

Sie hob die Augenbrauen.

„Nun, dann wäre seine Macht gemindert."

„Und er wäre nicht mehr in der Lage, Welten umzuwandeln?"

„Vermutlich nicht."

„Sein Plan, die Erde einzufangen und zu beherrschen, wäre vereitelt?"

Wanda setzte sich auf.

„Ja, aber wir …", begann sie.

„Wanda, ich fürchte, es gibt für uns jetzt keine Rettung mehr", sagte Thor. „Er hat uns, und wir werden so oder so vernichtet. Es zählt jetzt nur noch eines – wir müssen ihn aufhalten."

„Da stimme ich dir zu“, sagte sie. „Aber du hast mich falsch verstanden. Ich habe mich nicht um uns gesorgt. Ich wollte dich nur fragen, wie es uns möglich sein sollte, seinen Kreis zu zerbrechen?“

„Wir löschen eines der Feuer“, erklärte Thor.

„Es schmeichelt mir, dass du glaubst, ich besäße eine solche Reichweite“, erwiderte sie. „Thor, ich kann keine Sonne löschen.“

„Aber der Kreis und der Magier sind eins, oder nicht?“, fragte Thor. „Der eine funktioniert nicht ohne den anderen?“

Sie starrte ihn an.

„Das ist … Wahnsinn“, sagte sie dann. „Ich verstehe, worauf du hinauswillst, aber das ist …“

„Was haben wir zu verlieren?“, entgegnete er. „Hast du noch Kraft übrig?“

„Ein wenig.“

„Genug für einen Zauber hier vor Ort? Auf dieser öden Ebene? Nur hier und hier allein?“

Sie stand auf und bewegte ihre Finger.

„Finden wir es heraus.“

Thor blickte hinaus in die Dunkelheit und nickte.

Sie hob eine Hand, fasste ihn am Kinn und drehte sein Gesicht sanft zu sich herum, sodass er sie ansehen musste.

„Wenn das klappt“, sagte sie, „dann bleibt uns nur ein Augenblick. Und wir werden schutzlos sein.“

„Dann sollten wir am besten beide bereit sein“, erwiderte er.

Sie rieb ihre Hände aneinander, versuchte, sie aufzuwärmen. Er umfasste Mjölnirs mit Leder umwickelten Griff.

„Was habt ihr vor?“, rief Dormammu zu ihnen herüber. Düsterer Spott lag in seiner Stimme. Die Biester zu seinen Füßen bellten und knurrten. „Ein letzter Versuch, mich zu bekämpfen? Erhebt ihr euch, um den Tod im Stehen zu empfangen?“

„Jetzt“, sagte Thor zu Scarlet Witch.

Sie wappnete sich, die Beine gespreizt, die Füße fest am Boden. Dann neigte sie den Kopf, die Augen geschlossen, und ballte die Fäuste. Die Flammen um den Stamm hinter ihr schlugen wieder höher und knisterten vor frischer Kraft.

Sie stieß die Hände nach vorn, die Finger nun gestreckt. Thor spürte den Kraftstoß, der die Nachtluft erzittern ließ.

Die Feuer verloschen. Die Flammen erstarben mit einem letzten Flackern. Dünner Rauch stieg auf. Auch der Stamm erlosch rauchend.

Dormammu zuckte zusammen und schrie. Er fiel auf ein Knie, dann kämpfte er sich wieder hoch.

Der Herr der Dunkelheit brannte nicht mehr in magischem Licht. Er war jetzt ein ausgezehrter, geschwärzter, skeletthafter Riese. Rauch kräuselte sich über seinen Händen und seinem versengten Knochenschädel.

„Ihr wagt es?“, keuchte er.

Wanda hatte einen Zauber gewirkt, der alles Feuer aus dem Umkreis vertrieb und in einem Radius von einem Kilometer jeder Flamme verbot zu brennen. Der Bann würde nicht lange halten. Dormammus magische lebende Flammen brannten nicht wie natürliches Feuer. Sie würden sich binnen Sekunden erneuern.

Aber der Donnergott war bereit.

Mjölnir flog, geschleudert mit aller Kraft, die Thor aufbringen konnte. Mit Überschallgeschwindigkeit jagte er durch die Luft und traf Dormammu am Haupt.

Der schwarze Schädel zerbarst.

Dormammu fiel.

Thor war schon losgerannt. Im Laufen fing er den zurückkehrenden Hammer auf und sprang, Mjölnir mit beiden Händen hoch über dem Kopf.

Die bebende, kopflose Gestalt des Herrn der Dunkelheit stützte sich auf Hände und Knie und tastete blind umher. Magie rankte sich in kraftlos dünnen Fäden um seine Finger und versuchte, die Trümmer des zerschmetterten Schädels wieder zusammenzusetzen.

Thor ließ den Hammer auf Dormammu niederfahren und drosch ihm das Rückgrat in den Boden.

Donner dröhnte.

Wanda fiel, ihre Kraft war aufgebraucht. Sie sah, wie die im Kreis sitzenden Biester aufsprangen und zum Angriff auf sie und Thor ansetzten.

„Thor!“, schrie sie.

Thor erhob sich neben Dormammus zerschlagenem, zuckendem Körper. Er schwang den Hammer nach dem ersten Biest, das auf ihn zukam, und hieb es beiseite. Seine Faust fing ein zweites ab und schleuderte es in die Luft. Ein drittes schloss seine Kiefer um Thors Unterarm. Er schwang Mjölnir und brach der Kreatur den Hals.

Andere rannten auf Wanda zu. Sie sprangen in den Kreis, der sie nun nicht mehr abhielt, vorbei an den rauchenden Aschehaufen. Sie wirkte einen Zauber, der eines der Tiere straucheln ließ und zu Fall brachte, und warf sich dann zur Seite, um dem aufgerissenen Maul eines anderen zu entgehen.

Wanda kam auf der Erde auf, rollte sich herum und sprang wieder hoch. Eines der Biester hatte sie fast erreicht. Sie wich zur Seite und hieb ihm ihre Faust in den Hals. Es jaulte auf und torkelte krächzend und würgend davon.

Ein anderes verbiss sich mit seinen Zähnen in ihrem Umhang. Sie riss sich los, zerfetzte den Saum und trat dem Tier dann mit der Ferse ins Gesicht. Cap hatte ihr stets eingetrichtert, dass im Nahkampf körperliche Kraft weniger zählte als Treffsicherheit. Augen, Gesicht, Kehle. Ein gut gezielter Faustschlag oder Fußtritt und es war möglich, den stärksten Gegner abzuwehren.

Thor schlug ein weiteres der Biester beiseite und wandte sich wieder Dormammu zu. Der Lord der dunklen Dimension versuchte, seinen zerstörten Körper zu heilen. Sein Rücken war verdreht und gebrochen. Ein Teil seines Kopfes hatte sich wieder zusammengefügt – der Kiefer, eine Augenhöhle und ein Teil der Schädeldecke. Thor konnte die Wut des Meistermagiers spüren. In wenigen Sekunden würde Dormammus gelöschtes Feuer neu entflammen.

Thor schwang seinen Hammer und zertrümmerte den teils wieder entstandenen Schädel ein weiteres Mal. Er drosch Mjölnir mit beiden Händen nach unten und zerschmetterte dem Herrn der Dunkelheit die Rippen.

Dormammu ging zu Boden. Thor schwang den Hammer ein ums andere Mal.

Aber Dormammu starb einfach nicht. Er konnte nicht sterben. Das wusste Thor. Dämonen waren, genau wie Götter, schwer zu töten.

Wenn Thor ihm jedoch so viel Schaden wie möglich zufügte, würde der Meistermagier Zeit brauchen, um seinen Körper wiederherzustellen.

Ein letzter Schlag, dann trat Thor zurück. Er stieß eines der Biester zur Seite, dann drehte er sich um und hielt nach Wanda Ausschau.

„Verdammt!“, knurrte er.

Sie wich aus, schlug zu und duckte sich, aber sie war umringt von den knurrenden Biestern.

Er flog zu ihr und hämmerte die Kreaturen mit dem vollblütigen Zorn des Thor zielsicher und methodisch davon.

„Zeit zum Gehen“, sagte er zu Wanda und ergriff sie.

Ohne den Zauberer als Mittelpunkt und mangels seiner Konzentration wurde Dormammus magischer Kreis von seiner eigenen gesammelten Kraft auseinandergerissen.

Die sechs roten Sterne loderten in bitterem toxischen Licht. Beben erschütterten die schwarze Erde. Blitze zischten über den verfluchten Himmel.

Risse und Löcher entstanden im Boden und entließen stinkenden Dampf. Die Risse verbreiterten sich, wurden zu Spalten, dann zu Schluchten.

Thor machte sich bereit, den Hammer kreisen zu lassen.

Ungeheure Eruptionen verderbter endzeitlicher Energie explodierten am Himmel wie albtraumhafte Versionen von Polarlichtern.

Weit entfernt, jenseits des Randes von Wandas jetzt erloschenem Kreis, sah Thor, wie Dormammu sich allmählich wieder erhob. Verheert und geschunden trotzte er dem Tod. Flammen loderten auf und züngelten um seine zerbrochenen Knochen.

Er schrie ihre Namen und verfluchte sie.

Thor hob Mjölnir über den Kopf und rief den Himmel an.

Der Sturm antwortete. Er gehörte nicht mehr Dormammu. Dessen Herrschaft war gebrochen. Der Sturm war nicht länger der Sklave des Herrn der Dunkelheit.

Er hatte einen neuen Herrn.

Thor beschwor den Blitz herab.

Ein sengender Strahl, blendend hell und weiß glühend heiß, stieß aus dem Himmel nach unten. Er atomisierte Dormammu mit einem Donnern wie vom Hammer eines Riesen, der auf einen Amboss schlug.

Thor wirbelte Mjölnir und ließ sich und Wanda von dem Aufwärtsschwung himmelwärts tragen.

Um sie herum fiel die Welt auseinander.

21

BERLIN

13. JUNI, 01:12 UHR ORTSZEIT

„Sie brauchen das nicht zu tun“, sagte Gail Runciter.

„Ich muss“, erwiderte Cap.

„Kommen Sie, Steve. Sie sind gerade erst wieder zu sich gekommen. Sie haben am Rande des Todes gestanden. Das Antidot ist im allerletzten Moment in Ihr System gelangt. Tatsächlich hat nur Ihr verstärkter Metabolismus Sie so lange am Leben gehalten. Verstehen Sie, was ich sage? Sie müssen sich ausruhen. Man muss Sie untersuchen und sichergehen …“

„Gail“, unterbrach er sie und nahm ihre Hand. „Ich werde das tun. Jetzt. Okay?“

Sie seufzte und nickte. Cap blickte zu G. W. Bridge. Er nickte ebenfalls.

Die S.H.I.E.L.D.-Wachen deaktivierten die Zellentür und traten beiseite. Cap betrat die kleine, von bläulichem Licht erhellte Zelle. Er warf einen Blick auf die große Spiegelwand und wusste, dass Gail und Bridge ihn von der anderen Seite her beobachteten.

Strucker war an einen Metallstuhl gefesselt, vor dem ein kleiner Tisch stand. Cap nahm ihm gegenüber Platz.

„Wo bin ich?“, fragte Strucker.

Cap antwortete nicht.

„Grundlegende Menschenrechte“, sagte Strucker. „Gefangenenrechte. Sie sind verpflichtet, mir zu sagen, wo ich bin.“

„Und Sie sind verpflichtet, Ihre verdammte Klappe zu halten“, entgegnete Cap. „Wagen Sie es nicht, mich über Menschenrechte belehren zu wollen …“

Er unterbrach sich.

„Berlin“, sagte er dann. „In der Hafteinrichtung einer S.H.I.E.L.D.-Station. Ich sage Ihnen das, weil ich nicht vorhabe, auf Ihr Niveau herabzusinken.“

Strucker lachte. Sein Gesicht war stark lädiert.

„Und das ist der Grund, weshalb die Amerikaner letztlich verlieren werden“, sagte er. „Und weshalb Hydra siegen wird.“

„Lassen Sie uns über Ihren Sieg sprechen“, nahm Cap den Faden auf. „Ihr Erreger wurde neutralisiert. Berlin ist sicher. Niemand ist gestorben. Nicht einmal ich.“

Strucker schwieg.

„Haben Sie dazu irgendetwas zu sagen?“, fragte Cap.

„Hydras Atem wird …“

„… wird innerhalb der nächsten drei Stunden im S.H.I.E.L.D.-Labor rückentwickelt. Wir haben Ihre Proben und dazu Proben des Gegenmittels. Der Erreger stellt keine Bedrohung mehr dar.“

„Für jeden Kopf, den Sie abschlagen, wächst ein anderer nach“, sagte Strucker.

Cap sah ihn über den Tisch hinweg an.

„Es ist vorbei, Strucker“, sagte er. „Hydras Plan ist fehlgeschlagen. Und dieser Fehlschlag hat Ihrer Organisation beträchtlichen Schaden zugefügt. Ich spreche nicht nur von Ihrem Ruf und Einfluss. Sie haben den Plan mit heißer Nadel gestrickt, Strucker. Dabei haben Sie Abkürzungen genommen und Verbindungen, Abläufe und Hierarchien offengelegt. Davon wird sich Hydra möglicherweise nie erholen.“

Er hielt den Blick auf Strucker gerichtet.

„Und falls doch, falls tatsächlich ein, zwei Köpfe nachwachsen, werden Sie sicher nicht die Freiheit genießen, es mit anzusehen.“

„Sie überschätzen Ihr …“

„Wir haben die Laptops aus Ihrem Apartment unter die Lupe genommen“, sagte Cap, „und interessante Informationen gefunden. Genug Daten, um Agenten auf Monate hinaus zu beschäftigen. Namen, Kontakte. Sie hatten es wirklich eilig, was?“

Strucker sagte nichts.

„Eine Sache ist besonders interessant“, fuhr Cap fort. „Das Protokoll einer Nachricht, die anonym an S.H.I.E.L.D. geschickt wurde. Ein Tipp, der S.H.I.E.L.D. auf eine A.I.M-Operation in der Antarktis aufmerksam gemacht hat. Vielen Dank dafür. Soweit ich weiß, ist man der Sache nachgegangen. Sie waren nicht nur auf Macht und Kontrolle aus, nicht wahr? Sie hatten es auch auf Ihre Konkurrenten abgesehen. Sie haben A.I.M. verraten, damit Hydra die Nase vorn haben konnte. So verzweifelt waren Sie.“

„War in dieser Predigt auch eine Frage versteckt?“ Strucker grinste.

„Alle waren dahinter her, stimmt's?“, fragte Cap. „Es war ein Wettlauf – ein Wettlauf um die Herrschaft über die Welt. Sie standen in Konkurrenz mit den anderen, und Sie taten alles, um zu gewinnen.“

„Es musste getan werden“, erwiderte Strucker. „Hydra musste siegreich sein.“

„Warum?“

„Weil zu viel auf dem Spiel stand.“

„Und alle anderen dachten dasselbe“, sagte Cap. „Alle großen Terror- und Verbrecherorganisationen der Welt. Ein plötzliches, verzweifeltes Wettrennen um die Macht. Kein Zögern, keine Subtilität, keine Gnade. Es konnte nur einen Gewinner geben. Und deswegen ist die Welt heute Nacht zum Teufel gegangen.“

„Und?“

„Warum?“

Strucker lehnte sich zurück.

„Eine Notwendigkeit“, antwortete er. „Wir mussten jetzt handeln – sonst hätten wir nie wieder gehandelt. Es gab nur eine einzige Chance.“

„Weil?“

„Es wurde ein Ultimatum gestellt. Keine Verzögerungen mehr. Ergreift die Macht – tut endlich, was ihr immer nur angekündigt habt zu tun. Übernehmt die Kontrolle über die Menschheit und sorgt für Ordnung. Setzt eure Herrschaft durch, sonst wird es für euch getan.“

„Wer hat das Ultimatum gestellt?“, fragte Cap.

Strucker zuckte die Schultern. Seine Fesseln klirrten.

„Strucker, da draußen lauert eine Gefahr. Eine versteckte Bedrohung, die so groß ist, dass sie selbst Hydra dazu gebracht hat, mit wahnsinniger, unbesonnener Verzweiflung darauf zu reagieren. Ich muss wissen, worum es sich handelt.“

„Ja, das müssen Sie“, erwiderte Strucker.

„Sagen Sie es mir.“

Strucker lächelte.

„Die Welt wird zur Verantwortung gezogen werden – sie wird sehr wahrscheinlich sterben“, sagte er. „Ich hatte eine Chance, das zu verhindern. Hydra hatte eine Chance. Aber Sie haben das vereitelt, Captain America. Sie haben uns daran gehindert, die Welt zu retten.“

„Die Welt zu beherrschen.“

„Das ist dasselbe“, erklärte Strucker. „Sie haben mich aufgehalten. Also hören Sie mir gut zu: Ich werde Ihnen gar nichts sagen. Ich werde Ihnen nicht helfen, diese Bedrohung zu finden oder sich ihr in den Weg zu stellen, denn das ist die einzige Befriedigung, die ich noch habe.“

„Sie würden lieber zuschauen, wie die Welt stirbt, anstatt mir zu helfen?“, fragte Cap. „Sie würden lieber zusammen mit ihr sterben, anstatt einen Finger zu rühren, um zu helfen? Sie verdammen den Planeten aus reiner Bosheit?“

Strucker lächelte abermals.

„Richtig“, erwiderte er. „Wenn man nichts mehr hat außer Bosheit, mein lieber Captain, dann muss Bosheit eben genügen.“

22

MADRIPOOR

13. JUNI, 06:10 UHR ORTSZEIT

Blendgranaten detonierten in den engen Treppenschächten der alten Fabrik in Lowtown. Blauer Rauch bauschte sich, erfüllte die Gänge und vernebelte die Sicht.

Die taktischen Teams drangen in das Gebäude ein.

S.H.I.E.L.D.-Agent Jerry Hunt führte das erste Team durch den westlichen Zugang von der Straße aus hinein. Sie trugen schwarz-weiße Schutzkleidung und geschlossene Kapuzen. Der Stoff enthielt ein lichtbrechendes Polymer, das die Agenten im Zusammenspiel mit dem blauen Rauch praktisch unsichtbar machte. Die Blickfelddarstellungen ihrer Augenmasken, auf Hitze und Bewegung kalibriert, ermöglichten es ihnen, trotz Rauch und Dunkelheit zu sehen. Die Linsen waren ebenfalls mittels spezieller Filter auf die prismatischen Eigenschaften der Rauchpartikel abgestimmt, um einen direkten und klaren Blick zu gewährleisten.

Sie trugen S-System-Tac-Waffen. Diese Hybrid-Sturmgewehre ließen sich von scharfer Munition auf Betäubungsgeschosse umschalten und konnten aus dem Unterlauf-Granatwerfer verschiedene Ladungen abfeuern. Auf die Oberschienen der Waffen waren Kaltstrahl-Phasenplasma-Läufe montiert, für jene besonderen Momente, wenn Energieschüsse ballistischen Hartgeschossen vorzuziehen waren.

Hunt hatte Betäubungsfeuer angeordnet. Er wollte kein Blutbad. Die Informationen deuteten darauf hin, dass Wyndham Gefangene hatte.

S.H.I.E.L.D. stürmte das Gebäude und durchkämmte es Raum für Raum. Die Agenten gaben kurze, kontrollierte Feuerstöße ab und legten alles um, was sich bewegte.

Hunt sah die New Men – Wyndhams groteske Fußsoldaten. Er war froh um die psionischen Blocker, die S.H.I.E.L.D. in die Unterziehmützen der Schutzkleidung eingewoben hatte. Sorge bereiteten ihm allerdings die entsetzlichen Strahlenwerte, die der Geigerzähler an seinem Handgelenk maß.

Auf dem zweiten Treppenabsatz ging ein New Man, ein Katzending, auf ihn los. Es brauchte zwei Betäubungssalven, um die Kreatur auszuschalten.

„Links klären!", befahl Hunt. Er wandte sich mit seinem Flügelmann nach rechts, trat eine Tür ein und mähte die New Men nieder, die dahinter auf der Lauer lagen.

Die New Men verließen sich auf ihre psionischen Kräfte. Sie hielten immer wieder inne, um ihre Mentalattacken zu entfesseln, und das machte sie zu guten statischen Zielen. Bis sie feststellten, dass die S.H.I.E.L.D.-Teams gegen diese Angriffe geschützt waren, lagen sie bereits am Boden.

Hunt wusste, dass dieser Vorteil nicht von Dauer sein würde. Die psionisch begabten Wesen würden diese Information untereinander weitergeben. Tiefer im Gebäude würden sie dann auf New Men stoßen, die bereit waren, ihr Terrain mit anderen Mitteln zu verteidigen. Ihre Ziele würden dazulernen, und sie würden schnell dazulernen.

„Nehmt euch in Acht vor Schusswaffen und Klingen", warnte er über Funk.

Nur Sekunden später stürzte sich ein Humanoid mit einem

Fleischerbeil auf ihn. Hunts Flügelmann stoppte den Angriff mit einem anhaltenden Feuerstoß.

Hunt nickte dankend. Er lud ein frisches Magazin in seine Waffe und ging weiter. Ringsum hörte er aus dem Gebäude Schüsse und das Knallen von Granaten.

Er spürte der Strahlungsquelle nach. Deren Sicherung hatte Priorität. Eine Etage weiter oben wurde die Treppe von drei New Men mit nachgemachten Kalaschnikows verteidigt. Kugeln spuckten und fetzten durch den alten Treppenschacht, schredderten Holz und Ziegel und erfüllten die Luft mit Staub und Splittern. Eine Agentin aus Hunts Team ging zu Boden, aber die Kompositpanzerung hatte die tödliche Kraft der Sturmgewehre gedämpft. Sie würde mit blauen Flecken und einer Geschichte heimkehren, die sie für den Rest ihres Lebens erzählen konnte.

Hunt hatte keine freie Schussbahn. Die New Men beharkten sie mit Kugeln. Er schaltete seine Waffe auf den Plasmastrahler um, tauchte aus seiner Deckung auf, feuerte, scherte das Geländer mit einem Strahl aus grüner Energie ab und schnitt ein halbrundes Stück aus der Wand. Das Mauerstück löste sich, an den Rändern zischend und brennend, sauber herausgetrennt aus der Wand. Damit war die Deckung am oberen Ende der Treppe augenblicklich dahin. Hunt schaltete zurück auf Betäubung und nahm die New Men unter Beschuss, die jetzt davoneilten, um sich ein neues Versteck zu suchen.

Er übernahm die Führung auf dem Weg nach oben. Die zerschossenen, wackligen Stufen knarrten unter seinem Gewicht.

Der Absatz war stabiler. Ordentlicher Unterbau, wahrscheinlich I-Träger, die das nächste Stockwerk stützten. Das Gebäude war einmal eine Fabrik gewesen und musste so gebaut sein, dass es Maschinen und Fertigungsanlagen trug.

Sie nahmen die nächste Tür und betraten einen großen Raum.

Der Anblick, der sich ihnen bot, ließ sie wie angewurzelt stehen bleiben.

„Feuer einstellen!", befahl Hunt eindringlich. „Das ist ein verdammter Sprengkopf!"

Das Ding war riesig und bedrohlich. Unter den kahlen Deckenleuchten lag es auf einem massiven Träger. Hunt hatte im Zuge seiner Laufbahn in Europa und Fernost schon einiges gesehen. Er erkannte eine Gammabombe, wenn er vor ihr stand.

Mit schussbereiten Waffen durchquerten sie den Raum. Ein Mann in Hemdsärmeln machte sich am Fuß der Bombe zu schaffen. Hektisch schnitt er Drähte durch und verband sie neu.

„Auf den Boden! Sofort!", brüllte Hunt. „Gesicht nach unten!"

„Ich fürchte, das geht nicht", erwiderte Banner, ohne sich nach ihnen umzudrehen. Er klemmte sich seine Drahtschere in den Mund, damit er beide Hände benutzen konnte, um eine Abdeckung zu lösen.

„Sie haben es gehört!", rief einer der anderen Agenten und hob seine Waffe.

Hunt gab dem Mann einen Wink.

„Banner?", rief er dann. „Doktor Banner?"

Banner nahm die Schere aus dem Mund.

„Bin ein bisschen beschäftigt", erwiderte er und arbeitete fieberhaft weiter.

Hunt näherte sich Banner. „Was machen Sie da?", wollte er wissen und nahm seinen Kopfschutz ab.

„Die Welt retten, hoffe ich", antwortete Banner. „Leider stand Wyndham mit der genormten Farbcodierung auf Kriegsfuß."

Hunt sah an der Bombe hoch.

„Ist das verdammte Ding scharf?", fragte er.

„Und wie", sagte Banner. „Scharf und bereit. Fernauslösung. Geben Sie mir den Schraubenzieher!"

Hunt gehorchte.

Banner, der immer noch nicht aufgeblickt hatte, nahm das Werkzeug und benutzte das Griffstück, um die klemmende Abdeckung loszuklopfen.

Hunt sah, dass Banner konzentriert und angespannt war. Er sah auch, dass der Mann schwitzte, gereizt war. Und plötzlich wurde Hunt bewusst, dass er nicht sicher war, was er mehr fürchtete – die Bombe oder Banner?

„Wissen Sie denn, was Sie da tun?“, fragte er.

„Ich hoffe es. Eigentlich sollte ich es wissen.“

„Gibt es einen Schaltplan?“

„Jede Menge“, sagte Banner. „Aber die Verdrahtung des Auslösemechanismus ist ziemlich standardmäßig. Aha!“

„Aha? Aha was?“

„Da ist der Empfänger für das Auslösesignal.“

Banner griff mit einer Zange hinein.

„Wo ist Wyndham?“, fragte Hunt.

„Verschwunden. Vorhin erst. Teleportiert. Ich konnte ihn nicht aufhalten.“

„Verdammt“, schimpfte Hunt.

„Deshalb die Eile“, erklärte Banner. „Er hat vor, die Bombe von seinem neuen Aufenthaltsort aus zu zünden.“

„Das Ding wird die ganze Insel auslöschen“, meinte Hunt.

„Für den Anfang“, bestätigte Banner.

Er kniff etwas ab, dann zog er ein Bündel Drähte heraus.

„Das ist der Fernauslöser“, sagte er und atmete aus.

Er sah zu Hunt auf. Schweißtropfen hatten sich am unteren Rand seiner Brillengläser gesammelt.

„Die Bombe ist immer noch scharf“, fuhr er fort. „Darum müssen wir uns noch kümmern. Aber der Auslöser ist deaktiviert.“

„Ich rufe ein Räumkommando“, sagte Hunt.

„Beeilen Sie sich. Ich bin mir ziemlich sicher, dass es keine Back-up-Auslöser gibt, aber Wyndham ist schlau. Dieses Ding muss auseinandergenommen werden, und zwar bis ins kleinste Bauteil. Außerdem ist es kontaminiert. Ihr Team braucht Schutzanzüge.“

Hunt setzte den Ruf ab. Banner stand auf.

„Sind Sie okay?“, fragte Hunt.

Banner nickte.

„Doc? Doc?“

Sie drehten sich um. McHale humpelte in den Bombenraum, eskortiert von einem taktischen Team, das ihn aus seiner Zelle befreit hatte.

Er schüttelte die stützenden Hände ab und kam zu Banner. Auge in Auge standen sie sich gegenüber.

„Sie haben ihm was vorgemacht?“, fragte McHale. „Sagen Sie mir, dass ich das richtig verstehe. Sie haben ihm was vorgemacht?“

„Ja“, sagte Banner. „Tut mir leid wegen …“

„Sagen Sie mir einfach nur, dass Sie ihm was vorgemacht haben.“

„Habe ich. Ich musste sein Spiel mitspielen. Ich musste ihn überzeugen, dass ich Verständnis für ihn habe.“

„Ich nehme an, mir eins überzuziehen, war eine ziemlich gute Demonstration“, meinte McHale.

„Ich musste eben überzeugend wirken“, sagte Banner. „Tut mir leid.“

„Mein Schädel verzeiht Ihnen“, erklärte McHale.

„Sie haben Wyndham etwas vorgespielt, um mehr über die Bombe herauszufinden?“, fragte Hunt.

„Ja, aber das war nicht alles. Die Bombe war Wyndhams Antwort auf eine Bedrohung – eine Bedrohung, die uns alle betrifft. Aber er wollte nicht darüber reden. Ich musste durchhalten, bis er bereit war, es mir zu erzählen.“

Er sah wieder McHale an.

„Wenn Sie mich rausgeholt hätten, als Sie die Chance dazu hatten, hätten wir jede Möglichkeit verloren zu erfahren, was er wusste.“

„Es gibt noch ein größeres Problem als die Gammabombe?“, fragte Hunt.

Banner nickte.

„Viel größer“, sagte er.

„Haben Sie es geschafft?“, wollte McHale wissen. „Haben Sie ihn zum Reden gebracht?“

„Mir ist die Zeit davongelaufen“, antwortete Banner.

„Verdammt!“, stieß McHale hervor.

„Deshalb habe ich ihn gezwungen“, sagte Banner. „Ich habe ihm gedroht.“

Hunt musterte den Wissenschaftler von Kopf bis Fuß.

„Womit?“, fragte der britische Agent.

„Mit etwas, wovor selbst ich mich fürchte“, sagte Banner.

Er nahm seine Brille ab und wischte sie an seiner Hemdbrust sauber.

„Er hat geredet“, sagte er, „und dann ist er abgehauen.“

Banner wandte sich wieder an Hunt.

„Ich muss mit den Avengers sprechen“, sagte er. „Höchste Priorität.“

„Da gibt es ein Problem“, erwiderte Hunt. „Die Kommunikationsverbindungen sind ausgefallen. Niemand kann mit irgendjemandem sprechen.“

23

WASHINGTON, D. C.

12. JUNI, 13:13 UHR ORTSZEIT

Starks erster Repulsorstoß brachte Ultron ins Wanken und zwang ihn ein, zwei Schritte zurück.

Die KI fuhr die Schildstärke ihrer gestohlenen Rüstung hoch, schoss zurück und schleuderte Iron Man gegen einen Munitionswagen. Missiles fielen herunter und rollten über den Boden wie Kegel.

Ultron kam näher und feuerte abermals. Stark hob ab und raste durch den weitläufigen Innenraum. Repulsorstrahlen jagten ihn, zerstörten Rohrleitungen, Deckenauslässe und Schutzwände.

Stark schlug einen Bogen, erwiderte das Feuer und riss eine tiefe Furche in die Deckoberfläche. Ultron wurde in die Luft gewirbelt.

Er justierte seine Stiefeldüsen und flog auf Stark zu. Sie prallten in der Luft aufeinander und lieferten sich einen Schlagabtausch. Stark hörte seine Rezeptoren heulen, als sie sich mühten, die Treffer zu absorbieren. Er rammte Ultron eine Hand unters Kinn und feuerte den Repulsor ab.

Sich überschlagend und Rauch hinter sich herziehend wurde Ultron davongeschleudert und riss eine Treibstoffpumpe um. Unnachgiebig erhob er sich aus den verbeulten Trümmern.

Stark jagte kopfüber mit Höchstgeschwindigkeit auf ihn zu.

Ultron feuerte den Unistrahl der Rüstung ab, holte Stark aus der Luft und ließ ihn aufs Deck stürzen. Stark kollidierte mit einem abgestellten Kampfflugzeug und demolierte militärische Hardware im Wert von vierzig Millionen Dollar. Das Flugzeug explodierte.

Ultron wandte sich ab.

„Und jetzt?“, fragte er.

Automatikwaffen beharkten die gekaperte Iron-Man-Rüstung. Drei S.H.I.E.L.D.-Security-Teams, die sich um den Deckhauptzugang herum verteilt hatten, feuerten aus allen Rohren.

Ultron rührte sich kaum. Kugeln prallten sirrend von seiner Rüstung ab. Stark hatte gut gearbeitet.

„Lächerlich“, sagte Ultron. Er hob eine Hand, um Repulsorenergie abzufeuern.

Vision stieg vor Ultron aus dem Deck auf, er war direkt durch das Metall gedrungen. Augenblicklich verfestigte er sich wieder und schlug mit ungeheurer synthetischer Kraft zu. Ultron wurde zurückgeworfen, sein Kopf so hart getroffen, dass er in die andere Richtung blickte.

Ultron richtete sich auf. Metall quietschte protestierend, als er den Kopf wieder nach vorne drehte. Der Hals der Iron-Man-Rüstung verbog sich und rastete wieder ein, als Naniten den Schaden reparierten.

Vision holte mit der Faust aus und stürzte vor. Ultron schlug nach ihm, aber sein Hieb ging durch die substanzlose Gestalt des Avengers hindurch.

Vision rammte seine Faust in Ultrons Kopf.

„Ich habe dazugelernt seit dem letzten Mal“, sagte Ultron. Visions Arm ragte aus dem stilisierten Grinsen des Visiers.

Ultron schickte Feedback durch das Schildsystem der Rüstung. Vision schrie vor Schmerz und wankte rückwärts, während er zwischen fester und immaterieller Form wechselte.

Ultron stimmte seinen Schlag ab auf einen Moment, in dem Vision greifbar war. Der Treffer schleuderte den synthetischen Avenger über das Deck.

Sprenggeschosse hämmerten auf Ultron und das Deck um ihn herum ein. Wo sie trafen, leckten Flammen empor. Nick Fury stand auf einem der erhöhten Laufgänge und deckte die abtrünnige AI mit Schüssen aus einem großkalibrigen Maschinengewehr ein.

„Nicht nachlassen!", schrie er.

Die S.H.I.E.L.D.-Security-Trupps setzten das Feuer fort. Von anderen Stellen des Decks her waren weitere Teams eingetroffen. Massiver Beschuss hüllte Ultron ein. Von einer Servicerampe aus feuerte Valentina de la Fontaine mit einer Laserpistole.

Ultron wankte unter dem gewaltigen Ansturm, aber er fiel nicht. Er wandte sich Fury zu und feuerte mehrere Repulsorstöße ab. Die Energieblitze zerstörten einen Teil des Laufgangs und seines Geländers. Fury musste sich aus der Bahn werfen. Ultron schoss weiter, bis sich der gesamte Laufgang aus seinen Halterungen löste. In einem Gewirr aus verbogenen Stützen krachte er aufs Deck. Fury brachte sich mit einem Satz in Sicherheit, landete auf einem geparkten Service-Truck, sprang von dort herunter und in Deckung.

Ultron drehte sich wieder herum und attackierte die Security-Teams mit seinen Repulsoren. S.H.I.E.L.D.-Soldaten wurden in die Luft und gegen Schotts geworfen.

„Ha, ha, ha", lachte Ultron.

Etwas huschte verschwommen um Ultron herum. Quicksilver war kaum wahrzunehmen. Zwischen Kugeln und Blitzen rannte er ebenso wahnsinnig schnell wie koordiniert umher. Für Pietro Maximoff wirkte der Hagel aus sich langsam drehenden Geschossen beinahe so, als hingen sie starr in der Luft. Er glitt zwischen ihnen hindurch und umkreiste Ultron.

Ultron hatte ihn entdeckt. Er schlug nach ihm und versuchte, den Avenger zu erwischen, aber Pietro war so schnell, dass nicht einmal die Starkschen Zielprädiktoren ihn erfassen konnten. Die Fäuste verfehlten Pietros verschwommene, hin und her sausende Gestalt, die immer wieder auswich und einen Kreis nach dem anderen zog.

Ultrons Naniten reparierten die Prädiktorensysteme blitzschnell und verbesserten sie noch. Rasch gelang es ihnen, Pietros Spur aufzunehmen. Ultron schoss einen weiteren Hieb ab, der Quicksilver umgebracht hätte, wäre er nicht im letzten Moment zurückgewichen.

Quicksilver schlitterte über das Deck, kam zum Stehen und schaute zurück.

„Wie sinnlos", bemerkte Ultron. „Du rennst um mich herum, aber du stellst keine Gefahr für mich dar. Hast du überhaupt versucht, einen Schlag anzubringen?"

„Okay", keuchte Quicksilver. Er meinte nicht Ultron.

Iron Man trat aus der Feuersbrunst, die einmal ein S.H.I.E.L.D.-Kampfflugzeug gewesen war. Der Widerschein der Flammen spiegelte sich auf seiner glänzenden Rüstung. Vor der Kulisse der Feuerwand stapfte er über das Deck auf Ultron zu.

„Ich wünschte, ich hätte einen Knopf, den ich drücken könnte", sagte er angesäuert. „Irgendetwas, das befriedigend klickt."

Hatte er aber nicht. Die Initialisierung war einfach nur eine Option in einem aufklappenden Menü seiner Blickfeldanzeige.

Er wählte sie trotzdem aus.

Ultron schaute nach unten und sah das Daten-Isolationsgerät, das Quicksilver ihm mit einem Magneten auf die Brustplatte geheftet hatte. Das Gerät war klein, nicht größer als eine Kaffeetasse.

„Das ist inakzeptabel", sagte Ultron und versuchte, es zu lösen.

„Pech", sagte Stark. Er aktivierte die Initialisierung.

Ultron schrie. Er zitterte, als stünde er unter Strom, und sank in die Knie.

Rasend schnell extrahierte das Isolationsgerät Ultrons digitale Essenz aus der Rüstung und dem Nanitenschwarm, der sie unterstützte. Es saugte Ultrons Bewusstsein in ein winziges feldisoliertes Eindämmungsnetz.

Ultron hörte auf zu zucken. Die Rüstung blieb aufrecht auf den Knien, den Kopf nach oben gerichtet, den Rücken gebeugt. Von den durchgebrannten Naniten stieg Rauch auf.

Stark trat auf die tote Rüstung zu und löste das Isolationsgerät.

Er hielt es hoch.

„Ein Glas und eine Zeitschrift", verkündete er. „Jetzt brauchen wir nur noch einen sicheren Aufbewahrungsort. Ich denke da an Pluto."

Er sah sich um. Fury tauchte aus seiner Deckung auf. De la Fontaine und andere Agenten kümmerten sich um die am Boden liegenden Soldaten. Pietro half Vision auf die Beine.

„Jetzt können wir die Welt wieder einschalten", sagte Stark zu Fury.

Er blickte in die grinsenden, toten Züge Ultrons – Züge, die seine Naniten dem Visier Iron Mans nachempfunden hatten. „Und jetzt wisch dir dieses Grinsen aus meinem verdammten Gesicht", sagte er und vaporisierte den Kopf der knienden Rüstung mit einem Stoß aus seinen Repulsoren.

24

WASHINGTON, D. C.
12. JUNI, 14:07 UHR ORTSZEIT

Überall auf dem Hauptkommandodeck des Helicarriers erwachten Monitore flackernd wieder zum Leben. Systeme wurden reaktiviert und neu gestartet. Nachdem die Bedrohung durch Ultron nicht mehr bestand, konnten abgeschaltete Netzwerke gefahrlos wieder hochgefahren werden.

„Es müssen immer noch eine Menge Reparaturen vorgenommen werden“, sagte die Contessa. „Die Energie- und Kommunikationsinfrastrukturen wurden schwer gestört. Aber jetzt können wir uns daranmachen, die Schäden zu beheben.“

„Wie sieht es mit der Satellitenabdeckung aus?“, fragte Stark. „Wissen wir irgendetwas Neues über die Sache in Sibirien?“

„Ersten Bildern zufolge scheint die Lage stabil zu sein“, sagte de la Fontaine. „Eine gewaltige Sturmformation bewegt sich in Richtung Südwesten, aber der Dimensionsriss scheint sich geschlossen zu haben. Das kontinentale Bruchstück, das verschwunden war, ist wieder da.“

„Immerhin etwas“, meinte Stark.

„Gibt es irgendeine Nachricht von Wanda oder Thor?“, fragte Vision.

„Ist meine Schwester am Leben?“, wollte Pietro wissen.

„Wir haben nichts von ihnen gehört“, antwortete de la Fontaine. „Aber in der Gegend herrschen starke atmosphärische Störungen, und unser Netzwerk ist noch nicht wieder völlig instand gesetzt.“

„Aber wir haben ein paar Kommunikationsverbindungen, oder?“, fragte Fury.

„Wir sind dabei, sie wiederherzustellen“, erwiderte sie. „Wie zu erwarten war, herrscht starker Funkverkehr. Alle versuchen, gleichzeitig zu reden.“

„Triagieren Sie das Aufkommen“, schlug Stark vor.

„Das tun wir“, sagte sie. „Prioritätskanäle und Notfallübertragungen stehen an erster Stelle. S.H.I.E.L.D.-Verbindungen fahren weltweit wieder hoch. Und wir haben eine Avengers-Priorität.“

„Berlin?“, fragte Stark.

„Ja.“

„Her damit“, verlangte Fury.

Sie standen vor einem Wanddisplay. Ein Teil des Monitors flimmerte, dann wurde ein Bild daraus. G. W. Bridge erschien.

„Director“, sagte er.

„Was gibt's, Bridge?“, fragte Fury.

„Die Bedrohung Hydra ist beseitigt“, antwortete Bridge. „Für eine Weile stand die Sache auf der Kippe, aber jetzt ist die Lage sicher. Wir stufen die Situation von Alpha herunter. Wie sieht's bei Ihnen aus?“

„Wir haben das Schlimmste hinter uns“, sagte Fury. „Ich bring Sie später auf den neuesten Stand. Im Moment möchte ich gern mit Cap sprechen.“

Auf dem Bildschirm trat Bridge beiseite, und die Kamera richtete sich auf Captain America.

„Warst du schon *wieder* im Zweiten Weltkrieg?“, fragte Stark. Er stand neben Fury, die Arme verschränkt, das Visier hochgeklappt.

„Fühlt sich jedenfalls so an“, erwiderte Cap. „Hört zu, ich will keine Zeit verschwenden. Ich weiß, dass es auch bei euch ziemlich haarig war. Es gibt noch eine potenzielle Alpha-Situation.“

„Wovon sprichst du?“, fragte Stark. „Geht es um Sibirien?“

„Ich glaube nicht“, antwortete Cap. „Danach wollte ich euch noch fragen. Wie ist die Lage dort?“

„Unklar, aber es scheint so, als sei das Schlimmste ausgestanden“, sagte Stark. „Also, wovon redest du?“

„Strucker hat mir erzählt, dass er auf ein Ultimatum reagiert hat“, erklärte Cap. „Im Grunde ging es darum, dass Hydra seine Drohungen wahr machen und die Welt kontrollieren sollte, sonst würde das jemand anderes tun.“

„Hat er gesagt, wer?“, fragte Fury.

„Natürlich nicht.“

„Aber du hast ihn doch ordentlich verprügelt und die Frage wiederholt, oder?“, wollte Stark wissen.

„Er redet nicht“, meinte Cap. „Aber die Bedrohung ist real. Die Tatsache, dass Hydra sie so ernst genommen hat, verleiht ihr hinreichend Glaubwürdigkeit.“

„Das stützt unsere Theorie“, sagte Fury zu Stark.

„Ja, es sei denn, Ultron war der Anstifter“, stimmte Stark zu.

„Ihr hattet mit Ultron zu kämpfen?“, fragte Cap.

„Das war ein Tag“, erwiderte Stark. „Ich kann dir sagen …“

„Avengers-Prioritätssignal!“, rief de la Fontaine. „Es kommt aus dem McMurdo-Sund in der Antarktis.“

„Auf den Schirm“, befahl Fury.

„Bleib dran, Cap“, sagte Stark.

Cap nickte. Ein zweites Fenster erschien. Sie konnten Black Widow und Hawkeye im Cockpit eines unbekannten Flugzeugs sehen.

„Helicarrier?“, rief Widow.

„Wir empfangen euch, Natasha“, antwortete Fury.

„Ihr geht in letzter Zeit aber auch nie ans Telefon, was?“, meinte Hawkeye.

„Ich hoffe, ihr könnt uns melden, dass die A.I.M.-Geschichte beigelegt ist“, sagte Fury.

Auf dem Monitor tauschten Widow und Hawkeye einen Blick. Ihre Miene verdüsterte sich. Er schaute unbehaglich drein.

„Gewissermaßen“, gab Hawkeye zurück.

„Mit ‚gewissermaßen‘ ist uns nicht gedient“, entgegnete Fury.

„A.I.M. ist hier aus dem Spiel“, erklärte Widow. „Aber wir befürchten, es könnte in der Gegend zu einer Nanotech-Kontamination gekommen sein.“

„Verdammt“, sagte Stark. Er seufzte. „Ich muss ehrlich sagen, ich habe heute die Nase voll von Naniten. Im wahrsten Sinne des Wortes.“

„Die gute Nachricht ist, wir haben den A.I.M.-Typen geschnappt, der geholfen hat, den Kram zu bauen“, sagte Hawkeye. „Wir haben eine vollständige technische Zusammenfassung aus ihm rausgekriegt.“

„Die kann ich euch jetzt schicken“, sagte Widow und beugte sich nach vorn, um die Schalttafel zu bedienen. „Datenpaket ist unterwegs.“

„Das Zeug an sich ist ziemlich inaktiv“, meinte Hawkeye. „Jedenfalls soweit ich das beurteilen kann. Aber wenn es in unsere DNS gelangt, dann kann M.O.D.O.K. in uns Fuß fassen. So ’n Gedankenkontrollzeug.“

„Wie habt ihr den A.I.M.-Typen zum Reden gebracht?“, fragte Fury.

„Pfeile sind spitz“, erwiderte Hawkeye.

„Ich schicke eine Nano-tainment-Taskforce los“, sagte Fury. „Die können …“

„Nicht nötig“, unterbrach Vision.

Er sah die Daten durch, die Widow geschickt hatte.

„Wir können das Problem auf kurzem Weg lösen“, fuhr er fort,

„indem wir Ultrons Naniten benutzen. Im Moment schlafen sie, aber der Schwarm existiert noch, und Ultron kontrolliert ihn nicht mehr. Es wäre ein Leichtes, sie so umzuprogrammieren, dass sie die Nanotechnologie von A.I.M. ins Visier nehmen und zerstören."

„Das nenne ich ausgleichende Gerechtigkeit", meinte Stark. „Einer frisst den anderen. Das wird Ultron schön stinken, dass seine Technik für Aufräumarbeiten eingesetzt wird."

„Da ist noch etwas", sagte Widow. „Thewell, der A.I.M.-Agent, war ziemlich gesprächig. Ich glaube, er hofft auf Immunität. Er hat gesagt, dass die Operation von A.I.M. eine Reaktion auf irgendeine Bedrohung von außen war. M.O.D.O.K. beschleunigte die Sache, um sich die Weltherrschaft zu sichern, bevor sie ihm jemand anders wegschnappen konnte."

„Das hören wir heute ziemlich oft", sagte Stark. „Hat er irgendetwas gewusst, das uns weiterhilft?"

„Nein", antwortete Hawkeye. „Er kennt keine Einzelheiten. Wir …"

„Wir sind dran", sagte Fury.

„Eine Bedrohung, die groß genug ist, um Hydra und A.I.M. zu provozieren, muss … richtig groß sein", meinte Cap. „Und sie muss versteckt sein. Gut versteckt."

„Ich weiß, wo sie ist", sagte Stark. Er wandte sich an Fury. „Deine Experten sollen sich Wandas Nachricht noch mal ansehen."

„Eine mathematische Bezeichnung unseres Universums und der anderen Dimension …", setzte Vision an.

„Und eine separate kleine Realitätstasche", führte Stark die Überlegung fort, „direkt in unserer Welt. Eine Blase aus konterdimensionaler Energie. Wie eine Tarnvorrichtung. Wanda wusste nicht, was sie uns zeigte, aber sie hat alles aufgezeichnet."

„Finden Sie heraus, wo das ist", sagte Fury zu de la Fontaine. Sie nickte und eilte davon.

„Wir müssen …“, fing Stark an.

„Es kommt eine neue Nachricht herein“, sagte Fury und griff nach der Konsole. „Eine dritte Avengers-Priorität.“

Ein weiteres Fenster tat sich auf. Thor und Scarlet Witch saßen in einem Quinjet. Das Bild flackerte.

„… uns hören?“, rief Wanda.

„Wir hören euch, Wanda“, antwortete Vision.

„Ah, wir sehen euch“, erklärte Thor und zeigte auf den Bildschirm.

„Schwester! Wo bist du?“, fragte Quicksilver.

„Auf dem Rückflug aus Sibirien“, erwiderte Wanda.

„Es freut mich, dich zu sehen“, sagte Pietro.

„Ich freue mich auch, Bruder.“

„Ich habe dich gehört. Ich habe dich in der Dunkelheit gehört.“

„Meine Nachricht ist angekommen?“, fragte sie überrascht.

„Und wie“, sagte Stark.

„Ich dachte, ich hätte versagt“, gab sie zu.

„Es herrschte viel Tumult“, sagte Thor. „Der Meistermagier Dormammu …“

„Dormammu?“, entfuhr es Fury. „Oh Mann, ich hasse diesen magischen Kram.“

„Er stellt keine Gefahr mehr dar“, erklärte Thor. „Die Schlacht war erbittert. Sein Dimensionsriss ist geschlossen und die Erde wiederhergestellt, aber die Nachbeben sind noch nicht ausgestanden.“

„Wir stecken in einem Sturm, den könnt ihr euch gar nicht vorstellen“, sagte Wanda. „Wir sind kaum lebend aus der Leere herausgekommen.“

„Wir sind froh, dass ihr es geschafft habt“, erklärte Stark. „Gebt Gas. Wir werden euch hier brauchen.“

„Aye“, gab Thor mit einem Nicken zurück. „Aber wir müssen bereden …“

„Noch eine Priorität", meldete Vision, „sie kommt über S.H.I.E.L.D.-Kanäle in Fernost."

„Annehmen", sagte Stark.

Ein viertes Fenster öffnete sich. Bruce Banner erschien auf dem Monitor. Er wirkte überrascht.

„Oh", machte er. „Es hat geklappt. Es hieß, die Verbindungen wären im Eimer."

„Wir sehen Sie, Doktor", sagte Fury.

„Eine Menge Leute da bei euch", meinte Banner, den Blick in die Kamera gerichtet.

„Wie geht es dir, Bruce?", erkundigte sich Stark.

„Gut, Tony, danke. Na ja, geht so. Es ist viel passiert."

„Gibt es ein Problem da drüben, Doktor?", fragte Fury.

„Eigentlich nicht mehr", antwortete Banner. „Aber dafür gibt es ein neues."

„Fassen Sie sich kurz", verlangte Fury.

„Das hatte ich vor", erwiderte Banner ruhig. „Es gibt eine Bedrohung. Eine verborgene Bedrohung. Niemand weiß davon, aber …"

„Wir wissen davon", sagte Stark.

„Ach was?" Banner wirkte enttäuscht. „Also gut, dann ist es ja … gut. Ich habe mir Sorgen gemacht. Die Sache ist ziemlich groß."

„Wir sind dran, Doktor", sagte Fury. „Suchen Sie sich einfach ein sicheres Plätzchen. Und ein ruhiges. Sieht aus, als hätten Sie einen langen Tag gehabt."

„Mir geht's gut", erwiderte Banner. „Aber danke für Ihr Mitgefühl."

„Wir kümmern uns um die Bedrohung, Bruce", sagte Stark. „Sind gerade dabei, sie zu identifizieren."

„Ihr wisst nicht, worum es sich handelt?", fragte Banner.

„Nein, aber wir werden es bald wissen", erwiderte Stark. „Bis dahin …"

„Ich kann euch sagen, worum es sich handelt“, sagte Banner. „Ich weiß es.“

Stark, Fury und Vision sahen einander an.

„Gut für Sie, Doc“, meinte Fury. „Damit sind Sie uns einen Schritt voraus.“

„Ich versuche nur zu helfen“, sagte Banner.

„Das wissen wir zu schätzen“, erklärte Stark. „Und deine Information ist bestätigt?“

„Von höchster Stelle“, antwortete Banner.

„Okay“, meinte Stark. „Dann los. Wir sind ganz Ohr, Bruce. Raus mit der Sprache. Oh, aber bevor du anfängst …“

Er richtete den Blick auf das Bildschirmfenster, in dem Cap zu sehen war.

„Willst du, oder soll ich?“, fragte er.

„Tu dir keinen Zwang an“, meinte Cap.

„Ich glaube, du bist dran“, erwiderte Stark.

„Mach einfach“, sagte Cap.

„Es sollte von dir kommen“, fand Stark. „Es klingt einfach besser, wenn es von dir kommt.“

„Meine Herren …“, knurrte Fury.

Stark lächelte und nickte Cap zu.

„Okay“, sagte Captain America. „Avengers … versammelt euch!“

25

PINE BARRENS, NEW JERSEY
14. JUNI, 06:31 UHR ORTSZEIT

Von oben war nichts zu sehen. Nur die weite Fläche des dichten Waldes, der in der Luft des frühen Morgens dick und dunkel wirkte.

„Zeit bis zum Ziel – vier Minuten“, meldete Iron Man vom Steuer des Quinjets. Sie kamen tief und schnell herein. Der Himmel über ihnen war von einem harten Blau, und das Meer aus smaragdgrünen Bäumen raste gefährlich nah unter ihnen dahin. Der Sog des Quinjets zog eine sich kräuselnde Linie in die Baumkronen.

„Die Sichtgeräte zeigen nichts an“, berichtete Hawkeye. „Sind wir hier wirklich richtig?“

„Irgendetwas ist da auf jeden Fall“, sagte Scarlet Witch, drehte die Hände vor dem Gesicht und blickte auf ihre Finger.

„Du kannst es spüren?“, fragte Quicksilver.

„Jetzt, da wir uns nähern, schon, ja“, antwortete sie. „Es ist groß, aber unsichtbar. Ein Gefühl, als könnte ich es berühren.“

„S.H.I.E.L.D. ist in Position“, gab Widow weiter. „Volle Mobilisierung auf deinen Befehl.“

„Lasst uns erst einmal sehen, ob wir das nicht alleine schaffen“, sagte Cap. Er rückte seinen Schild zurecht und sah die anderen an.

„Ich kann es kaum erwarten“, erwiderte Thor.

„Drei Minuten“, sagte Iron Man. „Vision? Du bist dran.“

Vision nickte und erhob sich.

„Wir sehen uns drinnen“, sagte er und verschwand direkt nach unten durch das Deck des dahinrasenden Jets.

Draußen drehte er sich, beschleunigte wie ein Missile und flog zunächst neben dem Quinjet her, der über die Baumwipfel hinwegjagte, dann zog er davon. In einem eleganten Bogen schwenkte Vision zur Seite und hielt auf das Herz des Waldes zu.

Der Tarnschild war modern und hoch entwickelt, aber Stark hatte die Daten vorab analysiert und die Schwingungswerte ermittelt. In substanzloser Gestalt flog Vision in die Bäume hinein und stimmte seine Molekularstruktur dann pulsierend auf die korrekte Schwingungsfrequenz ab. Eine heikle Manipulation seines synth-organischen Systems, die viel Feingefühl erforderte.

Er tauchte in den unsichtbaren Schirm ein.

Ein Flimmern entstand.

Das Muster wurde gestört, das Tarnfeld versagte und brach zusammen.

Der Wald löste sich auf und offenbarte eine im Durchmesser acht Meilen weite Vertiefung inmitten der Bäume. Dort war der Bewuchs mittels eines Fusionsstrahlers mit chirurgischer Präzision entfernt worden, und der Tarnschild hatte lediglich das Erscheinungsbild des ursprünglichen Waldes reproduziert und sich der Umgebung angepasst.

Jetzt enthüllte das Tageslicht, was der Schild verborgen hatte.

Es war riesig. Monumental. Ein Fahrzeug. Ein Raumschiff.

Es war rund, eine gewaltige Scheibe aus einer glänzenden

grün-weißen Legierung, und aus der Mitte der Oberfläche ragten bauliche Strukturen empor. Es sah zu groß aus, um echt zu sein, wie eine fremdartige Stadt, die man aus der Ferne erblickte.

„Ich glaub, jetzt seh ich was“, murmelte Hawkeye.

„Was du nicht sagst“, kommentierte Iron Man. „Ein Schlachtschiff der Superklasse.“

„Wie groß das Ding ist ...“, flüsterte Quicksilver staunend.

Iron Man drehte bei und bremste den Quinjet hart ab. Vektordüsen richteten sich aus und spien Feuer.

„Sie werden uns gesehen haben“, sagte Scarlet Witch.

„Selbst bei aktivem Stealth-Modus werden sie uns schon aus einer Entfernung von hundertfünfzig Kilometern gesehen haben“, erwiderte Iron Man. „Aber weißt du was? Das ist mir inzwischen egal.“

„Warum schießen sie nicht auf uns?“, wunderte sich Widow. „Warum treffen sie keine Gegenmaßnahmen?“

„Vielleicht suchen sie keine Auseinandersetzung“, meinte Hawkeye.

„Dann werden sie aber enttäuscht sein“, sagte Cap.

Er öffnete die Deckluke des Quinjets. Iron Man versetzte die Maschine in eine stabile VTOL-Schwebeposition und verband die Steuerung mit seiner Rüstung. Sie befanden sich zwischen den Bäumen, sieben Meter über dem Waldboden und etwa sechshundert Meter vom Rand des riesigen Schiffs entfernt.

„Los!“, rief Cap.

Thor übernahm die Führung, Iron Man folgte ihm mit flammenden Stiefeldüsen. Quicksilver schoss wie ein blauer Blitz aus dem Quinjet – ein schwindelerregender Streif, der zu Boden jagte und sich zwischen den Bäumen hindurch auf das Schiff zuschlängelte.

* * *

Cap sprang und landete auf den Füßen. Die anderen ließen sich an Seilen herab.

Zu Luft und zu Fuß hielten sie durch den Wald auf das gewaltige Gebilde zu.

„Oh, jetzt haben sie begriffen, dass wir ihrer Aufmerksamkeit wert sind", meinte Iron Man. „Die Schilde werden aktiviert. Nehmt euch vor den Verteidigungssystemen in Acht."

Aus Vertiefungen entlang des Randes der Schiffshülle fuhren automatische Geschütztürme hoch. Strahlen-Emitter öffneten sich und spuckten knisternde Pfeile aus Fusionsenergie hervor, die den Baumbestand lichteten und Geysire aus Erdreich in die Höhe schleuderten. Quicksilver raste im Zickzack zwischen den Explosionen hindurch. Cap sprang beiseite, um nicht von einer umstürzenden Kiefer erschlagen zu werden. Hawkeye zuckte zusammen, als ein Blitz den Boden neben ihm aufriss und ihn mit Dreck überschüttete. Er rannte weiter.

„Ihr Hauptarsenal setzen sie noch nicht ein", sagte Widow und sprang im Salto über einen Baumstamm. „Das soll uns alles nur davon abhalten, noch näher zu kommen. Sie verlassen sich auf ihre Schilde."

„Die ich gleich blockieren werde", kündigte Iron Man an und schwenkte zur Seite, um Fusionsblitzen auszuweichen. Er flog zwischen den Baumkronen einher.

„Bist du sicher, dass du das kannst?", fragte Cap über Funk. Er rannte, was das Zeug hielt, den Schild am Arm.

„Wir kennen ihre Technik", erwiderte Iron Man. „Ich habe ein paar Sachen gebaut für den Fall, dass wir es je wieder mit ihnen zu tun bekommen."

Sein Unistrahl pulsierte, und die Energiefelder um die Hülle flimmerten und zerplatzten. Die Schilde des Raumschiffs – eigentlich für längere Schlachten mit gegnerischen Schiffen der Superklasse in den Tiefen des Weltraums entwickelt – versagten augenblicklich und umfassend. Alle spürten sie den Knall, mit dem sich der Luftdruck änderte. Es roch durchdringend nach Ozon und Kiefernharz.

Sofort erhöhten die automatischen Geschütztürme ihre Feuerfrequenz. Fusionsblitze hagelten in den Wald, verwandelten hohe Bäume in hölzerne Schrapnelle, andere in Fackeln und pflügten den Erdboden um.

„Okay, jetzt sind sie sauer", bemerkte Hawkeye und warf sich in Deckung. Er rollte sich ab und hob seinen Bogen.

In rascher Folge schoss er Sprengpfeile auf die Geschütztürme ab. Er zielte direkt auf die pulsierenden Öffnungen der Emittermodule. Pfeile mit Adamantiumspitzen bohrten sich tief und präzise in die Module, die Sprengladungen erledigten den Rest.

Die Geschütztürme detonierten entlang des unteren Rands in einer Serie flammender Explosionen. Energie zuführende Subsysteme unter der Außenhaut leiteten die zerstörerische Wirkung weiter, zündeten neue Explosionen und schredderten ganze Teile der Hülle. Trümmer regneten herab, Rauch quoll in den blauen Himmel empor.

Ein großer Teil der Abwehrsysteme des Raumschiffs war lahmgelegt. Die Avengers hatten freie Bahn. Sie ließen den brennenden Wald hinter sich und stürmten in Richtung Schiff.

„Thor? Vision? Macht die Tür auf", befahl Iron Man.

Seite an Seite flogen der Synthezoide und der Ase auf das Schiff zu. Thor versetzte der Hülle mit Mjölnir einen gewaltigen Hieb, der ein Loch hineinschlug. Zusammen mit Vision packte er die gezackten Ränder der Öffnung, dann zogen sie in entgegengesetzte Richtungen.

Sie rissen die Hülle weit auf.

Iron Man flog geradewegs in das klaffende Loch hinein, gefolgt von Quicksilver, der seine Beschleunigung in einen fliegenden Sprung verwandelte. Cap stürmte im nächsten Augenblick hinterher, gefolgt von Black Widow, Scarlet Witch und

Hawkeye. Vision schmolz sich durch die Hülle ins Innere, und Thor schlug eine weitere Einstiegsöffnung hinein.

In den kühlen, hohen Gängen des Schiffs drängten sich Krieger des Sternenreichs der Kree, um sich ihnen entgegenzustellen.

Die Kree waren ein altes, hoch entwickeltes Volk, und ihre Zivilisation hatte das galaktische Geschehen lange Zeit bestimmt. Sie hatten eine Sterne umspannende Kultur errichtet, ihre dynastische Reinheit gewahrt und in Sachen kosmischer Technologie und Wissenschaft große Leistungen vollbracht.

Die Grundlage all dessen war jedoch stets skrupelloser militärischer Eifer gewesen. Sie hatten rivalisierende Reiche zurückgeschlagen. Sie hatten Welten erobert.

Sie fürchteten weder Konflikte noch Blutvergießen.

Hunderte von Kree-Kriegern stürmten heran, um die Eindringlinge abzuwehren. Ihre grün-weißen Rüstungen und die Haubenhelme wirkten bedrohlich und finster. Ihre Disziplin und Feuerordnung waren ohne Fehl und Tadel.

Binnen Sekunden fielen die ersten von ihnen.

Iron Man beharkte sie, er beharkte den Gang mit Repulsorfeuer, mähte die Kree nieder und schleuderte ihre Leiber in die Luft. Thor donnerte hinter ihm herein, entfesselte Hammerschläge voll göttlichen Zorns und zermalmte die Schlachtfeld-Elite der Kree.

Kree-Blaster feuerten. Die Luft war erfüllt von einem Netz aus flirrenden Blitzen und Strahlen. Caps Schild lenkte Schüsse ab, während er in die gegnerischen Reihen vorstieß und Soldaten beiseiteschlug und -trat. Jeder Hieb war gezielt und perfekt bemessen. Er verschwendete kein Quäntchen Kraft. Kree-Krieger wankten und brachen zusammen, übermannt von Caps präzisem Angriff. Er verlor kaum Schwung und drang in ihre Formationen ein.

Quicksilver raste ihm voraus, sauste zwischen den Kriegern hindurch und fällte sie mit raschen Schlägen, während er jedem

Blasterschuss auswich. Hawkeye blieb zurück und nutzte die Deckung, die der Rand des in die Hülle gerissenen Lochs bot, um Gegner mit exakt gezielten Schüssen auszuschalten. Er entdeckte Gruppen von Kree auf einem höher gelegenen Deck, Crews, die versuchten, schwere Blaster auf Dreibeinen aufzubauen. Er feuerte Sprengpfeile auf sie ab und zerstörte den Laufgang unter ihren Füßen. Die Kree stürzten mit den Trümmern des Gangs und der brennenden Geschützträger in die Tiefe.

Widow kam um sich tretend und schießend an Caps Seite und hinderte die zunehmend verzweifelter kämpfenden Kree daran, ihn zu umzingeln. Ihre Pistolen krachten und feuerten Starkdesignte Geschosse ab, die so ziemlich alles durchschlugen – auch die hoch entwickelte Kampfpanzerung der Kree.

Grün-weiß gerüstete Leichen übersäten in wachsendem Ausmaß das Deck.

Vision stieg wie ein Geist aus dem Deck auf, verfestigte sich und stieß zwei schießende Kree-Krieger mit den Köpfen zusammen. Er drehte sich um und schickte einen weiteren mit einer Geraden zu Boden. Etliche andere Krieger nahmen ihn unter Beschuss, aber ihre Strahlen gingen einfach durch ihn hindurch und brachten hinter ihm stehende Kree-Soldaten zu Fall. Vision langte nach unten, riss am Deck und holte ein Dutzend Krieger von den Beinen, als wäre ihnen ein Teppich unter den Füßen weggezogen worden.

Nachschubtruppen quollen in die Gänge und stürzten sich in den Kampf. Scarlet Witch schritt hoch aufgerichtet und anmutig hinter dem Kerngeschehen der Konfrontation durch den Gang, als wäre sie blind gegenüber dem Gemetzel. Sie hatte einen Zauber um sich gewoben, an dem der Energiebeschuss wie Regen abperlte. Als sie die Soldaten sah, die zur Verstärkung kamen, hob sie die Hände und beschwor eine Woge von Missgeschicken herauf.

In den Reihen der Kree versagten auf einmal etliche Waffen.

Ein paar explodierten in den Händen der Krieger, die damit zu schießen versuchten. Anderen gingen plötzlich die Energieladungen aus. Und einige weigerten sich schlicht zu funktionieren – die verblüfften Kämpfer, die diese Waffen trugen, fielen rasch unter Caps Fäusten, Widows Kugeln, Hawkeyes Pfeilen und Visions sinnverwirrendem Wechsel zwischen fester und substanzloser Gestalt.

Iron Man, Quicksilver und Thor brachen durch und betraten eine riesige innere Galerie.

„Die Energielevel steigen“, rief Iron Man und feuerte seine Repulsoren auf die Kree-Verteidiger ab. „Ich glaube, unsere Besucher versuchen, die Triebwerke zu zünden und sich aus dem Staub zu machen.“

„Zu spät“, kommentierte Thor.

„Sie scheinen nicht allzu glücklich über diese Konfrontation zu sein“, sagte Pietro. Er bewegte sich so schnell, dass sich in seinem Sog das Licht verzerrte. Dutzende von bewusstlos liegen bleibenden Kriegern pflasterten seinen Weg.

„Zu spät“, wiederholte Thor und trieb seinen Hammer durch ein Schott. Er schlug sich den Weg in einen Technikraum frei, riss ein schweres Energieaggregat aus dem Boden und schleuderte es von sich. Es krachte durch die Wand und explodierte nebenan.

Warnsirenen heulten unheimlich. Die Luft war von Rauch erfüllt.

„Kommandozentrale?“, fragte Iron Man über Funk.

„Zwei Decks unter euch“, antwortete Scarlet Witch. Sie hatte die Zentrale mittels eines komplexen Zaubers ausfindig gemacht.

„Danke“, erwiderte Iron Man. „Das stimmt mit den Energieprofilen überein, die ich sehe.“

Iron Man drehte ab und tauchte im Sturzflug in einen Hauptschacht, der senkrecht durch die Decks führte. Dabei feuerte er mit den Repulsoren nach vorn und schoss sich die Bahn frei. Vision, Thor und Quicksilver folgten ihm. Cap schlug einen Salto über ein Geländer hinweg und ließ sich hinterherfallen. Widow leerte ihre Magazine in einen Pulk näher kommender Krieger und folgte dann seinem Beispiel. Hawkeye blickte in den Schacht … und auf den brennenden Pfad, den seine Kollegen in Richtung Herz des Schiffes schnitten.

„Ich glaube, ich nehme lieber die Treppe", rief er, fuhr herum und jagte einen Pfeil in einen angreifenden Kree-Krieger.

„Du gestattest?", fragte Scarlet Witch und wirkte einen Zauber, der sowohl sie als auch Hawkeye in die Luft hob und dann sanft durch den Schacht nach unten sinken ließ.

Thor und Iron Man öffneten die massive Tür, hinter der die Kommandozentrale lag. Trümmer flogen in alle Richtungen. Drei Kree-Offiziere eröffneten das Feuer, aber ein durch die Luft zischender Schild riss sie von den Füßen.

Iron Man landete und führte die Avengers in den Raum. Ein weiterer Kree-Offizier schnappte sich eine Waffe, und Widow drehte sich, um mit ihrem Bite zu kontern – aber da hatte Hawkeye ihm bereits mit einem Pfeil den Arm an eine Konsole genagelt.

Iron Man schaute an dem gigantischen Lebenserhaltungstank hoch, der vor ihnen aufragte. Seine Seiten waren transparent. Aus der Energieflüssigkeit darin blickte ein riesiges verzerrtes Gesicht auf sie herab. Seine Züge waren ernst und traurig. Glasfaserkabel verbanden seinen Schädel mit dem System des Tanks.

„Dies ist die einzige Warnung, die ihr erhaltet, Avengers", sagte die Oberste Intelligenz des Sternenreichs der Kree. „Ihr seid hier nicht willkommen."

„Oh je", erwiderte Iron Man. „Das musst du uns aber erklären."

„Das ist ein kriegerischer Akt", entgegnete die Intelligenz.

„Das ist ein Akt souveräner Verteidigung“, erwiderte Cap. „Ihr habt unseren Planeten angegriffen.“

„Das haben wir nicht“, widersprach die Intelligenz. „Wir haben lediglich beobachtet.“

„Ihr habt euch eingemischt“, gab Cap zurück. „Ihr habt provoziert. Wir wissen von dem Ultimatum. Euretwegen ist es zu fünf ernsthaften Bedrohungen gekommen. Bedrohungen, die unsere Welt beinahe zerstört oder für immer verändert hätten.“

„Das war unser Wunsch“, erklärte die Intelligenz.

„Du gibst es also zu?“, fragte Thor.

„Die Erde ist gefährlich. Sie darf ihren gegenwärtigen Kurs nicht fortsetzen.“

„Und deshalb habt ihr das Schicksal unserer Welt in die Hände von Terroristen und Ungeheuern gelegt?“, fuhr Cap auf.

„Die Erde muss gezähmt werden“, sagte die Oberste Intelligenz. „Im Sinne des galaktischen Wohls. Eure kriminellen Elemente und Aufrührer haben lange nach der Weltherrschaft getrachtet, alle auf verschiedene Weisen. Wir haben ihnen die Chance geboten, ihre Pläne zu verwirklichen.“

„Ist das dein Ernst?“, fragte Scarlet Witch.

„Alle haben das Zeug dazu“, fuhr die Oberste Intelligenz fort. „Das Zeug und den Wunsch, eurer Welt eine neue Ordnung zu geben. Das eigensinnige Wesen der Menschheit zu zügeln.“

„Weil sie Psychopathen sind“, sagte Hawkeye. „Die Menschheit zu zügeln, darunter verstehen sie … eine Diktatur. Den Verlust der Freiheit, die …“

„Sie würden herrschen und kontrollieren“, sagte die Oberste Intelligenz. „Sie würden diese Welt sorgsam verwalten und verhindern, dass sie die Galaxis verseucht.“

„Oder sie würden uns in die Steinzeit zurückführen“, meinte Cap.

„Auch das wäre eine akzeptable Lösung gewesen“, erwiderte die Intelligenz.

„Ihr wolltet also nur, dass andere für euch die Drecksarbeit erledigen, ja?", fragte Widow.

„Die Erde muss gezähmt werden."

„Es geht um mehr als nur das", sagte Stark. „Die galaktischen Autoritäten haben die Erde zum Tabu erklärt. Wenn die Kree interveniert oder eine Invasion gestartet hätten, wären sie mit den anderen Mächten des Kosmos aneinandergeraten. Es wäre zum Krieg gekommen. Wenn die Erde allerdings aufgrund einer internen Bedrohung zusammenbräche, das wäre okay. Durchschaubar. Das ist Beschiss, mein Lieber."

„Das ist ein Mittel zum Zweck."

„Und dann hättet ihr einmarschieren und den Laden übernehmen und dabei so tun können, als würdet ihr nur den Frieden wahren und aufräumen", sagte Stark. „Euch um einen verletzten Nachbarn kümmern. Scheinbar humanitär und fürsorglich. Eine Invasion durch die Hintertür."

Cap trat vor, stellte sich neben Iron Man und blickte zu dem riesigen Tank auf.

„Warum habt ihr solche Angst vor uns?", fragte er.

„Sieh doch nur, Mensch, wie ihr euch den Weg hierher erkämpft habt", entgegnete die Oberste Intelligenz.

„Das war Selbstverteidigung", erklärte Cap. „Eine Reaktion auf eure Drohung. Ich möchte wissen, warum ihr die Erde so fürchtet?"

Die Oberste Intelligenz antwortete nicht gleich.

„Ihr seid ein Volk von Kindern", sagte sie schließlich. „Neulinge in der galaktischen Gemeinschaft. In den wenigen Jahren, die wir euch nun kennen, haben uns eure Neigungen das Fürchten gelehrt. Eure Technologien eskalieren in einem Tempo, das ihr selbst nicht begreift. Ihr bringt Metawesen in einem Maß hervor, das beispiellos ist, und diese Metawesen führen ein völlig unkontrolliertes Dasein, ohne jede Einschränkung, obgleich viele von ihnen über die Macht verfügen, Welten Schaden zu-

zufügen oder sie zu vernichten … oder sogar die Galaxis im Ganzen zu gefährden."

Die Oberste Intelligenz hielt kurz inne, dann fuhr sie fort: „Hunger und Krankheiten plagen eure Welt, und es gibt keine einheitliche politische Agenda. Und dennoch mischt ihr euch in die Angelegenheiten anderer Kulturen ein. Die Erde ist ein gefährlicher Planet. Sie stellt eine Gefahr für sich selbst und für andere Welten dar. Ihr seid weder reif noch weise. Ihr habt große Macht, aber kein Verantwortungsgefühl. Ihr seid leichtsinnig und emotional. Ihr seid unvollkommen und uneins. Ihr seid uneinsichtig und wisst nicht, wie stark ihr seid. Solange die Erde in ihrer momentanen unbeständigen Verfassung existiert, ist keine Kultur im Weltraum sicher. Und das Sternenreich der Kree wird sich nicht von einer selbstsüchtigen, allzu mächtigen Spezies von Säuglingen zu Fall bringen lassen."

„Ihr glaubt wirklich, wir stellen eine Bedrohung für euch dar?", fragte Iron Man.

„Ihr werdet zu einer heranwachsen", erwiderte die Oberste Intelligenz. „Ihr werdet euren Blick auf die Sterne richten und andere um das beneiden, was sie haben. Bis dahin seid ihr eine Bedrohung, ohne eine sein zu wollen. Ein abtrünniges Metawesen, eine unkontrollierbare Krankheit, ein technisches Missgeschick … Ein Versehen oder Unglück eurerseits könnte die galaktische Kultur beenden."

„Und deshalb wolltet ihr uns stoppen?", fragte Cap. „Uns einen Riegel vorschieben, uns zügeln und begrenzen?"

„Ja", bestätigte die Oberste Intelligenz. „Jede der Parteien, die wir ermuntert haben, wäre in der Lage gewesen, die Kontrolle über die Erde zu ergreifen und über sie zu herrschen. Sie hätten euer ungestümes Wesen gezähmt und sich die Menschheit untertan gemacht. Die siegreiche Partei hätte im Lehnsdienst der Kree gestanden, und die Kree hätten durch sie geherrscht. Diese Lösung, das haben alle eingesehen, wäre der Zerstörung ihrer Welt und der Vereitelung ihrer Ambitionen auf jeden Fall vorzuziehen gewesen."

„Ihr habt die Rechnung ohne uns gemacht", sagte Cap. „Ihr habt unsere Fähigkeit, auf uns selbst aufzupassen, unterschätzt. Unsere Fähigkeit, die Bedrohungen zu stoppen und eure Hand darin zu erkennen. Beweist das nicht, dass wir viel mehr sind als nur die Kinder, für die ihr uns haltet?"

„Die Bedrohung bleibt bestehen", beharrte die Oberste Intelligenz. „Ihr seid trotzig und eigensinnig. Die Galaxis wäre ohne euch besser dran."

„Ich schlage vor", sagte Iron Man, „du aktivierst jetzt die Autoreparatur, richtest dein Schiff wieder her und scherst dich, verdammt noch mal, runter von unserem Planeten. Und noch mal lassen wir euch das nicht durchgehen. Das kannst du deinem Volk ausrichten."

„Nein", entgegnete die Oberste Intelligenz. „Dieser Versuch, die Erde zu befrieden, ist fehlgeschlagen. Es widerstrebt den Kree, direkt gegen euch vorzugehen, aus Furcht vor Repressalien, aber wir wussten immer, dass wir selbst handeln würden, wenn wir uns dazu gezwungen sähen. Bedauerlicherweise ist das nun unsere einzige Option. Ihr habt euch dem Wandel widersetzt. Jetzt wird er euch auferlegt."

Entlang der Wände der Kommandozentrale öffneten sich Luken. In dem gewaltigen Raum dahinter sahen die Avengers Reihen von riesigen, stummen Androiden – Kree-Wachen, unerbittliche Roboter-Kriegsmaschinen mit außerordentlichen Kräften.

„Die Sentries werden aktiviert", erklärte die Oberste Intelligenz. „Die Erde wird zermalmt. Und ihr Metawesen seid die Ersten, die eliminiert werden."

26

PINE BARRENS, NEW JERSEY
14. JUNI, 07:09 UHR ORTSZEIT

„Können wir nicht näher ran?“, fragte Banner.

„Die Avengers haben doch gesagt, Sie sollen warten, Doc“, erwiderte McHale.

Banner nestelte an den Sicherheitsgurten seines Sitzes herum. Der S.H.I.E.L.D.-Transporter kreiste hoch über dem Zielbereich und gehörte zu der Taskforce, die auf das Zeichen der Avengers wartete.

„Ich wollte dabei sein“, sagte Banner.

Er war angefressen. Seit dem Abflug in Madripoor bestand S.H.I.E.L.D. darauf, ihn mit Sedativen zu füttern. Ihm war schummrig. Er fühlte sich zu ruhig. Er hasste diese Lethargie, aber er wusste, dass sie nötig war. Er dachte an Wyndhams Angebot einer endgültigen Lösung für seinen Fluch. Die Versuchung war riesig gewesen. Und wenn irgendjemand seinen Zustand je heilen könnte, dann war es der High Evolutionary.

Aber andere Dinge waren wichtiger. Seinen Freunden treu zu sein beispielsweise. Und sich selbst. Wer und was immer man auch war.

„Ich glaube, die Avengers kommen schon klar“, meinte McHale.

„Sie kämpfen nicht zum ersten Mal gegen die Kree“, sagte Banner. „Aber die Kree sind mächtig. Richtig mächtig. Ich …“

„Entspannen Sie sich einfach, und genießen Sie die Aussicht, Doc. Alles wird gut.“

Banner lehnte sich zurück und schaute durch die Fensteröffnung hinaus. In der Tiefe konnte er die weite, glänzende Fläche des enttarnten Raumschiffs ausmachen.

Vom Deck vor ihnen hörten Banner und McHale Stimmen. Nick Fury war an der Kommunikationsstation. Sie hörten ihn fluchen.

„Director?“, rief McHale.

„Da stimmt etwas nicht“, sagte Fury. „Ich habe gerade die Verbindung zu Stark verloren. Wir registrieren einen bedenklichen Energieanstieg aus dem Innern dieses Schiffs. Ich glaube nicht, dass die Kree einlenken.“

„Soll ich unseren Teams den Befehl zum Eingreifen geben?“, fragte Valentina de la Fontaine.

„Wenn die Avengers es nicht schaffen, dann können unsere Feuerteams auch nicht viel ausrichten“, schnauzte Fury. „Ich habe doch gewusst, wir hätten das Schiff einfach bombardieren sollen. Die nukleare Option …“

„Es gibt mehr als eine nukleare Option, Fury.“

Sie wandten sich um. Banner hatte seine Gurte geöffnet und war aufgestanden.

„Banner?“

„Ich habe gesagt, es gibt mehr als eine“, wiederholte Banner. Er ging auf die Seitenluke zu. Wegen der Sedative war er ein wenig wackelig auf den Beinen. Und auch etwas benommen – wie ein Boxer, der einen harten Treffer kassiert hatte. Das machte ihn aber auch unbefangen.

„Doktor Banner, setzen Sie sich wieder hin, verdammt!“, schrie Fury.

Banner zog die Luke auf. Eisige Luft heulte herein. Er sah McHale an.

„Doc?“, fragte McHale mit großen Augen. Er näherte sich Banner.

„Sie sind dran, McHale“, erklärte Banner.

„Was?“

Banner lächelte und zeigte auf sein eigenes Kinn.

„Finde ich nur fair“, meinte er. „Strengen Sie sich an.“

„Sind Sie verrückt?“, fragte McHale.

„Eines scheinen alle zu vergessen, McHale“, sagte Banner mit einem traurigen Lächeln. „Ein Teil von mir ist auch ein Avenger.“

McHale musterte ihn einen Moment lang. Dann lächelte er kopfschüttelnd.

„Gottverdammt, Doc“, sagte er.

Er schlug zu.

Banners Kopf ruckte nach hinten, und er flog rücklings aus der Luke.

* * *

Es war ein Mordssturz.

Im Fallen war Banner klar, dass er mit Höchstgeschwindigkeit in den Tod raste. Der Fall würde ihn umbringen.

Der Fall würde ihn absolut, definitiv umbringen – ihn, Bruce Banner.

Er wusste, dass er eigentlich Angst haben, verzweifelt und hektisch sein musste. Er sollte schreien. Er sollte Schmerzen haben und wütend sein wegen des Schlags. Aber diese verdammten Sedative …

Er schloss die Augen. Er dachte an den bevorstehenden Aufprall. Er konzentrierte sich darauf.

Sein Puls stieg an. Er fing an zu rasen. Die Realität des Sturzes begann, den Schleier der Sedative zu durchdringen. Sie bereitete ihm höllische Angst.

Und darauf konzentrierte er sich, auf diese Angst. Er versuchte, seinen benebelten Kopf zu klären. Er unterband den Versuch, ruhig zu bleiben.

Sein Adrenalinspiegel schoss nach oben.

27

PINE BARRENS, NEW JERSEY
14. JUNI, 07:11 UHR ORTSZEIT

Das Kree-Kriegsschiff erbebte, als etwas die obere Hülle traf und durchschlug. Innenträger gaben nach. Schotts zerrissen. Decks brachen ein.

Der Hulk landete mitten in dem weitläufigen Kompartiment, in dem die Sentries untergebracht waren. Der Aufprall seiner gewaltigen Gestalt dellte das Deck ein und zerstörte mehrere der Roboter.

Hulk brüllte. Er griff mit seinen riesigen Händen zu und packte die Sentries, die ringsum erwachten. Arme so dick wie Baumstämme trieben Fäuste so groß wie Abrissbirnen in die von den Kree gebauten Kriegsmaschinen.

Hulk legte alles in Trümmer.

Aus der anschließenden Kommandozentrale schauten die Avengers starr vor Schock zu. Das Eintreffen des Hulk hatte eine Druckwelle erzeugt, die sie alle zu Boden gefegt hatte, auch die anwesenden Kree-Krieger. Jetzt rappelten sie sich auf.

„Oh mein Gott!", schrie Scarlet Witch, den Blick in das Sentries-Kompartiment gerichtet, wo der Hulk wütete.

„Was ist das?", fragte die Oberste Intelligenz. „Was ist das?"

Kree-Krieger schossen durch die Luken auf den Hulk und

von höher gelegenen Laufgängen in den Raum hinein. Iron Man knockte die Schützen in seiner Nähe mit Repulsorstößen aus.

„Das ist nicht meine Vorstellung von einer guten Idee“, sagte er.

„Meine schon“, erwiderte Thor. „Wir gewinnen.“

Der Hulk pflügte durch die Sentry-Einheiten, schleuderte zerbrochene und verbeulte Trümmer der Roboter in die Luft. Verheerende grüne Fäuste schredderten Reihe um Reihe. Versorgungs- und Energiekabel rissen. Flammen loderten auf.

Die Sentries hatten ganze Sternensysteme in die Knie gezwungen.

Aber der Hulk … war der Hulk.

Thor wich aus, als eine zerstörte Sentry-Einheit in die Kommandozentrale flog und über das Deck taumelte. Dann grinste er und packte Mjölnir fester.

„Ich bin für den Grünen“, sagte er. „Wer ist dabei?“

Iron Man sah Cap an.

„Avengers?“, fragte er.

„Ich glaube, wir sind versammelt“, erwiderte Cap.

Er hob seinen Schild.

Daraufhin stürzten sich die Helden gemeinsam in den Kampf und hieben sich durch die Reihen der Kree. Es verbanden sie Magie, Technik, Schnelligkeit, Treffsicherheit und konkurrenzloses kämpferisches Können.

Sie bewegten sich wie ein Mann. Ein Team. Das mächtigste der Welt.

28

PINE BARRENS, NEW JERSEY
14. JUNI, 07:30 UHR ORTSZEIT

Eine gigantische Wolke aus schwarzem Rauch stieg von dem brennenden Wrack des Raumschiffs in den Himmel über New Jersey.

„Wurde es bestätigt?“, fragte Cap und gesellte sich zu den anderen, die sich zwischen die Bäume am Rand der Lichtung zurückgezogen hatten.

Iron Man nickte.

„Die Kapsel, die wir starten gesehen haben, war eine Art Hyper-Shuttle“, sagte er. „Damit hat die Oberste Intelligenz den Abflug gemacht. Die S.W.O.R.D.-Überwachung hat gesehen, wie er vor der Mondumlaufbahn Hoch-Warpgeschwindigkeit erreicht hat.“

„S.H.I.E.L.D.-Teams rücken vor, um das Wrack zu sichern“, meldete Vision.

„Was ist mit …?“, fragte Cap.

Iron Man wies mit dem Daumen nach hinten.

Dreißig Meter entfernt stand die brütende Gestalt des Hulk neben einem zertrümmerten Baum, nach vorn gebeugt und keuchend. Widow hatte sich vor ihm aufgebaut und sah zu ihm hoch.

„Was macht sie da?“, fragte Cap.

„Sie redet mit ihm“, antwortete Iron Man.

„Es ist vorbei“, sagte sie sanft. „Verstehst du? Es ist jetzt vorbei. Du kannst dich beruhigen.“

„Hulk will nicht ruhig sein“, knurrte Hulk.

„Du musst aber“, erwiderte sie. „Es ist an der Zeit.“

Die anderen kamen langsam näher.

„Noch ein Kampf?“, knurrte Hulk. „Nur ein Kampf?“

„Nein, nein“, versicherte Widow ihm. „Nur Freunde, Hulk. Nur Avengers.“

„Hulk?“, sagte Iron Man. „Bruce?“

„Kein Bruce. Hulk hasst Bruce. Nur Hulk.“

„Hulk“, sagte Iron Man. „Es ist gut.“

„Blechmann will mit Hulk kämpfen. Blechmann will Hulk wehtun.“

„Nein“, erwiderte Iron Man. „Blechmann will nur … Danke sagen.“

Hulk grummelte. Eine Antwort gab er nicht.

Sie gingen zurück, um ihm etwas Freiraum zu geben. Hulk setzte sich und blickte für eine Weile auf den Rauch.

„Weißt du“, sagte Iron Man leise zu Cap, „etwas stört mich.“

„Was?“, fragte Cap.

„Sieh dir an, was wir getan haben, Steve.“

Sie schauten auf das brennende Raumschiff. Iron Man öffnete sein Visier.

„Wir haben die Welt gerettet“, sagte Cap entschieden.

„Ja, das haben wir“, pflichtete Stark ihm bei. „Und wir hatten einen guten Grund. Wir haben uns einer Bedrohung angenommen, die das Ende der Menschheit hätte bedeuten können. Aber siehst du auch, wie wir es getan haben?“

Captain America blickte zum Hulk, der allein und grübelnd dasaß.

„Er ist nur ein Mensch“, sagte Cap.

„Ja.“ Stark nickte. „Genau wie du, genau wie ich. Wir sind alle nur Menschen.“

„Was willst du damit sagen, Tony?“

„Ich will sagen“, antwortete Stark, „ich will sagen, dass die Kree … in gewisser Weise … vielleicht gar nicht so unrecht haben.“

Cap erwiderte nichts. Er blickte zu Boden.

„Das ist alles, was wir je sein können“, sagte er schließlich. „Menschen. Lass uns weiter dafür Sorge tragen, dass das genug ist.“

Nick Fury kam den Hang herauf auf sie zu.

„Hey“, sagte er.

„Alles in Ordnung?“, fragte Cap.

Fury zuckte die Schultern.

„Bin mir nicht sicher“, erwiderte er. „Gibt eine Menge hier, das geklärt werden muss. Ich erwähne es nur ungern, aber die S.H.I.E.L.D.-Station in Los Angeles hat mich gerade angefunkt. Sämtliche Uhren in Kalifornien wurden vorhin um dreihundert Minuten zurückgestellt. Es gibt Berichte über eine Tachyonen-Eruption in der Gegend um San Diego.“

„Eine temporale Störung?“, fragte Cap. „Jemand treibt Unfug mit der Zeit?“

„Könnte Kang sein“, meinte Stark. „Kang oder Immortus. Oder dieser andere Typ. Der mit dem Kopfputz.“

„Könnte alles Mögliche sein“, sagte Fury.

Cap und Iron Man sahen einander an.

„Du bist dran“, sagte Iron Man.

„Ich war letztes Mal dran.“

Tony Stark seufzte.

„Okay“, sagte er. Er wandte sich zu den anderen um.

„Avengers?“, rief er. „Ratet mal, was ich als Nächstes sagen werde …“

ENDE

DER AUTOR

Der preisgekrönte englische Autor **DAN ABNETT** stand siebenmal auf der Bestsellerliste der *New York Times* und wurde 2003 als „Best Comic Writer“ ausgezeichnet. Er hat über fünfzig Bücher geschrieben, darunter erfolgreiche *Warhammer 40 000*-Romane und Tie-in-Novels für *Doctor Who*, *Torchwood* und *Primeval*. In den 1980ern war er Mitschöpfer von *Death's Hand* und *Knights of Pendragon* für Marvel UK und trug in großem Umfang zu der beliebten Serie *2000 AD* bei. Außerdem schrieb er für Marvel *Iron Man, New Mutants, Doctor Strange* und *Punisher* und arbeitete an einigen von Marvels kosmischen Comic-Epen mit, darunter die Events *Annihilation* und *War of Kings* sowie die Serien *Nova* und *Guardians of the Galaxy*. Abnett ist darüber hinaus bekannt für seine Mitarbeit an populären Games wie *Alien: Isolation* und *Shadow of Mordor*. Mit *Guardians 3000* und *Guardians of Infinity* ist er in den Marvel-Kosmos zurückgekehrt.

Fallout

Das offizielle Kochbuch für Vaultbewohner

176 Seiten, gebundene Ausgabe,
ISBN 978-3-8332-3706-5

Vault-Tec™ präsentiert Fallout: Das offizielle Kochbuch für Vaultbewohner, eine Sammlung köstlicher Rezepte zur Zubereitung der verstrahlten Nahrungsmittel aus der preisgekrönten Fallout-Videospielreihe der Bethesda Game Studios.
Studieren Sie dieses von Vault-Tec™ zur Verfügung gestellte Kochbuch gründlich, um sich bestmöglich auf Ihr neues Leben im Bunker ebenso vorzubereiten, wie auf die Zeit danach!
Versehen mit zahlreichen Farbfotos und hilfreichen Anleitungen enthält dieses Kochbuch über siebzig von Fallout inspirierte Gerichte.

IM BUCHHANDEL ERHÄLTLICH

PANINI BOOKS
www.paninibooks.de